연기의 신 4

서산화 장편소설

초판 1쇄 찍은 날 § 2016년 4월 19일
초판 1쇄 펴낸 날 § 2016년 4월 26일

지은이 § 서산화
펴낸이 § 서경석

편집책임 § 조현우

펴낸곳 § 도서출판 청어람
등록번호 § 제387-1999-000006호
등록일자 § 1999. 5. 31
어람번호 § 제1-2409호

주소 § 경기도 부천시 원미구 부일로 483번길 40 서경B/D 3F (우) 14640
전화 § 032-656-4452 팩스 § 032-656-4453
http://www.chungeoram.com
E-mail § chungeorambook@daum.net

ISBN 979-11-04-90767-8 04810
ISBN 979-11-04-90645-9 (세트)

연기의 신

FUSION FANTASTIC STORY

서산화 장편소설

4

GOD OF ACTING

PRODUCTION
DIRECTOR
CAMERA
DATE | SCENE | TAKE

도서출판 청어람

연기의 신

FUSION FANTASTIC STORY

GOD OF ACTING

PRODUCTION

DIRECTOR

CAMERA

DATE   SCENE   TAKE

목차

1장

Action

〈투사〉 크랭크인을 앞두고 배우들은 승마와 액션연기에 대한 트레이닝을 받았다. 트레이닝 장소는 경기도 파주 탄현면 헤이리 마을에 소재한 〈대한액션스쿨〉이다.

정윤욱 감독과 무술감독 임천수가 액션 배우들의 합을 지켜보고 있었다. 그때 곁에 있던 이도원이 말했다.

"감독님."

정윤욱의 고개가 돌아갔다.

"응?"

"액션 장면도 직접 하고 싶습니다."

그 말을 들은 정윤욱 감독은 미간을 찌푸렸다.

"크랭크인까지 시간이 너무 촉박해. 부상 위험도 있고. 지금도 충분히 편집 가능한 분량을 직접 소화하는 셈이야. 굳이 무리할 필요 없어."

반면 이도원은 수긍하지 않았다. 그가 정윤욱 감독에게 제안을 한 이유는 스스로 액션연기를 소화할 수 있다는 확신이 섰기 때문이었다.

"액션 배우보단 부족해도 어느 정도 가능할 것 같습니다."

이도원이 고집을 부렸다. 그러자 계획을 짤 때부터 반대했던 무술감독 임천수가 고개를 내저었다.

"보기에는 쉬워 보일지 몰라도 매우 위험한 작업입니다. 액션 배우들이 괜히 액션 배우가 아니지요. 지금은 다들 부드러운 매트 위에서 연습을 하고 있지만, 실전으로 들어가면 거친 흙바닥에서 연기를 펼쳐야 해요. 더구나 자연스러운 장면을 연출하기 위해선 지금보다 더 가깝게 붙어서 합을 맞춰야 합니다."

"그럼 한번 해보고 안 되면 포기하죠."

이도원이 끝끝내 고집을 꺾지 않는 이유는 간단했다.

'무술감독은 배우의 역량을 계산에 넣지 않고 있다.'

임천수는 촬영 전부터 스스로 기준으로 정한 난도 이상은 일반 배우가 소화할 수 없다고 단정 지었다. 본인도 액션스쿨 출신인 임천수는 액션 배우라는 자부심이 굉장히 강한 인물이었다. 그건 말 몇 마디만 해봐도 알 수 있었다. 임천수는 말끝마다 '일반 배우'라고 지칭하며 액션 배우와 호칭부터 차이를 두었던 것이다. 그 점을 잘 알고 있는 정윤욱 감독이 이도원의 제안을 거들었다.

"그렇게 합시다, 임 감독."

"…알겠습니다."

임천수는 마지못해 불퉁한 표정으로 대답했다.

한편 이도원은 얼른 준비를 했다. 액션 배우의 도움으로 호구를 입은 뒤 팔과 다리에 보호대를 차고 소품용 검을 들었다.

"후."

절로 긴장이 되었다. 마치 격투기 스파링을 하기 전과 흡사했다. 이도원은 이런 기분을 느껴본 적이 있었다.

'〈악마의 재능〉 촬영 때 무술감독과 여러 번 합을 맞췄었지.'

카메라의 시점 전환이 이루어지면서 관객들은 자세히 알 수 없었겠지만, 촬영 당시 유태일 감독은 모든 액션 장면을 이도원 스스로 소화할 것을 주문했다. 지금 이도원의 자신감 속에는 그 당시의 고된 훈련이 내포돼 있었다.

한편 정윤욱 감독과 임천수는 〈악마의 재능〉을 모니터링하며, 설마 이도원이 모든 액션을 소화했으리라고는 생각지 못했다. 따라서 그들은 유태일 감독의 촬영 기법에만 감탄한 상태였다.

"화이팅!"

보호대 착용을 도와준 액션 배우가 이도원의 호구를 툭 쳤다. 등 떠밀린 이도원이 장내로 들어서자 액션 배우들이 바짝 긴장했다. 혹시나 이도원이 다칠까 봐 절로 민감해지는 것이다.

정작 이도원은 아랑곳 않고 팔다리를 쭉쭉 늘여 몸을 푼 뒤에 넓게 퍼진 액션 배우들 사이로 들어갔다. 그러자 이도원 하나를 장정 열 명이 포위한 그림이 만들어졌다.

"일단 슬로모션으로 맞춰보겠습니다."

최고참 액션 배우가 말하며 천천히 들어갔다.

이도원은 일전에 보고 있던 장면을 생생히 기억하며 자신의 대역이 했던 동선을 그대로 따라갔다.

액션 배우들이 저마다 조금씩 놀랐다.

'기억력 좋은데?'

'움직임도 자연스러워.'

하지만 그뿐이었다. 슬로모션쯤이야 동작만 외우면 어린아이도 합을 맞출 수 있다. 문제는 지금부터였다.

"방금 아주 좋았습니다, 그대로 하시면 돼요. 도원 씨의 움직임에 저희가 호흡을 맞출 겁니다. 좀 더 기민하게 움직이면서 방금처럼 자연스럽다면 좋은 롱 테이크가 나올 겁니다."

이도원은 고개를 끄덕였다.

최고참 액션 배우는 바깥을 보며 외쳤다.

"종 울려!"

다들 자세를 낮추며 달려들 준비를 했다.

이도원은 우두커니 서서 검을 늘어뜨리고 있었다.

정적이 흐르고, '딸랑'하며 종이 울렸다. 순간 사방팔방에서 함성을 지르며 열 명이 동시에 달려들었다.

이도원은 그들이 선 포지션에 의해 발생하는 약간의 시차를 이용해 한 명씩 때려눕혀야 했다. 한 명이 코앞까지 들이닥쳤을 때, 이도원이 정해진 동선대로 움직이기 시작했다.

'피하고 찌른다.'

액션 배우가 내지른 검이 가슴을 아슬아슬하게 스치는 순간, 이도원의 검이 그의 옆구리를 두 번 찔렀다. 그러자 검에 찔린 액션 배우가 무너졌다.

이도원은 몸을 돌리며 검을 횡으로 휘둘렀다. 그 일격에 검을 머리 위로 치켜들었던 또 한 명의 액션 배우가 쓰러졌다.

둘을 해치운 이도원은 망설이지 않고 땅을 굴렀다. 동시에 머리 위로 액션 배우들이 휘두른 검이 지나갔다.

이도원은 그들 중 하나의 발목을 검으로 찔렀다.

퍽!

액션 배우가 비명을 내지르며 주저앉는 시늉을 했다. 이도원은 주저앉는 액션 배우의 호구를 잡아 던졌다. 그때 다른 액션 배우가 달려들며 기합과 함께 검을 내려쳤다. 다음으로 쉴 틈 없는 연계 동작이 이어졌다. 한껏 자세를 낮추며 피해낸 이도원이 액션 배우의 손목을 잡아 비틀며 배를 찌르고 등 뒤로 돌아갔다.

"끄윽."

액션 배우가 신음을 뱉었다. 액션 배우를 앞세운 이도원은 날카로운 눈빛을 했다. 이도원이 정면에 흉흉한 표정을 짓고 있는 여섯 명을 노려보며 뒷걸음질 쳤다.

"후우."

한숨 돌린 이도원은 인질로 잡은 액션 배우를 밀쳤다. 떠밀린 배우가 검을 겨누고 있던 배우와 뒤엉켰다. 그들이 잠깐 당황하며 주춤하는 사이. 이도원이 재빠르게 접근해 검을 휘둘렀다. 그 궤적에 따라 순식간에 다섯 명이 쓰러졌다. 그 혼란을 틈타 몰래 접근한 액션 배우가 이도원의 옆구리를 벴다.

"큭."

이도원은 허리를 잡는 척하며 균형을 무너뜨렸다. 한쪽 다리를 절며 사정권을 벗어난 이도원이 몸을 돌렸다.

한편 지켜보고 있던 정윤욱 감독과 임천수는 엔지를 외치려다 멈췄다.

'애드리브?'

원래는 부상 없이 승리하는 장면이었다. 보통 같으면 찔려도 모른 척 연기를 할 텐데 이도원은 실수를 애드리브로 승화했다.

연기를 끊는 신호가 없자 액션 배우는 연기를 지속했다. 그는 표정연기를 하며 두려운 얼굴로 이도원 주위를 맴돌았다.

"으아아아!"

액션 배우가 달려들어 검을 휘둘렀다.

이도원은 혼신의 힘이 담긴 일격을 어깨 아래로 흘리며 액션 배우의 옆구리를 베고 지나가서 비틀거렸다.

털썩.

마지막 한 명이 쓰러졌다. 모든 연기가 끝나자 종이 울렸다.

시체처럼 널브러졌던 열 명의 액션 배우가 좀비처럼 일어났다. 그 우스꽝스러운 모습에 이도원은 웃음을 터뜨릴 뻔했다. 그에게 다가온 최고참 액션 배우가 어깨를 두드리며 빙긋 웃었다.

"수고했습니다, 직접 한번 보시죠."

그는 손으로 한쪽을 가리켰다. 그곳에는 아직 몇 년차 안 된 훈련생이 방금 전 장면을 카메라로 촬영하고 있었다. 카메라에서 눈을 뗀 훈련생은 활짝 웃으며 엄지를 세웠다.

정윤욱 감독과 임천수는 이도원이 직접 액션 장면을 모두 소화할 수 있도록 승낙했다. 직접 보기도 했을뿐더러 함께 합을 맞춘 액션 배우들이 모두 이도원의 편을 들어주었기 때문이다.

액션연기를 맞춰본 인원들은 그대로 승마장으로 이동했다. 정윤욱 감독은 자가 차량을 이용했으며 액션스쿨은 봉고차를 타고 뒤따랐다.

이도원은 밴에 올라서야 몸이 욱신거리는 걸 알게 됐다.

"보호구를 차도 아프네."

말이 소품용 검이지 쇠처럼 단단했다.

소품도 그렇고 동작 자체가 〈악마의 재능〉 촬영 때보다 훨씬 고강도의 액션이었다. 지금도 피하지 못하고 가격당한 곳에 벌건 자국이 남은 게, 보호구 없이 촬영에 임하다 잘못 맞으면 퉁퉁 붓게 될 것만 같았다.

'서로 합을 맞춘 부분은 힘 조절을 하기 때문에 상관없어. 문제는 실수로 못 피했을 때다.'

이도원은 내심 경각심을 가졌다. 실수가 부상으로 이어질 수 있다는 사실을 몸소 깨달은 것이다.

오준식이 그를 걱정스럽게 보며 물었다.

"괜찮아? 근데 왜 네가 직접 액션연기를 해? 아까 잠깐 자리 비운 사이에 직접 호구 입고 들어간 것 보고 심장 멎는 줄 알았다."

계약 조건을 보면 대부분의 실질적인 액션연기는 대역 배우가 치른다고 되어 있었다.

이도원이 그 점에 대해 해명했다.

"직접 하는 게 더 잘 나올 것 같아서 내가 부탁했어. 아마 곧 계약 조항 변경 요청이 갈 거야."

오준식은 고개를 절레절레 흔들었다.

"너 그러다 몸상하고 후회하면 늦는다. 뮤지컬까지 있는데 다치면 어떡하게?"

"교통사고 날 게 무서워서 인도로만 다닐 수는 없잖아? 다들 실력 있는 액션 배우야. 무단 횡단하는 수준은 아니니까 걱정 마라. 위험하면 내가 먼저 빠질게."

이도원이 간단히 일축했다.

나직이 한숨을 쉰 오준식이 대답했다.

"많은 배우가 괜히 위험한 장면에서 연기 욕심을 내는 건 아니겠지만… 좋은 장면 만들려다가 골로 가는 수가 있으니까 조심해, 넌 홀몸이 아니잖아."

"누가 들으면 애 딸린 유부남인 줄 알겠다."

이도원은 피식 웃으며 농담으로 받아쳤다.

이야기를 다 나눌 때쯤, 그들은 승마장에 도착했다. 마구간의 말똥 냄새가 입구까지 퍼져 있었다.

오준식이 코를 킁킁대며 말했다.

"아, 건강해지는 냄새."

뒤를 이어 정윤욱 감독과 액션스쿨 배우들이 속속들이 도착했다. 승마장 안으로 들어가기 무섭게, 무술감독 임천수가 이도원을 불러 놓고 승마에 대한 설명을 시작했다.

"말이 편하게 걷고 뛰게 양보하는 것이 기승자의 역할입니다. 교감이 가장 중요하다는 걸 기억하세요. 말에게 집중해야 합니다. 우리가 타는 일반적인 탈것과는 달라요. 계속 신호를 주고, 반응을 살펴서 움직여야 합니다. 승마는 크게 평보, 속보, 구보로 나뉩니다. 깊이 들어가면 한도 끝도 없지만, 도원 씨는 영화 촬영을 위해서 배우는 것이기 때문에 가장 실용적인 방법들만 배우게 될 겁니다."

이도원은 빙그레 웃으며 고개를 끄덕였다. 아무도 모르는 사실이지만 이도원은 타임 슬립 전 틈틈이 승마를 배웠었다. 그 덕에 사극에서 조연 자리를 따냈던 적도 있었던 것이다. 물론 전문적인 수준은 아니고 무난하게 움직이는 정도였지만 사극에서 승마가 가능한 배우와, 그렇지 못한 배우는 섭외 대상에서 갈렸다.

'주연이야 가르쳐서 태우지만.'

그때로부터 시간이 꽤 지났기 때문에 이도원은 임천수의 말을 집중해서 들었다. 승마에서 말과 교감하며 친해지는 과정은 배우가 배역과 친해지는 일이나, 상대역과 호흡을 주고받는 일과도 닮은 구석이 있었다.

이도원이 교육을 받는 동안 오준식은 조마조마한 심정이었다.

'액션도 직접 소화하고, 말도 직접 타고.'

그는 매니저가 되기 전 여러 매체에서 사극 액션연기를 하면서 다치는 여러 배우의 소식을 들어왔다. 당장 담당 배우가 사극 액션을 소화해야 하는 상황이니 매니저로서 불안한 심정이 들수밖에 없었다.

"이건 무슨, 내가 이도원 애인도 아니고……."

남의 안전에 이토록 신경을 써 본 기억이 없다.

구시렁댄 오준식은 고개를 저었다.

그때 헬멧과 보호대를 착용한 이도원이 승마장으로 나서고 있었다.

*   *   *

이도원은 직접 고른 말을 보았다.

힘찬 스탈리온(Stallion : 수컷)이었다. 녀석은 통칭 한라마로 제주마의 지구력과 강인함, 서러브레드의 유연성과 스피드를 물려받은 교배종이었다. 더불어 대형 마에 비해 체중이 적게 나가기 때문에 굴곡이 심한 필드 승마에서 두각을 나타내는 놈이었다.

임천수는 이도원의 말이 움직이지 않도록 고삐를 잡고 말했다.

"처음이니까 여기 승마대를 밟고 올라타시면 됩니다."

이도원은 그 지시에 따라 승마대를 밟고 말안장에 올랐다. 말자체가 온순해서 움직이는 데에는 어려움이 없었다.

"금방 적응하시는군요."

임천수는 놀란 눈으로 말했다. 보통 승마가 처음인 경우 어정쩡하게 앉게 마련이다. 그런데 이도원은 초반에만 어색했지, 곧자세가 안정됐다.

물론 여기에는 남모르는 비밀이 숨겨져 있었다.

'이론적으로는 알고 있으니까.'

이도원은 내심 웃었다. 그는 타임 슬립을 거치면서 승마에 대한 감각은 초기화되다시피 했었다. 그러나 임천수의 설명을 들으며 기억을 되짚었기에 금방 적응할 수 있었다. 워낙 훈련이 잘된말이라 그런지 몸에 꼭 맞는 옷을 입은 듯 편했다.

"재밌네요."

이도원은 만면에 웃음을 띠고 차근차근 승마를 배웠다.

어느덧 혼자 말을 모는 그를 보며 임천수는 고개를 절레절레저었다.

"왜 그렇게 자신했는지 알겠습니다. 몸으로 익히는 게 상당히

빨라요. 액션 장면을 무난히 해내는 걸 봤을 때까진 긴가민가했는데 승마에도 재능이 있습니다."

정윤욱 감독은 미소를 지으며 대답했다.

"그렇잖아도 시간이 부족했는데 다행이군요."

이도원은 모두의 감탄을 뒤로 하고 두 시간 남짓 훈련을 받았다. 그 결과 첫날은 단순한 평보로 도움 없이 말을 모는 데까지 익힐 수 있었다. 빠르게 진도를 나간 이도원은 정윤욱 감독을 비롯해 액션스쿨 배우들과 인사를 나누고 해산했다.

밴에 올랐을 땐 전신이 너덜너덜해진 느낌이었다. 하지만 반대로 정신은 맑게 깨어 있었다.

"은근히 빡세네."

이도원의 말에 오준식이 피식 웃었다.

"하여간 욕심은."

"많은 배우가 괜히 부상을 각오하고 몸으로 때우는 게 아니란다."

"그럼 뭔데? 왜 굳이 부상을 감수해? 어리석게."

오준식이 이때다 싶어 반대표를 던졌다. 그러나 이도원은 자신의 연기관을 굽히지 않고 대답했다.

"배우가 직접 맡은 배역에 할당된 장면을 모두 소화한다는 건 작품의 디테일만이 목적이 아니야. 대역 배우를 쓰는 것과, 직접 모든 연기를 소화하는 건 배역에 대한 집중도에서도 차이가 나게 돼. 완전한 내 것과 공용으로 쓰는 건 애정부터가 다르잖아. 말로 표현하긴 힘들지만 완전히 다른 느낌이거든."

"어차피 티도 안 날 텐데 무슨."

오준식이 시큰둥하게 말했다. 이도원은 고개를 저었다.

"진검 승부로 연기를 하게 되면 배우는 더 깊게 몰입할 수 있지. 진검 승부냐, 다른 안전장치가 있느냐에 따라 관객이 영화를 눈으로 보느냐, 피부로 느끼느냐가 달라진다는 게 내 생각이다."

그 말에 오준식은 반은 수긍하고 반은 의심했다.

"분량의 백 퍼센트를 모두 직접 연기했을 때, 백 퍼센트의 기량을 발휘할 수 있다 이거지?"

"그래, 액션 사극에서 액션이 빠지면 뭐가 남아? 액션을 포기하는 순간 얼굴마담이 되는 거야."

이도원은 눈살을 찌푸리며 덧붙였다.

"그건 너무 쪽팔리잖아."

영화 〈투사〉 10월 25일 크랭크인 당일.

이도원은 지난 며칠동안 낮에는 승마와 액션 훈련을, 밤에는 뮤지컬 연습에 힘썼다. 심지어 크랭크인 당일조차 이도원은 이동하는 밴 안에서 대학교 과제를 들여다보고 있었다. 그나마 다행인 건 과제가 생각보다 어렵지 않다는 점이었다.

"넌 어째 교수님이 보내주신 자료를 쓱 보고 넘기고, 쓱 보고 넘기고 그런다? 그렇게 대충하다 학사 경고 먹는 거 아니야?"

"아니, 아니."

이도원은 혀를 꼬며 천천히 고개를 저었다.

"아니야, 나한테는 모두 복습 수준일 뿐."

그 오만한 대답에 보조석에 타고 있던 유성연이 헛웃음을 뱉었다.

"자신감이 과하면 못 쓰는데… 벼는 익을수록 고개를 숙인다 잖아?

이도원은 모호한 표정을 지었다. 괜한 걱정을 살까 봐 자신만 만하게 말했지만 실상 그 정도로 상황이 여의치가 않았다. 그럼에도 한 가지 분명한 건 이도원이 다른 학생에 비해서 큰 효율을 낼 수 있다는 사실이었다.

이도원은 타임 슬립 전 이미 대학교 연극영화과를 졸업한 경험이 있었다. 진즉 연기에 대한 이론을 공부하고 동기, 선배, 후배들과 함께 공연을 올리기도 했던 것이다.

'이미 다 배웠던 걸 짚어나가는 느낌이랄까?'

이도원의 입가에 희미한 미소가 걸렸다.

그렇다면 굳이 시간에 허덕이며 복습할 필요가 있나?

물론이다.

복습만으로도 충분히 새롭게 느끼는 바가 있었다. 전생의 학교와는 커리큘럼 자체가 달랐기 때문에 여러 논문과 자료를 통해 다른 각도로 접근할 수 있었다. 이는 현장에서도 적용할 수 있는 무기였다.

"나한테 오는 메일 모두 너한테도 전송하고 있으니까 짬 날 때마다 봐봐. 중간에 휴학하면서 배우지 못했던 것들을 배울 수 있을 거야."

이도원의 배려에 오준식은 가슴이 뭉클했다.

'나처럼 대접 받는 매니저도 드물겠지.'

때때로 열등감을 갖기도 했지만 언제나 감사하게 생각하며 열심히 일하고 있었다.

오준식이 쉽사리 떨어지지 않는 말문을 열었다.

"고맙다, 실망시키지 않으려고 틈날 때마다 연습하고 있어."

이도원은 흡족한 표정으로 고개를 끄덕였다.

"난 네가 충분히 해낼 수 있다고 본다."

그들은 두 시간 반 만에 현장에 도착했다. 장소는 충청남도 논산 시, 부적 면의 특설 세트장. 큰 규모의 몹씬 촬영이 가능한 곳이었다.

"휘유, 이제 고생 시작이구만?"

오준식이 짓궂게 물었다. 유성연 역시 그를 거들었다.

"날씨가 이래서 촬영하려면 엄청 춥겠다."

이도원은 두 사람이 얄밉게 느껴졌다.

'이것들이 날 놀리는 거야?'

확실히 사극에서 추위는 배우들이 맞서 싸워야 하는 가장 큰 적이었다. 야외에서 이루어지는 촬영은 특히 더했다. 하물며 이 많은 인원이 동원되는 몹씬이라면 더더욱 큰 적이 된다.

오준식이 고개를 흔들며 말했다.

"죽어나겠군, 엔지가 수십 번은 나겠는데?"

한편 조단역들과 보조 출연자들도 속속들이 현장으로 도착했다. 연기자만 천여 명, 말도 백 마리나 동원된 대규모 촬영이 시작되려 하고 있었다.

"정 감독이 이번 작품을 인생의 역작으로 만들려고 벼르고 있다더니, 한국 영화 역사상 최대 규모의 전투 장면이 나오겠어."

말 위에 올라 새하얀 입김을 내뱉던 안유성이 나직이 말했다. 그는 팔십이 넘은 노구에 추위를 견디기 힘들 텐데도 편안한 얼굴이었다. 평생 촬영장을 전전해서 그런지 오히려 젊은 사람보다 활기차 보였다. 대기 시간이 길어지고 있음에도 안유성은 전혀 추운 내색을 하지도, 보채지도 않았다.

떨어져서 안유성을 바라보던 이도원은 내심 감탄했다.

'멋지군.'

안유성에게는 리딩 때와는 비교도 할 수 없는 열기가 느껴졌다.

푸르르르.

히히힝!

백 마리의 말이 투레질을 하고 울음을 토해냈다. 카메라만 갖다 대도 실제 조선시대의 전투 현장이 나올 것 같은 경이로운 장면.

이도원은 온몸에 소름이 돋는 걸 느꼈다.

'이렇게 많은 사람 앞에서 연기를 해야 한다니.'

배우와 스태프를 합하면 천오백 명에 이르렀다. 숫자로 말하면 큰 수치 같지 않은데 실제로 보니 들판을 뒤덮을 정도로 많은 인원이었다.

더군다나 추운 날씨에 엔지라도 내면 이 많은 인원이 모두 기다려야 하고 눈총 역시 피할 수 없었다. 그 와중에 배우가 느끼는 부담은 상상을 초월할 것이다.

'그런데 이상하게… 긴장되지가 않아.'

이도원은 오히려 흥분이 됐다.

그가 이런저런 생각에 잠겨 있는 그 순간.

완벽한 환경을 조성해 준 정윤욱 감독이 확성기로 사인을 보냈다.

"선생님, 늘 보여주셨던 좋은 연기 부탁드립니다! 자, 그럼 레디!"

곳곳에 배치된 카메라에 불이 들어왔다. 장비들이 가동되자 정윤욱 감독이 외쳤다.

"액션!"

붐 오퍼레이터가 마이크를 카메라 밖에 걸었다.

임금 역할의 안유성이 대사를 쳤지만 미처 이도원이 있는 곳까지 들리진 않았다. 정윤욱 감독과 음향감독만이 헤드폰을 끼고 실시간으로 들을 수 있었다.

그럼에도 이도원은 눈으로나마 안유성이 연기하는 모습을 유심히 관찰했다.

'황금 같은 기회다. 하나라도 더 배워야 해.'

긴 독백이 이어지고 있다는 것을 어렵지 않게 알 수 있었다. 삼 분 정도가 흐른 후 정윤욱 감독이 크게 소리쳤다.

"컷!! 선생님, 확인하시죠!"

안유성은 천천히 말을 타고 와서 모니터링을 했다.

이도원 역시 그 틈에 껴서 안유성의 연기를 보았다.

충분히 잘빠진 장면이었다. 하지만 안유성의 표정은 심각했다.

"정 감독, 한 번 더 가도 될까?"

"그럼요. 역시 원 테이크에 오케이는 좀 아쉽죠?"

정윤욱 감독이 깍듯하게 답했다.

허허롭게 웃은 안유성이 그의 등을 두드린 뒤 다시 말을 타고 자리로 돌아갔다.

촬영 준비만 해도 상당한 시간이 걸렸다.

정윤욱 감독은 직접 카메라가 위치한 곳까지 가서 촬영감독과 상의하고 각도를 조정했다. 모든 준비가 끝나자 정윤욱 감독이 물었다.

"선생님, 준비되셨죠?"

안유성이 고개를 끄덕이자 정윤욱 감독이 사인을 보냈다.

"레디, 액션!"

배우라고 해도 믿을 정도로 힘찬 발성이었다.

감독의 사인은 현장 분위기에 따라 바뀐다. 긴장감을 고조시키는 장면에선 나직하게, 밝은 분위기의 장면에선 쾌활하게, 지금처럼 웅장한 장면에서는 감독의 사인 역시 힘차게 울려 퍼지는 것이다. 그런 면에서 정윤욱 감독의 사인은 굳이 확성기가 없더라도 배우를 북돋아줄 수 있을 만큼 우렁찼다.

'관록과 능력을 모두 가진 연출자와 배우가 힘을 합하니까 정말 볼 만하구나.'

감탄한 이도원은 가슴속 깊이 활활 타오르는 불길을 느꼈다. 이 모든 것이 새롭고 놀라웠다. 왠지 이곳에서 산더미 같은 선물 세트를 얻어 갈 수 있을 것만 같았다.

다음으로 불화살이 하늘을 나는 장면을 촬영했다. 가볍게 제작된 각궁과 화살에 불을 붙이고 쏘아 올렸다. 그리고 반대편의 숲속에선 소화 작업을 했다. 마지막으로, 적진이 불타오르는 장면은 편집 단계에서 CG처리를 했다. 불화살이 날아오르는 장면까지 촬영한 정윤욱 감독은 배우들과 몇몇 스태프를 불러들였다.

"다들 잘 알겠지만 중요 장면들은 모조리 롱 테이크로 갈 겁니다. 그건 액션도 마찬가지. 기마대가 평보로 천천히 숲에서 대열을 갖춥니다. 그리고 촬영이 시작되면 도원이의 명령을 신호로 움직이면 됩니다. 스태프들은 보조 출연, 단역들한테도 메시지 착실하게 전달하고. 화끈하게 여진족과 부딪히는 장면을 뽑아봅시다!"

오늘의 마지막 장면이었다.

낙마할 때 말이 쓰러지는 장면을 삼 회 이상 촬영하면 동물보호협회에서 제재가 들어온다. 따라서 매트리스를 깔고 삼 회 이하로 촬영을 끝내야 하는 것이다.

이런 급박한 상황에도 촬영 준비는 한참 걸렸다. 독성이 없는 염색약을 사용해 일일이 피 분장을 하고 갑옷에 불에 그슬린 듯이 효과를 냈다. 일련의 과정에서 배우들이 대기하는 동안 현장 밖에 불을 피워 쉴 곳을 마련했다. 그러나 손발은 이미 차갑게 변했고, 콧물은 하염없이 흘렀으며, 머리는 지끈거렸다.

오준식은 이도원의 어깨 위로 담요를 덮어주며 말했다.

"으, 발가락 자르고 싶다. 10월이면 아직 선선해야 하는데 왜 이리 춥냐. 이쪽도 이렇게 추운데, 저쪽은 얼마나 추울까?"

오준식이 바라보는 곳.

덜덜 떨며 옹기종기 모여 앉은 단역들과 보조 출연자들이 보였다. 그들의 환경은 훨씬 열악했다. 물론 저쪽이나 이쪽이나 잊을 만하면 불어오는 쌀쌀맞은 바람이 점점 몸을 얼리는 건 똑같았다.

근래 일교차가 컸기 때문에 체감온도는 더 낮았다

"최대한 엔지 없이 가야지."

이도원은 굳게 다짐했다.

촬영 준비는 장장 두 시간이 걸렸다. 이제 곧 전투 장면이기 때문에 더욱 오래 걸린 것이다. 모든 준비가 완료되자 정윤욱 감독이 확성기로 외쳤다.

"배우들, 들어와 주세요!"

이도원은 말에 오르며 날숨을 뱉었다. 새하얀 입김이 눈앞까지 올라왔다. 체온이 낮아 피로감이 더 심했다. 갑옷을 입고 염색약을 칠해 무겁고 찝찝하기까지 했다.

'진짜 전쟁터에 나와 있는 기분이군.'

고삐를 잡은 이도원은 현장으로 들어갔다.

그 뒤로 기마병 역할의 말 탄 병사 백 명이 일렬횡대로 도열했다.

철그럭, 철그럭.

갑옷 소리가 고요한 평원을 울렸다. 그리고 마침내, 날카로운 눈빛으로 현장을 훑던 정윤욱 감독이 외쳤다.

"레디!"

이도원의 심장이 격하게 뛰었다. 고삐에 묶인 말이 투레질을 했다. 말을 타고 달리는 장면은 엔지도, 부상도 많이 일어나는 촬영이었다. 따라서 모든 배우가 하나같이 굳은 표정으로 임했다.

"액션!"

마침내 확성기를 통해 신호가 떨어졌다.

이도원이 탄 말이 가장 먼저 달려 나갔다. 약속된 신호를 알아듣는 영리한 놈이었다. 동시에 양옆으로 백 마리의 기마가 모래구름을 일으키며 일제히 따라붙었다. 일반적인 승마용 말이었으면 놀라서 뒤죽박죽 뒤엉켜 난리가 났을 터였다.

요동치던 말안장 위가 안정되자 이도원은 호흡을 끌어 올리며 외쳤다.

"전군, 나를 따르라!"

쩌렁쩌렁한 목소리가 평원을 울렸다.

와아아아!

백 마리의 기마가 땅을 흔드는 소리. 그리고 달려가는 배우들의 함성소리가 한데 섞였다. 말과 한 몸이 된 것 같은 기분에 사로잡힌 이도원은 신이 났다.

"철통같이 뭉쳐라! 나를 따르라!"

꽤 먼 거리의 적군 진영이 코앞으로 다가왔다. 빠른 속도와 승마감을 즐기려던 이도원이 천천히 멈췄다. 기마병 역할의 배우들도 마찬가지였다.

그때 확성기에서 컷 사인이 들려왔다.

"컷! 오케이!"

단번에 오케이가 났다. 다행히 부상자는 발생하지 않았다. 가슴을 졸이던 스태프들이 박수를 쳤다.

정윤욱 감독은 가슴을 쓸며 촬영을 속개했다.

"첫째도 안전, 둘째도 안전입니다."

그는 거듭 강조하는 것을 잊지 않았다. 기마병 역할의 배우들은 모두 액션 배우들을 썼고, 적군 진영은 갑옷을 입힌 인형으로 대체했지만, 그래도 결코 안전하다고 할 수 없었다. 이제부터 액션씬이었고 동작이 커지면 자칫 위험한 상황이 생길 수 있는 것이다. 양측 진영의 군사들이 충돌하는 장면을 담아야 했다.

"서로 충돌하지 않도록 주의하고, 엔지를 겁내지 마십시오."

단단히 주의를 준 정윤욱 감독이 지시했다.

"배우들은 흰색 줄을 그어놓은 곳에 서세요."

그곳이 출발선이었다. 이제 원하는 장면을 카메라에 담는 일만 남았다.

정윤욱 감독이 배우들과 스태프들에게 지시했다.

"레디!"

그들은 눈짓이나 고갯짓으로 신호를 주고받았다.

모든 준비가 끝난 것을 확인한 정윤욱 감독이 외쳤다.

"액션!"

백 마리의 기마가 다시 돌진했다.

와아아아아!

이도원이 모든 함성을 뒤덮는 발성을 냈다.

"검을 뽑아라! 적들을 쓸어버려라!"

배우들이 말안장에 달린 칼집에서 칼을 뽑았다. 그들은 그대로 인형을 후려치며 지나쳤다. 동시에 모든 인형이 무차별적으로 쓰러졌다. 한편 이도원은 자신의 검에 맞고 쓰러지는 인형을 보며 저도 모르게 깜짝 놀랐다.

'엄청 리얼한데?'

일대는 폭풍이 지나간 듯 먼지구름에 휩싸였다. 정윤욱 감독이 확성기를 통해 사인했다.

"컷, 오케이! 배우들 다시 원위치로 집결해 주세요."

흙먼지가 날리자 눈을 찌푸리던 배우들은 일사불란하게 지시에 따랐다. 그들이 모여들자 정윤욱 감독이 입을 열었다.

"영화로 보면 한 장면에 불과하지만 어려운 부분은 지금부터입니다. 배우들의 액션을 하나하나 딸 겁니다."

스태프들이 너도나도 외쳤다.

"시체놀이 시작이다!"

"시체놀이 시작!"

보조 출연자들이 무더기로 몰려 나가 땅에 드러눕기 시작했다. 여기저기서 웃음이 터졌지만 웃고 떠드는 것도 잠깐이었다. 차가운 바닥에 몸을 누인 이들은 바로 얼굴을 찌푸리는 변덕을 보였다.

　진풍경을 바라보던 정윤욱 감독은 이도원을 따로 손짓해 불렀다.

　"액션연기를 보일 때가 왔다. 배우들과 합 맞춘 건 잊지 않고 있지?"

　이도원이 고개를 끄덕였다.

　무술감독 임천수가 걱정스러운 표정으로 충고했다.

　"액션연기 전에 낙마 말입니다. 반복해서 쓰러지면 마체에 무리가 가기 때문에 기회는 단 세 번뿐입니다. 리허설을 할 수도 없습니다. 지난 기간 동안 무수히 낙마 연습을 했었죠? 잘 알겠지만, 자칫하면 다칩니다."

　낙마 사고로 다친 배우들은 어마어마하게 많았다.

　액션연기를 직접 하겠다고 자처한 이도원이었지만 낙마에 관한 것까진 아니었다. 그건 어디까지나 정윤욱 감독의 바람이었다. 그렇기에 이번 장면은 모두에게 부담인 것이다.

　"잘 기억하고 있습니다."

　이도원은 담담한 표정으로 대답했다. 연기란 두려움과 즐거움을 모두 갖고 있다. 두려움을 피하고자 즐거움을 포기하는 사람이라면 연기를 하면 안 된다.

　'무조건 한다, 그리고 해낸다.'

　이도원은 속으로 최면을 걸며 공포심을 내쫓았다.

잠시 침묵을 지키던 정윤욱 감독이 말했다.

"액션 트레이닝을 받으면서 유일하게 주춤거리던 게 낙마였어. 엔지 세 번이면 촬영은 내일로 미뤄진다."

정윤욱 감독은 촬영 전부터 이 장면만큼은 대역을 쓰지 않겠다고 못 박았었다. 이도원이 낙마하는 순간, 관객들도 아찔한 기분을 느낄 수 있도록 가까이서 촬영할 계획이었다.

'기왕 이렇게 된 것, 조심해서 무사히 끝낸다.'

이도원은 속으로 다짐하며 대답했다.

"…알겠습니다."

오준식은 못내 걱정스러운 표정이었지만 내색하지 않고 이도원의 어깨를 두드렸다.

"꼭 멋지게 보여줘, 지금까지처럼."

"내가 죽으러 가는 것도 아니고… 다들 너무 비장한데?"

이도원이 씨익 웃으며 말에 올라서 갈기를 쓸었다.

"잘 부탁한다."

중얼거린 이도원이 낙마하는 위치로 빠르게 달려갔다.

뒷모습을 바라보던 임천수가 물었다.

"괜찮을까요? 연습 때도 계속 헤맸는데."

정윤욱 감독은 편치 않은 표정으로 고개를 끄덕였다.

"저것 봐, 승마 배운지 얼마나 됐다고 지금은 자유자재로 멈추고 서고 달리고 다 하잖아? 잘할 거야."

그들이 뭐라 하든 오준식만은 속이 타들어갔다.

'뭔가 등 떠밀리는 느낌인데.'

한편 대기하고 있는 액션 배우들은 곧 창을 내질러서 이도원을 낙마시키고 공격할 예정이었다. 이도원은 그들과 인사를 나누더니 마음을 진정시키려는 듯 말갈기를 쓸었다. 이윽고 이도원이 고개를 끄덕이자 정윤욱 감독이 싸인을 주었다.

"레디, 액션!"

이도원이 오십 미터쯤 떨어진 액션 배우들을 향해 달렸다. 이내 그가 매트리스 안으로 들어가자, 상대 액션 배우 중 하나가 창을 내질렀다.

리듬을 맞춘 이도원은 상체를 이용해 고삐를 왼쪽으로 틀었다. 훈련된 말에게 주는 신호였다.

히히히힝!

말이 앞발을 번쩍 들더니 왼쪽으로 쓰러졌다. 이도원은 넘어지는 반동으로 안장에서 벗어나며 몸을 한 바퀴 굴렀다.

'성공!'

하지만 이제부터가 중요했다. 이도원은 자신에게 향하는 공격을 보지도 않고 정해진 동선과 감각에 몸을 맡겼다. 순간 어깨를 아슬아슬하게 빗나간 상대방의 검이 바닥으로 떨어졌다.

퍽!

피했다 싶은 순간 쉬지 않고 창이 날아들었다.

이도원은 옆구리로 창대를 붙잡으며 검을 휘둘렀다.

"크아악!"

창을 내지른 액션 배우가 비명을 지르며 쓰러졌다.

이도원은 다시 땅을 굴렀다. 동시에 다른 액션 배우가 휘두른 검이 볼을 스치며 땅을 쳤다.

"후."

이도원은 날숨을 뱉으며 벌떡 일어나 달려들었다. 그는 액션 배우를 붙잡고 쓰러지며 흙바닥을 뒹굴었다. 그때 사고가 터졌다. 흥분한 액션 배우가 무심코 팔을 휘둘렀고, 이도원이 그대로 얻어맞은 것이다.

"큭!"

입술이 터진 듯했다. 침에 비릿한 피가 뒤섞였다. 예정에 없던 부상이었다.

'이대로 엔지를 낼 순 없다.'

이도원은 그대로 밀어붙이는 쪽을 택했다.

'동선이 엉켰다. 최대한 단순한 동작으로 원래 흐름을 되찾는다.'

계획된 동선으로 돌려놔야 했다. 엔지인 줄 알고 그냥 일어나려는 액션 배우가 보였다. 그 모습을 포착한 이도원은 액션 배우를 막기 위해 쓰러진 상태에서 냅다 발로 걷어찼다.

퍽!

배를 얻어맞은 액션 배우가 몸을 비틀거렸다. 얼굴에는 당황한 표정이 역력했다.

이도원은 멈추지 않고 자세를 낮추며 발목을 베는 척 시늉했다. 그 동작을 보고 촬영을 이어가고 있다는 사실을 깨달은 액션 배우가 몸을 한쪽으로 무너뜨렸다.

"큭."

액션 배우는 볼품없이 넘어졌다. 굳이 말하지 않아도 호흡이 맞아떨어지자 이도원은 희열을 느꼈다. 그는 그대로 액션 배우의 가슴팍에 올라타서 목을 긋는 시늉을 했다.

딱 거기까지 했을 때 비로소 정윤욱 감독의 사인이 들려왔다.

"컷, 모니터링하세요!"

이도원은 손을 뻗어 액션 배우를 일으켜 주었다.

"죄송합니다."

액션 배우가 고개를 저었다.

"아닙니다, 도원 씨도 입술 터졌는데요. 좋은 애드리브였습니다. 긴박한 상황에 그런 판단을 하다니, 연기하면서 굉장히 빠져드는 타입인가 봅니다."

다른 액션 배우도 벌떡 일어나 갑옷을 툭툭 털며 말했다.

"전 꼼짝없이 엔지 난 줄 알았습니다."

이도원은 살아난 액션 배우들과 함께 정윤욱 감독이 있는 곳까지 갔다.

정윤욱 감독은 턱을 괴고 날카로운 눈빛으로 모니터를 주시하고 있었다.

"잘 나오긴 했는데, 카메라가 못 따라간 게 아쉬워. 표정까지 땄으면 더 좋았을 텐데."

모니터에선 꽤나 자연스러운 동작들이 흘러나왔다. 하지만 정작 연기를 펼친 이도원이나 액션 배우들이 기대하던 것보단 많이 약했다.

'아쉽지만…….'

이도원은 미련을 지우고 말했다.

"한 번 더 가는 게 낫겠는데요."

오준식이 질색하며 귀에다 속삭였다.

"낙마 장면을 또 하겠다고? 보면서 얼마나 조마조마했는데……."

이도원은 그의 어깨에 팔을 두르며 답했다.

"미안, 미안. 그래도 기왕 할 거면 제대로 해야지."

확고한 목소리로 말한 이도원이 정윤욱 감독에게 들리지 않도록 덧붙였다.

"내가 유태일 감독님이랑 작업하면서 배운 게 그거야."

이도원은 기본에 충실할 생각이었다.

'작품에 대한 욕심이 있는 감독과 배우가 만났을 때 비로소 좋은 작품이 나온다. 이 바닥에서 적당히는 아무도 알아주지 않아.'

어느새 이도원의 배우관(觀)이 서서히 나타나고 있었다. 확고한 의지가 담긴 이도원을 보며 액션 배우 누군가는 반성하고, 누군가는 불만을 품었다.

'적당히 만족하고 끝내려고 했던 내가 안일했구나.'

'이 정도면 된 것 같은데… 또 하자고? 왜 그걸 혼자 정해? 지는 얼굴 나온다, 이건가?'

또 일각에선 이 상황을 흥미로워하는 선배들이 있었다.

바로 '왕세자' 역할의 정성우, 그리고 '왕' 역할의 안유성이었다.

"선생님, 저 친구 어떠세요?"

"연기도 잘하고, 욕심도 있고, 의지도 강하고."

간단히 평한 안유성이 덧붙였다.

"자네가 보기에는 어떤가?"

"제가 뭘 알겠습니까마는……."

정성우가 진한 미소를 그렸다.

"활력 넘치는 촬영이 될 것 같다는 예감은 있습니다. 지금 의욕이 많이 떨어져 보이는 윤지민에게도 자극이 될 것 같고요."

그 말에 안유성은 고개를 끄덕였다.

"윤지민, 그 친구… 요새 많이 심란해 보이더군. 신인 땐 안 그랬는데 말이야. 자네랑 둘 중 누가 선배지?"

"예, 선생님. 제가 조금 더 일찍 데뷔했습니다."

정성우의 대답을 들은 안유성이 말했다.

"가장 많은 분량을 함께하는 자네가 컨트롤을 좀 해줘야겠어. 저 이도원이란 친구는 존재 자체만으로 자극이 될 것 같고."

안유성의 눈빛이 깊어졌다. 이 바닥 생활만 오십 년 가까이 됐다. 그만하면 구태여 보려고 애쓰지 않아도 훤히 보이는 나이다. 또 그만큼 적극적으로 나서기가 애매해지는 시기였다.

'정 감독이랑 잘 풀었으면 좋겠는 걸.'

물론 영화 한 편의 흥행 성적이 안유성에게 영향을 주진 않는다. 그러나 매번 영화를 찍을 때마다 잘되길 바라는 마음은 똑같았다.

안유성은 한숨을 내쉬며 고개를 저었다. 이윽고 그가 망설이던 속내를 털어났다.

"소문에 의하면 윤지민 그 친구 뱃속에 아이가 있다는 설이 있더군. 아직 아무것도 밝혀진 건 없지만 말이야. 촬영 기간 동안 가장 많은 시간을 함께할 자네가 맞춰야 해. 결혼도 앞두고 있고, 굉장히 예민한 시기지 않나."

*　　　*　　　*

영화 〈투사〉 촬영이 한창인 때 이도원은 틈틈이 대학로의 뮤지킬 〈영웅〉 연습실을 나갔다. 이도원은 〈영웅〉의 '안중근'을 분석하며 〈투사〉의 '조영선'과 닮았다는 생각을 했다.

진중한 성격의 애국자.

'그나마 조금 편하겠어.'

〈악마의 재능〉과 〈시간아! 돌아와〉를 동시에 했을 때처럼 정반대 성향의 배역이 아니었다.

이도원이 홀로 연습실에 앉아 있을 때, 정태화가 몇몇 단원들과 들어섰다.

정태화는 시계를 보더니 물었다.

"오늘도 연습실에서 자고 가려고?"

이도원은 말없이 빙긋 웃었다.

그의 주된 수면 장소는 연습실과 차 안이었다.

정태화가 고개를 흔들며 이어 말했다.

"그러다 몸 상한다. 컨디션 관리가 더 중요하다는 걸 잊지 말아."

"알겠습니다. 명심하고 주의할게요."

이도원은 순순히 대답했다.

정태화가 걱정할 정도인데 가족들은 오죽할 것인가.

하루하루 집에다 전화를 걸면 현장의 간이 숙소에서 잠을 잔다는 핑계를 댔다.

한편 정태화에게 이도원은 놀라운 후배였다. 한참 주가를 올리고 있음에도 허세를 부리지 않는다. 연기력은 볼 때마다 절로 혀를 내두를 만큼 훌륭했다. 부족했던 노래 실력 역시 매번 다른 사람처럼 늘고 있다.

'아무리 열심히 한다지만 이런 속도로 늘다니.'

정태화가 바라보는 곳.

이도원은 웜업과 화술 훈련을 하고 본격적인 연습에 돌입했다.

묵직한 소리가 음정과 정확히 맞아떨어졌다. 더 위에서 음을 하나씩 내려놓는 것처럼 편안하게 불렀다.

비장한 표정과 눈빛이 가사에 녹아들었다. 그러나 정작 이도원은 마음에 차지 않았다.

'민족의 한과 숙원을 노래하는데 웅장한 느낌만 있다. 애석한 감정은 온전히 담아내지 못하고 있어.'

이도원은 녹음기를 통해 자신이 부른 노래를 귀에 대고 들으며 고민했다.

'배역에 몰입하기보다 노래 자체에 집중하고 있기 때문이야.'

신용운에게 박수를 받았을 때 느꼈던 자유로움이 없었다.

이도원은 이 문제점에 대해 스스로 완전히 배역에 녹아들지 못하고 있기 때문이라는 결론을 내렸다.

'무의식중에 〈투사〉의 '조영선'과 비슷하게 접근해서 그렇다. 두 배역 모두가 비슷한 성격이지만 '조영선'의 목적은 왕에 대한 충성심과 왕세자에 대한 복수심이다. 반면 '안중근'은 오로지 이 나라의 독립을 염원하는 독립군이야. 두 인물의 목적 자체가 다르다.'

확실하게 분리를 해야 한다. 비슷한 성격의 인물이란 점이 이도원에게는 배역 간 헷갈리게 되는 난제로 적용했다.

이도원은 어느 정도 〈영웅〉의 노래와 대사들이 입에 익을 때쯤부터 일제강점기에 대한 책과 영상을 보기 시작했다.

'내가 배역과 교감하려면 이 시대부터 이해해야 한다.'

그는 시작점을 잡았다.

영화 촬영 역시 바쁘게 진행됐다.

세트로 가는 도중 오준식이 말을 걸어왔다.

"완전히 연기에 빠져서 사는구나. 이거야 원, 밤낮 이중 생활하는 슈퍼 히어로도 아니고. 영화 촬영과 뮤지컬 연습을 동시에 하려니 많이 힘들지?"

이도원은 시트에 기대 고개만 흔들었다.

"힘들긴 한데 즐겁다. 이렇게 매력적인 역할들을 계속 할 수 있다니 정말 행운이지."

그건 그렇다. 대부분의 배우가 배역이 없어서 못 하지, 열정이나 시간이 부족해서 못진 않는다. 그런 의미에서 이도원은 행복한 배우이자 부러움의 대상이기도 했다.

오준식은 고개를 끄덕였다.

"네가 잘 알고 있으니 다행이다. 힘들어도 초심을 잃지 마."

그는 마음 한구석으로 이도원이 걱정됐다. 괜히 작품 욕심을 부리다 본인도 감당하지 못할 만큼 일을 벌려놓은 것은 아닐까 내내 신경이 쓰였다. 영화나 뮤지컬이나 도중에 마음대로 때려치울 수 있는 것도 아니었기 때문이다.

두런두런 이야기를 나누고 있을 때 밴이 현장에 도착했다. 군막 안을 재현한 세트장이었다. 안으로 들어가자 스태프들이 바쁘게 움직이고 있었다.

"안녕하세요, 안녕하세요."

이도원과 오준식은 인사를 하며 정윤욱 감독에게로 갔다. 정윤욱 감독이 배우들을 모아놓고 콘티를 배부하며 말했다.

"오늘은 '조영선'이 왕세자에 의해 토사구팽 당하는 장면입니다. 무엇보다 도원 씨의 감정연기가 중요해요."

이도원이 고개를 끄덕였다.

제작팀은 잠시 장면에 대한 논의를 하고 곧바로 촬영에 들어갔다.

"자, 클로즈업."

그리 말한 정윤욱 감독이 사인을 보냈다.

"배우 레디, 액션."

이도원은 깊은 눈으로 두 손을 내려다봤다. 그릇을 가득 채운 수면 아래 선홍색 핏물이 번져가고 있었다. 귀에서는 병사들의 절규가 들려오고, 불길에 휩싸인 전장과 죽어나가는 병사들의 모습이 두 눈에 선했다.

이도원이 멍하니 환청과 환각에 둘러싸여 있는 그때, '왕세자' 역할의 정성우가 막사 안으로 들어왔다.

이도원은 그를 발견하고는 무릎을 꿇었다.

"저하."

정성우는 아직 눈물 자국이 남아 있는 얼굴로 말했다.

"아바마마가 돌아가셨네. 자네를 만난 뒤더군."

이도원은 심장이 철렁 내려앉는 기분이 들었다.

그 순간 막사로 병사들이 들이닥쳤다.

이도원은 충격을 받은 얼굴로 중얼거렸다.

"그게 무슨……."

중얼거리던 이도원의 얼굴이 점차 굳어졌다. 딱딱한 표정은 이내 정성우를 추궁하는 불신을 품었다.

정성우의 슬픈 표정 속, 그의 내면이 담긴 동공에 야망이 불타 오르고 있었다. 횃불이 비추는 불빛이 냉기가 흐르는 정성우의 옆면을 비추었다.

훌륭한 연기력과 연출이 어우러져 두 사람이 돋보였다.

이윽고 정성우의 눈빛을 읽은 이도원이 말했다.

"전하의 죽음, 저하께서 저지른 일이군요."

정성우는 고개를 흔들었다. 그는 나직이 한숨을 쉬며 대답했다.

"무슨 말을 하는지 모르겠군. 여봐라, 장군을 모셔라."

병사들이 다가와 이도원을 양쪽에서 잡지만 이도원은 저항하지 않고 순순히 응했다. 그는 왕세자를 노려보면서도 섣불리 굴지 않고 물었다.

"설마 가족들까지 손댄 겁니까?"

시선이 이글이글 타올랐다. 공기마저 건조하게 말리는 음성을 들은 정성우는 감탄하지 않을 수 없었다.

'역시.'

정성우는 내색하지 않고 다음 대사를 쳤다.

"임금을 살해한 죄. 자네의 구족을 능지처참해야 하지 않겠나? 곧 만날 수 있을 게야."

그 말을 들은 이도원이 눈을 부릅뜨며 달려들었다.

"으아아!"

고함을 내지르는 순간, 병사가 뒷목을 가격했다.

이도원이 기절하는 데까지.

"컷!"

정윤욱 감독이 컷 사인을 보내고 손짓으로 배우들을 불렀다.

따라서 이도원과 정성우는 모니터로 갔다.

장면을 모두 감상한 정성우가 이도원에게 물었다.

"한 번 더 가는 게 좋을 것 같은데?"

"예, 선배님."

이도원 역시 같은 생각이었다.

정윤욱 감독이 고개를 끄덕이며 말했다.

"다시 갑시다."

촬영이 계속됐다.

정성우가 이도원을 팽개치는 씬은 여섯 번째 촬영에 들어가서야 만족스러운 장면이 나왔다. 두 사람의 연기 자체는 크게 달라지지 않았지만, 카메라 구도와 병사 역할 보조 출연자들의 위치를 바꿔서 촬영했다.

모니터링을 마친 정윤욱 감독은 흐뭇한 미소를 지었다.

'두 사람, 호흡이 잘 맞는데.'

생각한 그는 이도원에게 말했다.

"다음 씬은 액션, 도원이 혼자 들어간다. 준비됐지?"

"예."

이도원이 고개를 끄덕였다.

다음 촬영 장소로 넘어가기 위해 모든 스태프와 배우가 차를 타고 인근 야산으로 이동했다. 그리고 막바로 촬영 준비가 시작됐다.

먼저 배우들은 리허설을 했다. 기마병 셋이 앞서가고, 이도원이 내의만 입은 채 포승줄에 묶여 맨발로 뒤따랐다. 이도원은 얼음 위를 걷는 듯 발이 시렸다. 더구나 쌀쌀한 날씨에 홑겹 내의 한 장만 입은 상태였다.

이도원은 내색하지 않고 속으로 생각했다.

'더럽게 춥네.'

한편 스태프들은 동선을 확인하며 이도원이 걷는 곳의 자갈을 치우고 고운 흙을 깔았다.

배우들이 분장까지 마치자 정윤욱 감독이 말했다.

"배우들 위치해 주세요!"

확성기를 통해 산에 메아리가 맺혔다.

이도원과 기마병 셋은 시작 위치로 가서 행렬을 맞췄다.

배우들을 본 정윤욱 감독이 고개를 끄덕이고 지시를 내렸다.

"레디, 액션!"

이도원은 반역죄에 대한 추국을 받는 대신 야산으로 끌려가는 상황이었다.

숲길을 걸으며 이도원이 기마병들에게 말했다.

"왕세자가 비밀리에 날 제거하려 하나 보군."

그 말에 기마병들은 대답하지 않고 묵묵히 말을 몰았다.

카메라가 따라붙고, 일 분 정도 걸어 평평한 지대에 도착했다.

이내 기마병 하나가 멀리 나가서 주변 경계를 했다.

나머지 두 명은 말에서 내려 이도원의 앞뒤에 위치했다.

"빨리 끝내도록."

말한 이도원이 천천히 무릎을 꿇었다.

뒤에 선 기마병은 뒤에서 목을 칠 자세를 취했다.

그때 이도원이 말을 이었다.

"고통 없이 죽여라."

    기마병 둘은 서로 눈빛을 주고받으며 고개를 끄덕였다. 잇따라 이도원의 뒤에 섰던 기마병이 검을 거꾸로 잡았다. 단번에 목을 찔러 죽이려는 의도였다.

    이도원이 스윽 눈을 감았다. 복수를 단념하고 죽음을 각오한 비장한 모습이었다.

    기마병이 말했다.

    "직접 모시진 않았지만, 그동안 장군과 한편에서 싸운 것만으로 영광이었습니다."

    이도원이 눈을 감은 채 고개를 끄덕였다. 뒤에 섰던 기마병은 눈을 질끈 감으며 거꾸로 잡은 검을 찔렀다.

    그때였다.

    이도원이 움직였다.

    상체를 흔들어 검을 피한 이도원은 칼날을 맨손으로 잡았다. 그 상태로 벌떡 일어나며 기마병의 턱주가리를 머리로 들이받았다.

    "컥!"

    기마병이 휘청대는 사이 이도원은 맨손으로 가로챈 검을 이용해 가슴을 찔렀다. 심장을 찔린 기마병이 쓰러지자 이도원이 검을 회수했다.

    한편 정면에 있던 기마병은 화들짝 정신을 차리며 검을 뽑으려 했다. 그러나 뽑히질 않았다.

    "검에 서리가 끼면 잘 빠지지 않는 법."

    이도원은 망설임 없이 양손으로 잡은 검을 내려쳤다.

    투구가 쪼개지며 검을 뽑으려던 기마병이 쓰러졌다.

    "미안하다."

중얼거린 이도원은 날샌 범처럼 움직였다. 그는 나무 뒤에 숨어 멀리서 주변을 경계하는 기마병을 바라보며 휘파람을 불렀다.

삐익, 소리를 들은 기마병이 말을 돌려 이도원을 발견했다.

"제길!"

소리친 기마병이 돌진했다.

이도원은 검을 단단히 잡고 거리가 가까워질 때를 기다렸다.

"합!"

기합소리와 함께 두 사람이 검을 휘두르며 엇갈렸다.

비틀대던 이도원은 옆구리를 잡고 한쪽 무릎을 꿇었다.

그 순간 마상에 있던 기마병이 맥없이 낙마했다. 갑옷에는 이도원의 검이 박혀 있었다.

"후우, 후우, 후우."

이도원은 거친 숨을 몰아쉬며 기마병이 몰던 말 세 마리를 데려왔다. 고향까지 먼 길을 쉼 없이 달려야 하기에 세 마리가 모두 필요한 것이다.

실제로 보는 듯 리얼한 장면이 완성됐다. 비록 카메라들이 여러 구도에서 찍었지만 아직 부족했다.

'생각보다 훨씬 잘해줬어!'

희열어린 웃음을 띤 정윤욱 감독이 컷 사인을 보냈다.

"컷, 오케이! 일단 모니터링하세요."

그 말을 들은 이도원이 기마병 역할을 수행한 액션 배우들을 일으켜 주었다. 액션 배우들은 하나같이 엄지를 세웠다.

"바로 액션스쿨 들어와도 되겠습니다."

이도원은 희미한 미소를 짓고 고개를 가로저었다.

머지않아 배우들은 모니터를 통해 방금 촬영한 장면을 확인했다. 그때 정윤욱 감독이 이도원과 액션 배우들을 번갈아 보며 물었다.

"어때? 오케이 하고 다음 샷 찍으면 될 것 같은데."

액션 배우들의 얼굴에 화색이 돌았다.

이도원도 모처럼 한 번에 고개를 끄덕였다.

"예, 감독님."

구석에 서 있던 오준식이 다가와 재빨리 이도원에게 담요를 덮어주었다. 오준식이 속삭였다.

"웬일로 단번에 오케이 하네? 너도 춥긴 춥나보다."

농담을 던지는 것이다.

이도원은 맞장구를 쳐주었다.

"한겨울에 팬티만 입고 있는 기분이야. 군대에서 알통 구보했을 때보다 춥다."

알통 구보는 군대에서 이른 아침부터 웃통을 벗고 구보하는 걸 뜻했다. 그 말을 엿들은 정성우가 끼어들었다.

"벌써 군대 갔다 왔어? 몇 살이지?"

"예, 작년에 제대했습니다. 스물두 살입니다."

"빨리도 갔다 왔네."

정성우는 목을 긁적이며 덧붙였다.

"난 아직인데."

그는 삼십 대 초반의 배우였다. 더 이상 미루기도 뭐한 나이.

정성우가 빙긋 웃으며 말했다.

"이번 영화 끝나면 가려고 신청해 뒀다. 그전에 따로 한잔 하

자. 군대 노하우도 좀 알려달라고."

"네, 좋습니다."

주변에서는 스태프들이 장비를 옮기기 시작했다.

그동안 이도원과 정성우는 대기하며 대화를 나눴다.

"윤지민 말이다."

정성우가 고민 끝에 운을 뗐다.

"모두 쉬쉬하는 분위기지만 임신했다는 소문이 있더라. 너와도 겹치는 장면이 있으니까 조심할 부분은 조심하라고 미리 말해주는 거야."

그 말을 들은 이도원은 내심 크게 놀랐다.

'임신?'

타임 슬립 전에 윤지민이 임신했다는 기사를 본 적이 있나 되짚어봤지만 기억이 나질 않았다. 전에도 윤지민 팬이 아니었기에 자세한 사생활까지는 알 수 없었다. 그럼에도 알고 있는 사실이 하나 있긴 했다.

'이혼했다고 들었는데… 그 남편이랑 만났던 시기가 현재랑 겹치는 것 같고.'

곰곰이 생각하던 이도원이 물었다.

"선배님. 윤지민 선배님, 지금 누구랑 연애한다고 공개된 것 있나요?"

"TV 안 보나보네."

피식 웃은 정성우가 말을 이었다.

"재벌 2세랑 교제하고 있잖아? 아, 이제 2세가 아닌가? 곧 〈키스톤월드〉 회장이 될 차기열 씨가 윤지민 애인이야."

                    *   *   *

　이도원은 컷 촬영을 하고 자리로 돌아와 막간을 이용해 대본을 펼쳤다.

　'다음 장면은 윤지민이랑 한다.'

　올 것이 온 기분이었다.

　곁에 있던 오준식이 목소를 낮추며 말했다.

　"현장 분위기가 삽시간에 안 좋아졌어. 스태프들도 표정이 굳어 있고. 정윤욱 감독과 윤지민 사이가 생각보다 더 안 좋은 것 같은데. 그래도 한때 연인이었다는 사람끼리 왜 그러냐."

　이도원은 대본을 넘기며 답했다.

　"안 좋게 찢어졌으니까 그러겠지요."

　말은 무심한척 하면서도 속으로는 의문이 들었다.

　'그래도 업계에서 알아주는 프로들인데, 사적인 감정을 일에 개입시킨다고?'

　사람 나름이니 아예 불가능한 일은 아니었다. 그럼에도 이도원은 석연치 않은 부분이 있었다.

　'내가 본 두 사람은 그럴 인물이 아냐.'

　성격이 어떤가의 문제가 아니었다. 두 사람 성향 자체가 프로페셔널하다. 굳이 비유하자면 곰보단 여우에 가까운 인성을 가진 사람들인 것이다.

　어쨌거나 당장 윤지민과 호흡을 맞춰야 하는 이도원은 미간을 찌푸렸다.

'두 사람 개인사야 내 알 바는 아니지만 영 신경 쓰이는군.'

그때 밴 한 대가 현장으로 들어왔다. 윤지민이 탄 흰색 밴이었다. 곧 내린 윤지민이 스태프들과 배우들에게 인사를 건넸다.

"안녕하세요."

그녀는 이도원에게 다가왔다.

"잘하고 있었어요?"

이도원은 불편한 기분을 내색하지 않고 대답했다.

"네, 선배님."

윤지민이 빙그레 웃으며 말했다.

"잘 부탁해요."

"저야말로 잘 부탁드립니다."

이도원은 꾸벅 고개를 숙였다.

그때 정윤욱 감독이 박수를 치며 말했다.

"자자, 이제 촬영 들어가겠습니다."

이도원은 이상한 느낌이 들었다.

정윤욱 감독은 원래 촬영에 들어가기에 앞서 항상 배우들과 논의를 거쳤다. 그런데 이번에는 바로 촬영에 들어가는 것이다. 더구나 이번 장면은 왕세자가 왕을 암살하기 전 공주와 미묘한 감정이 들어가는 장면이었다.

'중요한 장면인데.'

아무 지시도, 논의도 없다. 하지만 세세한 부분까지 따지고 들 수도 없는 입장인지라 이도원은 별말 없이 자신의 자리로 가서 섰다.

윤지민 역시 그의 앞에 마주 섰다.

그녀가 입모양으로 말했다.

'화이팅.'

마침내 사인이 떨어졌다.

"레디, 액션!"

정윤욱 감독의 목소리와 함께 '민혜 공주' 역할의 윤지민이 대사를 쳤다.

"난 정략혼을 하게 될지 모르는 몸이에요."

이도원은 묵묵부답으로 뒷짐을 지고 먼 곳을 바라보았다.

윤지민이 대사를 이어갔다.

"당신 정도면 충분히 날 요구할 수 있을 거예요. 특히 세자가 왕권을 잡으면 더 반기겠죠. 군대의 충성이 장군에게로 향해 있는데, 장군을 얻게 되는 거니까."

이도원은 무언가 이상한 느낌이 들었다. 윤지민이 리딩 때와는 비교도 할 수 없이 건조하게 연기하고 있는 것이다.

리딩 때 풍부하고 세밀한 감정선으로 기회주의적 성향이 있는 '민혜 공주'를 드러냈다면, 지금은 그저 '민혜 공주'라는 캐릭터를 대사로서 지루하게 설명하는 느낌이었다.

그건 호흡을 주고받는 이도원이기에 가장 먼저 느낄 수 있었다. 그렇다고 티를 낼 수도 없는 노릇.

이도원이 고개를 돌려 그녀를 보았다.

"소장은 이미 혼인한 몸입니다."

"알고 있어요. 하지만 그건 날 받아주지 못하는 이유가 안 돼요. 말했다시피 세자 입장에선 당신을 거부할 수 없을 테니까요."

윤지민이 눈을 반짝이며 고집을 부렸다.

이도원은 고개를 저으며 완강하게 말했다.

"전쟁이 끝나는 대로 소장은 관직을 버리고 고향으로 돌아갈 생각입니다."

윤지민은 대답을 하지 않았다. 그러자 정윤욱 감독이 사인을 보냈다.

"엔지, 배우들 잠깐 이리와 보세요."

이도원과 윤지민이 정윤욱 감독에게로 갔다.

모니터를 빤히 보고 있던 정윤욱 감독이 윤지민에게 고개를 돌렸다.

"장난하나?"

윤지민의 미간이 찌푸려졌다.

"뭐라고요?"

정윤욱 감독이 모니터를 툭툭 치며 말했다.

"당신 눈으로 직접 봐, 이따위로 연기를 해놓고 고의가 아니라고?"

그는 이어서 물었다.

"지금 나한테 시위하는 건가?"

윤지민은 입술을 꼭 깨물었다.

이도원은 내심 고개를 갸웃했다.

'정윤욱 감독은 이런 스타일이 아니라고 들었는데?'

무서운 감독이긴 하지만 거친 감독은 아니었다. 더불어 배우들과의 교감과 소통을 중시하는 감독으로 정평이 나 있었다. 소문은 소문일 뿐이지만, 이도원의 눈으로도 확인했던 부분이었다.

'윤지민과 사이가 안 좋아서 과하게 반응하거나 혹은……'

다른 이유가 있다.

물론 그 이유까지 알 수는 없었다.

이도원이 이런저런 생각을 하고 있을 때 정윤욱 감독이 말했다.

"똑바로 하세요. 투자자들이 편 들어줘서 현장 들어왔다고 기고만장하지 말고."

정윤욱 감독은 고개를 돌렸다.

윤지민이 벌게진 눈으로 돌아갔다.

이도원 역시 그녀와 마주 섰다.

'예쁘긴 예쁘군.'

잘못해서 혼나고 우는 건데 애처롭고 절로 감싸주고 싶다는 생각이 들었다. 그건 어디나 본능적인 판단일 뿐이고, 이도원은 이성적으로 판단했다.

그사이 윤지민이 간신히 울음을 멈췄다.

이내 정윤욱 감독이 운을 뗐다.

"배우들 레디."

묘한 정적이 감돌았다.

현장 분위기는 싸늘했다.

"액션."

윤지민이 입을 열었다.

"난 정약혼인을… 아, 죄송합니다."

그녀는 눈가를 훔치며 스태프들에게 고개를 숙였다.

눈을 질끈 감으며 한숨을 푹 쉰 정윤욱 감독이 말했다.

"바로 다시 갑니다. 레디, 액션."

윤지민이 대사를 시작했다.

"난…… 아아."

목소리가 떨렸기에 그녀는 대사를 멈췄다.

바라보던 정윤욱 감독이 손짓으로 촬영을 중지시켰다.

"…윤지민 씨. 잠깐 나 좀 볼까?"

"네……."

윤지민이 힘없이 답하며 정윤욱 감독에게로 갔다.

이도원 역시 현장에서 빠졌다.

곁에 서 있던 정성우가 물었다.

"이상하단 말야."

"예?"

이도원이 묻자 정성우가 말을 이었다.

"내가 정 감독님이랑만 세 작품을 했거든? 지금까지 다 좋았던 건 아니야. 개떡 같은 여배우도 있었고. 근데 한 번도 정 감독님이 저렇게 화내는 걸 본 적이 없거든. 이건 굉장히 이상해."

정성우 역시 출중한 연기력을 가진 배우였다. 따라서 타인의 연기를 볼 때도 직관적으로 분석하는 습관이 몸에 배어 있다. 그는 곰곰이 생각하던 끝에 확인 차원으로 물었다.

"윤지민도 이상하단 말야. 왜 일부러 엔지를 내지? 넌 확실히 알 거 아니야. 쟤, 일부러 엔지 내는 거 맞지?"

이도원은 고개를 저었다.

"저야 윤지민 선배가 원래 어떤지 모르니까요."

말은 그렇게 했지만 마음속으로는 거의 확신하고 있었다.

'일부러 내는 게 맞아. 그런데 윤지민만 평소 같지 않은 게 아니고 정윤욱 감독도 평소와 다르다면……'

두 사람이 짜고 치는 고스톱이다?

뭘 위해서? 영화를 일부러 말아먹으려고?

그것도 앞뒤가 맞질 않았다.

어떤 상황인지 몰라도 이도원은 자신이 희생양이 되고 싶은 생각은 추호도 없었다. 그는 정성우에게 조심스럽게 말했다.

"선배님, 괜히 짐작만 하면 오해를 불러올 수도 있으니까 감독님에게 직접 여쭈어 보는 게 어떨까요?"

정성우가 고개를 끄덕였다.

"안 그래도 기다리고 있다, 타이밍을."

"타이밍이요?"

"아직 나서서 말하기에는 부족해. 계속 어이없는 엔지가 나면 정 감독님께 조용히 얘기해 보는 편이 좋겠다."

"알겠습니다."

이도원이 순순히 대답했다.

그때 심각한 표정으로 대화를 나누던 정윤욱 감독과 윤지민이 돌아왔다.

정윤욱 감독이 모니터 앞에 앉아 지시했다.

"다시 갑시다."

그 뒤에도 여러 차례 엔지가 났다.

현장 분위기는 점점 악화됐고, 마침내 정윤욱 감독이 폭발했다.

"야, 윤지민! 너 뭐하는 새끼야?"

욕설을 들은 윤지민은 그를 노려보다 자신의 앞에 있는 카메라를 손으로 내렸다.

"저, 몸이 너무 안 좋아서 촬영 못 하겠어요."

이렇게 되면 막장이다.

모든 배우와 스태프가 현장에서 나왔다.

정윤욱 감독은 윤지민을 불러 다시 대화를 시도했다.

중간중간 소리를 지르는 목소리가 들려왔다.

바라보던 정성우가 말했다.

"아무래도 물어보는 게 낫겠다. 아무래도 이상해. 왜냐하면 정 감독님은 화가 나면 얼굴이 벌게지거든?"

정성우가 물었다.

"지금은 소리를 질러서 벌겋게 됐지만, 아깐 멀쩡했지?"

"네."

이도원은 고개를 끄덕였다.

그리고 내심 확신했다.

'둘 사이에 뭔가 있다.'

정성우는 이도원의 팔을 툭 치며 말했다.

"가자."

"가요? 어디를요?"

이도원이 눈을 동그랗게 뜨고 자신을 가리키며 되물었다.

"저도 갑니까?"

"그럼 선배 시켜먹고, 뒷짐 지고 지켜보려고?"

정성우가 나무라자 이도원은 고개를 저었다.

"아닙니다. 가야죠, 앞장서겠습니다."

두 사람은 정윤욱 감독과 윤지민이 싸우는 현장으로 조심스 럽게 다가갔다. 이도원이 한참 열을 올리는 정윤욱 감독을 부르 려고 입을 열었다.

"저, 감독님."

정윤욱 감독은 그 목소리를 듣지 못했다. 정성우가 이도원의 어깨를 잡으며 앞으로 나섰다.

"배우가 발성이 왜 그래? 감독님. 정 감독님!"

그때서야 정윤욱 감독이 정성우를 돌아보았다.

"아, 성우 씨."

정성우가 처음부터 강수를 두었다.

"죄송하지만 이대로는 곤란합니다. 저는 지민 씨 연기력도, 감독님 연출 방식도 잘 알고 있어요. 지민 씨는 지금 일부러 엔지를 내고 있습니다. 감독님은 평소보다 훨씬 흥분하고 계시고요. 감독과 주연 여배우가 다투면 현장 분위기는 어떻게 됩니까?"

그는 스태프들이 모여 있는 쪽을 가리켰다.

"저 꼴입니다. 만약 안유성 선생님이 계셨다면 크게 노하셨을 겁니다."

그 모습을 보고 있던 이도원은 고개를 절레절레 저었다.

'성깔 한번 대단하네. 아무리 주연이라지만 배우가 감독한테 저렇게 쏘아붙이다니.'

한 가지 의문이 들었다.

'아니면 내가 타임 슬립 전 조연만 해서 유독 감독들한테 조심스러운 건가?'

생각해보면 주연 배우들은 제법 자기주장도 강했다. 웬만한 감독들은 주연한테 함부로 하지 못했다.

물론 정윤욱 감독같이 흥행 보증수표라면 이야기가 다르지만.

역시나, 정윤욱 감독은 불쾌한 표정을 지었다.

"도를 넘는 것 같은데? 이 현장의 감독은 접니다. 제가 배우를 혼내고 관리하는 게 뭐가 잘못됐습니까?"

"상황이 나아지길 바라는 마음에서 얘기한 겁니다. 배우들이 연출을 모르듯 감독님도 연기를 해본 적이 없으시니까, 크게 꾸짖으시는 방법이 오히려 독이 될 수 있다고 말씀드리고 싶었습니다."

"지금 나한테 훈수를 뒀어요? 그것도 신인 배우인 도원 씨 앞에서?"

정윤욱 감독은 얼굴을 와락 일그러뜨렸다.

정성우가 한숨을 내쉬며 고개를 저었다.

"저, 감독님이 세 번째 불러주셨습니다. 그런 제가 봤을 때 잘못돼도 단단히 잘못됐다는 생각이 든다는 말입니다. 지금."

"됐습니다."

정윤욱 감독은 말을 자르며 답했다.

"오늘 촬영은 이만 접겠습니다."

그는 스태프들이 있는 곳으로 먼저 내려갔다.

윤지민은 간헐적으로 흐느끼며 울다가 뒤따라 내려갔다.

정성우는 침중한 표정으로 고개를 저었다.

그 모습을 모두 지켜본 이도원은 확신할 수 있었다.

'정윤욱 감독과 윤지민이 짜고 판을 흔드는 게 분명하다. 이유가 뭘까?'

이도원이 정성우를 보며 물었다.

"선배님, 너무 흥분하신 것 아니에요?"

"일부러 그랬다."

정성우가 목소를 낮추며 말했다.

"뭔가가 있어. 넌 잘 모르겠지만 감독님은 절대 이런 일로 촬영을 접는 분이 아니다. 설령 접더라도 불미스러운 상황은 모두 그 자리에서 해결을 봐야 되는 분이야. 저렇게 피한다는 건 다른 이유가 있다는 뜻이라고 봐야지."

두 사람 사이에 뭔가가 있다. 그런데 그게 뭔지는 모른다.

이도원은 〈투사〉라는 영화가 제대로 나오기 위해선 그 문제를 풀어야 한다는 확신이 들었다.

$$* \qquad * \qquad *$$

백 프로덕션 사무실.

이도원과 이상백은 진지한 표정으로 마주 앉았다.

"일단 윤지민 분량을 제외하고 촬영한다고요?"

이도원의 질문에 이상백이 고개를 끄덕였다.

"그래. 배급사 쪽에서 전한 바로는 정 감독이 여배우 교체를 요청했다더구나. 지난번 현장에서의 일로 다른 배우들도 교체를 바라는 눈치다. 핑계는 '트러블로 인한 하차'지만 네 얘기를 들어 보니 윤지민이 임신한 것 때문인 것 같군."

곰곰이 생각하던 이상백이 덧붙여 말했다.

"정 감독도 어지간히 걱정됐나 보군. 그런 쇼를 해서까지 윤지민을 빼려하다니."

"투자사나 제작사, 윤지민 소속사에서는 왜 그렇게까지 윤지민을 고집하는 걸까요?"

이도원은 당최 이해가 가질 않았다.

그에 이상백이 대답했다.

"윤지민이 전속 모델로 계약돼 있는 회사가 최고투자자니까. 그들이 원하는 건 영화 투자 수익만이 아니야. 전속 모델의 인지도가 올라가면서 누릴 수 있는 홍보 효과는 단기적인 수익의 수배에 달한다. 그러니 윤지민 소속사 역시 외압을 받고 있겠지."

이도원은 고개를 끄덕였다.

"윤지민과 정윤욱 감독은 옛날에 교제했던 사이라고 들었어요. 혹시 둘 사이에 또다시 뭔가가 있는 걸까요?"

그는 덧붙였다.

"만약 사적인 감정으로 모든 배우에게 피해를 주는 거라면 실망할 것 같거든요."

"글쎄……."

이상백은 턱을 만지작거리며 의견을 말했다.

"내 생각이지만 그건 아닐 거다. 정 감독과 윤지민의 접점이요 근래에 없기도 했고, 차기열과도 관계가 좋다고 들었어. 서로 이미지를 생각해 임신 사실을 공론화할 생각은 없는 것 같지만 혼담이 오가고 있는 것도 사실이고. 만약 사적인 감정이 개입됐다면 그저 정윤욱 감독의 호의와 배려 정도가 아닐까 한다."

그 말을 들은 이도원은 고개를 끄덕였다.

그때 이상백이 말을 이었다.

"정말 다행인 점은 후보 선수가 있다는 거다. 이제 와서 여배우를 다시 섭외하려 했다면 촬영 기간이 미뤄지거나 영화 자체가 엎어졌을 텐데 박아현이 있으니 바로 교체가 가능한 거지."

타임 슬립 전 윤지민은 교체되지 않았으나 현재에는 교체되려 하고 있었다.

이는 타임 슬립 전에 윤지민을 대신할 마땅한 후보자가 없었다는 의미기도 했다.

'결국 이렇게 되는군.'

허탈하게 웃은 이도원이 물었다.

"대표님은 이런 사실을 어떻게 다 아신 건가요?"

"맨 처음 박아현을 집어넣은 게 우리 아니냐? 더구나 박아현이 옮길 보금자리가 우리 회사라는 건 이미 공공연한 사실이고. 나도 배급사와 투자사 측에서 들은 정보만 알고 있을 뿐이다."

이도원은 고개를 끄덕였다.

이 문제에 대해 더는 생각하고 싶지 않았다.

"박아현은 연기에 대한 감이 좋아요. 더 없이 훌륭한 기회가 될 겁니다."

이상백이 고개를 끄덕였다.

"그건 너 역시 마찬가지다. 지난번까지의 촬영과는 달라. 신용운 선생이 네 연기를 보더니 여유가 부족하다고 말하더구나. 이번 작품은 여유만만한 선배들이 많으니까 직접 체감하며 배울 점들이 많을 게다."

이도원이 빙긋 웃으며 대답했다.

"예, 대표님. 명심하겠습니다."

〈투사〉의 여배우는 박아현으로 교체되었다.

그리고 11월 중순이 돼서야 촬영이 속개됐다.

촬영 스케줄이 나오자 이도원은 현장으로 바로 투입됐다.

"이제 벌써 연말이네."

오준식이 말을 시켰다.

"작년이 엊그제 같은데 벌써 일 년이군?"

오준식이 백미러로 그를 바라봤다.

"작년부터 촬영한 〈시간아! 돌아와〉랑 〈악마의 재능〉 모두 대박이었잖아. 〈악마의 재능〉이 삼백만 넘었지 아마?"

대본을 읽던 이도원은 피식 웃으며 대답했다.

"그랬지."

오준식이 흐흐 웃었다.

"연말시상식 기대되지?"

"실감 안 나."

"하긴. 넌 차 안, 현장, 연습실만 왔다 갔다 하니까. 사실 네 옆에만 붙어 있는 나도 실감이 안 난다."

그때 꾸벅꾸벅 졸던 유성연이 끼어들었다.

"내 친구들은 도원이 보여 달라고 난리던데? 난 조금 실감 나."

"덜 바빠서 그래, 일을 허투루 하고 있다는 증거야."

오준식이 농담조로 말했다.

바로 티격태격하는 두 사람을 보던 이도원은 휴대폰 문자메시지로 눈길을 돌렸다.

—오늘부터 현장으로 출근!

박아현의 메시지였다.

밴은 머지않아 현장에 도착했다. 이도원은 차에서 내리며 활기찬 인사로 출근 도장을 찍었다.

"안녕하세요, 안녕하세요."

현장에는 울타리가 쳐진 커다란 원형 경기장이 있었다.

박아현은 한쪽에서 규수 댁 마님처럼 위장한 '민혜 공주' 분장을 하고 있었다.

"도원아!"

박아현이 반갑게 맞이했다.

이도원은 그녀의 앞에 가서 섰다.

"잘 어울리네? 연기는 많이 늘었어?"

박아현이 자신만만하게 대답했다.

"보면 놀랄걸. 기대하고 있어! 네 덕분에 어마어마하게 늘었으니까."

이도원은 씩 웃으며 고개를 끄덕였다.

그는 바로 정윤욱 감독에게로 갔다.

"촬영 스케줄이 미뤄져서 당황했지?"

그렇게 물은 정윤욱 감독이 미안한 기색을 드러냈다.

이도원은 대수롭지 않게 웃으며 대답했다.

"아네요. 그동안 컨디션 조절하며 쉴 수 있어서 좋았어요."

정윤욱 감독은 고개를 끄덕이며 콘티를 주었다.

"오늘도 액션이다."

이도원 역시 대본을 보며 왔던 터라 잘 알고 있었다.

오늘 촬영은 노비들끼리 대결을 벌이는 장면이었다. 투기장에 돈을 건 양반들이 환호하고, 박아현이 그 틈에서 이도원을 지켜본다.

"한번 잘해보겠습니다."

"그래, 여기선 뭐가 중요하다고 생각하나?"

정윤욱 감독의 질문에 이도원이 대답했다.

"감정 변화겠죠. 액션 자체는 일대일로 합을 맞추는 거니까 어렵지 않다고 생각합니다."

초반에는 무기력하게 맞는 척 소극적으로 굴다가 민혜 공주를 발견하고 왕세자에 대한 복수심을 상기하며 승리하는 장면이었다.

정윤욱 감독이 고개를 끄덕였다.

"한번 보여주라고."

이도원은 촬영에 들어가기 전, 임천수의 감독 하에 액션 배우와 합을 맞췄다. 그리고 마침내 준비가 끝나자 정윤욱 감독이 확성기에 대고 외쳤다.

"배우들 위치해 주세요!"

민혜 공주 역할의 박아현과 관중들 역할을 하는 보조 출연자들이 울타리 밖으로 섰다.

카메라 한 대는 박아현의 표정을, 한 대는 이도원을 촬영하며, 마지막으로 공중에서 전체를 촬영하게 된다.

다음으로 이도원과 액션 배우가 원형 경기장으로 들어갔다.

이내 정윤욱 감독이 사인을 보냈다.

"레디, 액션!"

이도원은 양손을 늘어뜨리고는 가만히 섰다.

넋이 나간 사람처럼 텅 빈 동공으로 전방을 바라봤다.

'표정 좋고.'

정윤욱 감독은 모니터를 지켜보며 빙그레 웃었다. 그는 이도원이 보여주는 세상을 다 잃은 표정이 흡족했다.

이처럼 좋은 배우는 모든 상황과 감정을 대사가 아닌 눈으로 말한다. 이도원은 그 명언을 고스란히 실행에 옮기는 배우였다.

한편 액션 배우는 이도원의 주위를 맴돌았다. 그는 이도원의 의욕 없는 모습을 보고 이를 갈았다.

"이 새끼가!"

액션 배우가 외치며 달려들었다.

그러자 이도원이 합을 맞춘 대로 움직였다.

주먹이 움직이는 방향으로 고개를 돌리고, 몸을 숙이며 발길질을 손으로 쳐냈다.

겉으로는 한참을 못 막고 못 피한 척 넘어지고 뒹굴었다.

액션 배우는 의기양양한 미소를 지었다.

"뭐야 이거? 순 약골이잖아?"

이도원은 누운 채로 고개를 들다가 박아현을 발견했다.

순간 그의 얼굴에 차가운 분노가 서렸다. 이도원은 미간을 찌푸린 채 땅을 짚고 일어났다. 시선이 박아현에게서 잠시도 떨어지지 않았다.

반면 눈길을 받는 박아현은 눈시울이 붉어졌다. 머지않아, 눈물 한 방울이 주르륵 흘렀다.

"어디 한눈을 팔아?"

액션 배우가 달려드는 순간 이도원이 손을 뻗었다.

그는 지금까지와는 달리 단숨에 상대의 목을 움켜쥐었다.

"컥!"

여전히 이도원의 시선은 박아현에게 고정돼 있었다.

액션 배우는 온몸으로 손을 뿌리쳤다.

"죽어!"

액션 배우가 있는 힘껏 발차기를 날렸다.

순간 가볍게 피한 이도원은 액션 배우에게로 눈을 돌리며 가슴팍에 연타를 집어넣었다. 여러 번 주먹질을 하는 시늉을 하자 액션 배우가 가슴을 부여잡고 쓰러졌다.

이도원은 끝내기로 얼굴에 발차기를 날렸다. 그 모습에 보조 출연자들이 환호성을 지르며 연기를 했다.

이도원과 박아현이 서로를 뚫어져라 마주 보았다.

이내 무심한 표정의 이도원이 몸을 돌렸다.

저벅저벅 걷는 그의 뒷모습을 쫓는 박아현의 시선이 더할 나위 없이 애처로웠다.

얼굴을 절반쯤 가렸음에도 눈빛만으로 이도원을 향한 미안한 감정과 애틋한 마음이 소용돌이치는 게 엿보였다.

숨죽이던 정윤욱 감독이 외쳤다.

"컷! 배우들 모니터링하세요!"

이도원과 박아현은 모니터 쪽으로 갔다.

도중에 이도원이 말했다.

"많이 늘었던데? 네 말대로 깜짝 놀랐다."

박아현은 거 보라는 듯 씩 웃었다.

두 사람은 모니터링을 했다.

박아현은 썩 만족한 표정이었다. 그러나 이도원은 무표정했다.

배우들의 얼굴을 살피던 정윤욱 감독이 물었다.

"도원이, 왜 그래? 문제 있어?"

"아, 감독님."

이도원은 잠시 생각하던 끝에 대답했다.

"좀 더 괜찮게 나올 수 있을 것 같아서요. 잠깐 아현이랑 얘기 좀 해도 될까요?"

정윤욱 감독은 고개를 끄덕였다.

"오늘 시간 많다. 두 시간 해도 돼."

피식 웃은 이도원은 박아현의 손목을 잡아끌었다.

박아현의 얼굴이 삽시간에 달아올랐지만 그는 미처 신경 쓰지 못했다.

공터로 가자 박아현이 조심스레 물었다.

"…왜?"

"연기는 좋았어. 다만 움직임이 가미되면 더 살아 있는 장면이 나올 것 같다."

이도원이 말을 이었다.

"내가 등장하기 전부터 증표를 만지작거리면서 초조하고 불안한 심리를 표현하는 건 어때?"

영화 초반, 민혜 공주가 조영선에게 증표 하나를 준다. 반면 조영선은 누명을 쓰고 사형 당하러 갔을 때 이 증표를 흘리게 된다.

민혜 공주는 이 증표를 보고 조영선이 죽은 줄 알다가 살아 있다는 정보를 듣고 투기장까지 직접 방문한 것이다. 시나리오 상 내용을 봤을 때 이도원의 조언은 제법 그럴싸했다.

박아현은 절로 고개를 끄덕였다.

"좋다! 그리고 또 있어?"

"응, 내가 돌아볼 때쯤 증표를 떨어뜨리는 거야."

"차라리 맞고 있을 때 초조한 반응을 보이는 건 어때?"

"아니."

이도원은 고개를 저었다.

"어차피 민혜 공주는 조영선이 노비한테 질 실력이 아니란 걸 알잖아. 자, 민혜 공주의 초조함과 두려움은 조영선이 자신을 증오할 게 빤한 데서 오는 감정이야. 그러다 조영선이 뒤돌아 설 때 확신하는 거지. 끝났구나. 그리고 증표를 툭, 어때?"

박아현은 곰곰이 생각해 본 뒤 고개를 끄덕였다.

"좋아, 그렇게 가자."

이도원이 흡족하게 웃었다.

그때 박아현이 손을 들며 말했다.

"나도 할 말 있어."

뜻밖의 말에 이도원이 고개를 갸웃했다.

"뭔데?"

"지금은 표정연기로만 감정을 전달하고 있잖아?"

그렇게 물은 박아현이 덧붙였다.

"그런데 네 말을 듣다 보니까, 맞기만 하던 네가 싸우려고 다짐하는 순간의 변화를 상징적인 동작으로 표출하는 건 어떨까 싶어."

이도원이 곰곰이 생각하다 되물었다.

"어떤 동작?"

박아현이 혀를 내밀며 대답했다.

"나도 몰라. 그것까진 생각 안 해봤네."

"움직임……."

이도원이 중얼거렸다.

그는 전생에서 마임 배우였다.

무언극은 발상의 전환을 하지 않으면 지루할 수밖에 없다.

대사도 없는 빤한 움직임만으로는 관객들의 흥미를 유발하는 데 한계가 있다.

발상이 새롭지 않다면 그건 내용 설명밖에 되지 않는 것이다.

그 순간, 이도원의 머릿속을 번뜩이며 스쳐지나가는 아이디어가 있었다.

'자연스럽게 하자. 조영선이 진중한 성격의 인물이라고 해서 연기까지 굳어질 필요는 없어. 캐릭터를 묘사하려 하면 지루해진다. 그저 인물에 몰입하고, 제약을 푼다.'

이도원은 카메라 화면 안으로 천천히 걸어 들어갔다.

무언가 깊은 생각에 잠긴 얼굴이었다.

모니터를 통해 지켜보던 정윤욱 감독이 고개를 갸웃했다.

'왜 저러지?'

정윤욱 감독은 의심스러운 눈빛을 보냈다.

두 사람의 눈이 마주치자 이도원이 씨익 웃었다.

"뭐야?"

정윤욱 감독은 불현듯 알 수 없는 불안감이 들었다.

이도원을 부르려던 찰나 자신만 보고 있는 스태프들의 시선이 느껴졌다. 촬영 준비 끝! 이라고 쓰여 있는 눈빛들.

'그래, 일단 한번 보자.'

잠시 갈등하던 정윤욱 감독은 마지못해 사인을 보내는 쪽을 택했다.

"레디."

정적이 감돌았다.

"액션!"

촬영 초반, 이도원은 전처럼 액션 배우의 공격을 맞아주는 척 막고 피했다.

퍼억!

볼품없이 쓰러진 이도원이 박아현을 발견했다.

표정이 일그러지고, 이도원이 천천히 일어났다.

이도원은 말없이 옷을 툭툭 털었다.

그때 액션 배우가 주먹을 내질렀다.

하지만 이도원이 목을 움켜쥐는 게 더 빨랐다.

"커헉!"

액션 배우가 눈을 부릅뜨며 비명을 터뜨렸다.

이도원은 액션 배우를 박아현이 서 있는 울타리까지 밀어붙였다.

쿵!

액션 배우가 울타리에 부딪혔다.

이도원은 박아현을 조용히 노려봤다.

'으. 소름 돋아.'

박아현은 저도 모르게 손에 들려 있는 증표를 만지작거렸다.

이도원의 눈빛이 거센 불길처럼 박아현을 집어삼켰다.

따라서 그녀의 얼굴이 잿빛으로 하얗게 탈색됐다.

"윽!"

그때 액션 배우가 정신을 차리며 이도원의 손을 뿌리쳤다.

"죽어!"

그는 연달아 발차기를 날렸다. 하지만 허무하리만치 가볍게 피해낸 이도원이 액션 배우에게 시선을 돌리며 가슴팍에 연타를 먹였다. 실제로 치진 않았지만 액션 배우는 가슴을 부여잡고 쓰러졌다.

이어서 이도원이 액션 배우의 얼굴을 비껴서 찼다.

액션 배우가 다시 한 번 들썩이며 완파됐다.

이도원은 전처럼 박아현을 무표정하게 노려보더니 이내 등을 돌렸다.

그 표정을 본 박아현은 가슴이 철렁 가라앉았다.

툭.

증표가 떨어졌다.

그때 정윤욱 감독의 사인이 들려왔다.

"컷! 오케이!"

정윤욱 감독은 바로 모니터를 돌려보며 배우들에게 손짓했다.

박아현은 고개를 절레절레 저었다.

"진짜 미쳤다. 어떻게 그렇게 몰입해? 무섭다, 무서워."

이도원은 어깨를 으쓱이며 미소로 대신했다.

두 사람은 머지않아 방금 촬영한 장면을 확인할 수 있었다.

모니터를 통해 본 장면은 전에 비해 훨씬 인상적이고 자연스러웠다.

그에 정윤욱 감독이 흡족하게 웃었다.

"이도원, 요 예쁜 놈. 그리고……."

그는 박아현을 보며 이어 말했다.

"여배우 교체하길 잘했단 생각이 들게 해줘서 고맙다."

촬영은 땅거미가 질 때까지 계속됐다.

임금 역할인 안유성과 이도원이 함께하는 장면이 남아 있었다.

촬영 시간 삼십 분 전 안유성이 도착했다.

안유성은 직접 자신의 에쿠스를 몰고 현장에 왔다. 그는 편한 복장에 선글라스를 쓰고 차에서 내렸다. 스태프들과 배우들이 건네는 인사를 받아준 안유성은 백발을 쓸어 넘기며 정윤욱 감독에게로 갔다.

"정 감독, 잠깐 이야기 좀 하지."

정윤욱 감독은 스태프 회의를 중단했다.

"예, 선생님."

그는 안유성이 여간 일로 회의를 방해할 사람이 아니란 것 정도는 알고 있었다.

안유성이 앞섰고 정윤욱 감독이 뒤따라갔다.

안유성은 촬영차 뒤편 공터로 가서 멈췄다.

"정 감독에게 잔소리를 하고 싶지 않지만… 자네, 문제가 좀 있더군."

"문제라고 하시면……."

"윤지민."

짧게 답한 안유성이 덧붙였다.

"촬영에 무리를 빚어가며 여배우를 교체한 이유가 뭔가?"

정윤욱 감독이 고개를 숙였다.

"죄송합니다, 선생님."

안유성이 미간을 찌푸렸다.

"우리는 프로들이네. 놀이터에서 소꿉놀이를 하고 있는 게 아니야. 알 만한 사람이 왜 그랬는지 궁금하군."

안유성은 싫은 소리를 하는 사람이 아니었다.

그것도 촬영 현장에서 싫은 소리를 한다면 딱 한 가지 경우뿐이었다.

위약금을 물고 다신 대면하지 않겠다는 마음을 먹었을 때. 정윤욱 감독도 이를 잘 알고 있었다.

'더 이상 무리가 빚어지면 영화는 엎어진다.'

운이 나쁘면 빚더미에 앉게 될지도 몰랐다. 따라서 정윤욱 감독은 말하는 수밖에 없었다.

"…선생님께서도 아시다시피 전 과거에 윤지민과 교제를 했었습니다."

안유성이 고개를 끄덕였다.

나직이 한숨을 내쉰 정윤욱 감독이 어렵사리 말을 이었다.

"젊었을 때 지나친 혈기로 실수 하나를 저질렀습니다. 당시 윤지민의 회사에서 은밀한 제안이 왔는데, 영화가 잘되고 사람들이 알아주니까 도를 넘게 되더군요. 그래! 갖은 고생을 다하며 여기까지 왔는데 특권 한번 누려보자! 예술가에게 모든 경험은 배움이다!, 별의별 합리화를 다해가며 일을 치고 나니 그때서야 정신이 번쩍 들더랍니다. 후회감이 몰려왔죠. 그리고 하필 그 일을 갖고 기획사측 대표가 협박을 해오기 시작했습니다. 저는 그 상황에서 가장 리스크를 줄일 수 있는 판단을 했죠. 바로 윤지민을 설득해서 열애설을 내는 것이었습니다. 대신 제가 아는 감독들이나 광고, 드라마, 예능 피디들도 설득해서 밀어줬죠. 딱 스폰서 의혹이 생기지 않을 정도만큼."

안유성이 혀를 찼다. 눈을 질끈 감은 정윤욱 감독이 말했다.

"그러다 윤지민을 사랑하게 됐습니다. 하지만 그건 제 생각일 뿐… 그 친구는 생각이 다르더군요. 그래서 적당한 시기에 결별을 발표하고 서로 연락을 끊었습니다. 그 뒤로 전 여배우 근처는 얼씬도 하지 않고 영화만 미친 듯이 찍었지요. 그런데 이번 〈투사〉의 프리프로덕션 막바지에 투자사와 배급사에서 윤지민을 낙점한 겁니다. 자회사 메인 모델이니 무조건 주연으로 들어가야 한다더군요. 그렇다고 윤지민이 임신을 했다는 소문이 진짜라고 말할 수 없었습니다. 차기열과 윤지민 모두가 공인이기 때문이죠."

안유성이 날카롭게 눈을 빛냈다.

"윤지민은 왜 자진 하차하지 않았지?"

정윤욱 감독이 고개를 저었다.

"대한민국 최대의 배급사, 윤지민의 주 수입원인 광고의 광고주, 기획사 대표까지. 사방에서 출연 압박이 들어오니 아무리 유명한 여배우라도 멋대로 자진 하차를 결정할 수 없었습니다. 그래서 제가 물의를 일으킨 것으로 윤지민 하차를 정당화한 것입니다. 그마저도 박아현이라는 대체 배우가 있었기 때문에 가능한 판단이었죠. 죄송합니다."

안유성이 물었다.

"리딩 땐?"

"그땐 배급사 대표와 투자단 대표가 와 있어서 그럴 수가 없었습니다. 이미 윤지민의 성격 정도는 꿰고 있는 사람들이니까요."

그제야 모든 의문이 풀린 안유성은 고개를 끄덕였다.

모든 이야기를 마친 정윤욱 감독은 십 년쯤 늙어보였다. 그는 안유성에게 구태여 함구해 달라는 말조차 건네지 않았다.

연예계에서 오래 살아남는 비결은 알아도 모른 척 묵묵히 지내는 것이다. 그리고 안유성은 이 바닥에서 가장 오래 활동하고 있는 사람 중 하나였다.

안유성이 정윤욱 감독에게 조언했다.

"아직 죄를 고백할 수 있을 때 고백하는 편이 낫네. 자존심을 지키려고 망설이다간 전부를 잃을 수 있으이."

그 말을 남긴 안유성이 돌아섰다.

정윤욱 감독은 그의 등에 대고 고개를 숙였다.

빈 공터를 나선 안유성은 나직이 한숨을 뱉었다.

"가슴이 답답하군."

중얼거린 그는 대본을 읽고 있는 이도원에게 다가갔다.

"이름이 도원이라고 했나?"

이도원은 안유성을 발견하고는 벌떡 일어나 인사했다.

"안녕하십니까, 선배님."

"앉게, 앉아."

안유성은 근처의 의자를 끌어다 이도원의 옆에 앉았다. 이도원은 얼른 믹스커피를 타서 내밀었다. 안유성은 미안한 표정으로 손을 저었다.

"난 커피는 마시질 않아. 몸에 안 좋거든. 우리같은 사람들은 몸이 재산이지."

"하하… 그렇죠."

이도원은 멋쩍게 웃었다.

그를 보던 안유성이 빙그레 웃으며 물었다.

"몇 살이지?"

"스물두 살입니다."

이도원이 공손하게 대답했다. 안유성은 흔쾌하게 말했다.

"지금부터 친해지자고. 우리 둘이 호흡을 맞춰야 하니까! 너무 늙은 친구라고 박대하진 말게."

"하하……. 친구… 라니요. 대선배님이신 걸요."

안유성이 마주 웃으며 고개를 끄덕였다.

"그래 뭐, 그건 그렇다 치고… 대본 한번 읽어보겠나?"

이도원은 활짝 웃었다.

"영광입니다."

아이처럼 좋아하는 모습을 본 안유성은 미소를 지었다.

이도원은 목을 다듬고 대본을 펼쳤다.

왕족이 아닌 이에게 왕위를 계승하려는 왕과, 왕을 설득하려는 조영선의 대화였다.

이도원이 말했다.

"그럼 시작하겠습니다."

안유성이 고개를 끄덕였다.

"전하."

묵직하고 절절한 울림이 있는 목소리가 흘러나왔다.

한 단어로 상황과 감정을 모두 담는 건 쉬운 일이 아니다.

그럼에도 이도원은 그런 호소력을 가지고 있었다.

"전례에 없는 일이옵니다. 조정 대신들의 반발은 이루 말할 수 없을 테고, 이 나라가 이룬 모든 것들이 무너질 수도 있사옵니다. 조선에는 다시 피가 흐를 것이며 저 태양과 들판, 많은 이들의 목숨까지도 희생될 수 있사옵니다."

안유성이 가늘게 미소 지었다.

"희생이 두려웠다면 전쟁을 하지 않았을 것이다. 피가 강을 이루고 시체가 산을 이뤄도 그것이 권모술수를 일삼는 사갈의 피요, 시체라면 과인이 모두 짊어지겠다. 더 긴 세월 우리의 땅이 병폐로 물들지 않기 위해선 결단이 필요한 법……. 왕족 중에 슬기롭고 현명한 자가 없다면 격식과 관례를 벗어나 마땅한 자가 왕좌에 앉는 것이 옳다. 내가 자네에게 모든 군권을 일임한 것은 그 과정에서 흘릴 무고한 희생을 줄이라는 의미… 쿨럭!"

"전하!"

이도원이 안타깝게 불렀다.

안유성은 숨을 한동안 몰아쉬었다.

당장에라도 끊길 듯한 숨소리.

"심려 말거라. 내, 후사를 정하기 전에는 결코 눈감지 못할 터이니."

"전하… 긴 전쟁이었사옵니다. 소장은……."

이도원은 더 말을 잇지 못했다.

안유성이 안타까운 표정을 가득 머금고 말했다.

"미안하구나. 고향으로 돌아가고 싶다는 작은 부탁 하나 들어주지 못해서… 조금만, 조금만 미루어주면 안 되겠느냐?"

거기까지였다.

단 한 번 호흡을 맞춘 것뿐이다.

그런데 이도원은 전율이 일었다.

'근엄한 발성. 끊길 듯 이어지는 호흡. 다양한 표정과 눈빛. 기술로 되는 수준이 아니야. 그냥 인물 자체다. 모든 연기가 자연

스러운데도 인상적이고 섬세해.'

이도원은 지금 거대한 해일이 덮치는 기분, 혹은 인간의 접근을 불허하는 거대한 산세를 마주한 기분과 흡사한 느낌을 받았다. 보는 것만으로 경이롭고 압도되는 자연을 경험한 기분이었다.

그때 안유성이 입을 열어 말했다.

"굳어 있어."

이도원이 안유성을 보았다.

궁금한 표정을 보며 미소 지은 안유성이 살을 붙였다.

"자네 머릿속에 든 것이 연기뿐이라서 그래."

"예?"

알쏭달쏭한 말에 이도원이 반문했다. 안유성은 곰곰이 생각하다 물었다.

"연기가 무엇인지부터 생각해 보는 게 좋겠군. 내가 아는 연기는 모두 사람 사는 이야기를 들려주는 거야. 그런데 자네 연기 기술만 보여주면 되겠나?"

안유성이 말을 이었다.

"자연스러운 연기를 하려면 자네가 사람 사는 것처럼 살아야 돼. 배우는 언제나 심신을 소중히 여기고 단련해야 하지만, 이미 준비를 마친 상태라면 심상이 자유로울수록 좋은 법이야."

이도원이 망설이다 물었다.

"구체적으로… 말씀해 주시면 안 될까요?"

안유성은 고개를 끄덕였다.

"음, 연애하는 이야기를 예로 들어볼까? 자네가 여자를 모르고 연애도 안 해봤는데 연기는 세계 최고로 잘하는 배우라고 치자고. 자네가 연기를 했을 때 분명 사람들은 입에 침이 마르게 찬사를 보낼 거야. 박수도 치겠지. 우리 같은 배우나 감독들은 더더욱 감탄을 할 거야. 하지만 그뿐이네."

그가 물었다.

"자네의 연기를 보고 마음이 편안해지고 지난 추억을 떠올리며 자신의 이야기로 받아들일 수 있겠나?"

머리가 복잡해진 이도원은 되물었다.

"하지만 연기는 관객과 소통하는 것이 아닙니까? 그러려면 전달을 해야 하고, 더 특별한 방법으로 캐릭터를 묘사해야 하지 않을까요?"

안유성은 어깨를 으쓱였다.

"일리가 있어. 그러나 억지로 평범하지 않으려 하면 더 평범해 보일 뿐이야. 우리 모두가 특별한 생각을 하거든. 근데 머리를 열어보면 그 특별한 생각들이 별반 다르지 않단 말이지."

그는 잔잔하게 웃으며 말을 끝맺었다.

"더 멋지게, 화려하게 만들려고 하면 대부분 모두가 상상하고 있는 것들이 나오지. 하지만 자네 모습 그대로를 드러내면 특별해질 수 있을 걸세. 사람들은 개개인 모두가 특별하니까. 여기서 우리가 남들과 다른 점이 있다면 우리 속에 잠재된 것들을 좀 더 잘 보이게끔 드러내는 기술을 훈련했다는 것뿐이야."

2장

리액팅(Reacting : 반응연기)

안유성은 이도원에게 큰 변화를 몰고 왔다. 먼저, 이도원은 안유성이 극 전체를 아우를 수 있는 이유를 찾아냈다.

그 결과, 안유성이 자신의 역할뿐 아니라 다른 배역들의 인물 분석과 대사를 꿰고 있다는 것을 알게 됐다. 더불어 안유성은 대본 전체를 달달 외고 있었다.

'시도해보자.'

이도원은 무식한 방법을 썼다. 안유성을 그대로 따라 하기로 마음먹은 것이다. 안유성에게 가르침을 받기 전에는 배역 하나를 집중적으로 파고들었다면, 이제는 모든 배역의 인물 분석을 머릿속으로 집어넣을 결심을 했다.

'안 선생님이 하셨다면 나도 할 수 있다.'

물론 안유성은 수십 년의 연기 활동을 해온 사람이었다. 따라서 경험이 많고 삶의 지혜도 깊다. 배역에 대한 이해도 자체가 다르다. 연륜과 관록이란 무기는 쉽게 넘볼 수 없는 법이니까.

촬영 대기를 하며 생각하던 이도원은 대본 모서리로 머리를 톡톡 건드리며 자문했다.

'나만이 가진 무기는 뭘까?'

고심하던 이도원은 독백 때를 떠올렸다.

그러고 보니 자신은 주변의 상황과 사물을 형상화시킬 만큼의 집중력과 몰입도가 있었다. 문제는 실전에선 눈앞에 연기 호흡을 주고받는 실체가 있기 때문에 그다지 쓸모가 없다는 점이다. 따라서 그동안은 상대가 아닌 자신의 배역에만 몰두해 왔다.

하지만 이제는 그 한계에서 벗어나야 했다. 이쯤에서, 이도원은 한 가지 이론을 떠올렸다.

'리액팅 연기.'

1980년대 할리우드를 주름잡던 여배우 메리 스틴버겐은 말했다.

─상대방 배우에 대한 관심만이 나의 관심사의 전부다.

하나의 배역도 소화해내기 힘든 판국에 모든 배역을 분석하고 이해한다?

과연 뇌 용량이 따라줄까 싶었다.

'집어넣어 보면 알겠지.'

이도원은 일단 강행하며 틈틈이 다른 배역들의 파트를 섭렵하기 시작했다. 그 모습을 보며 정성우는 걱정스럽게 조언했다.

"지나친 욕심은 오히려 퇴보를 가져올 수 있다. 두 마리 토끼를 다 잡으려다 모두 놓치는 수가 있어."

하지만 이도원은 한 번 마음먹으면 하는 데까진 해봐야 직성이 풀리는 성격이었다.

이도원은 많은 시간을 할애해 〈투사〉 시나리오와 대본을 들여다보았다. 그리고 모든 배역의 인물 분석을 마치고 대본 전체를 숙지했을 때, 놀라운 일이 벌어졌다.

"액션!"

정윤욱 감독의 신호가 떨어졌다.

그 순간 이도원이 분석했던 모든 인물과 사건들이 톱니바퀴처럼 맞물렸다. 파노라마처럼 떠오른 기억들이 퍼즐처럼 맞춰져 하나의 그림이 완성되는 순간 이도원은 '조영선'이 됐다.

눈앞에 쓰러져 있는 정성우가 보였다. 복수는 끝났고, 마음의 무거운 돌덩이가 치워졌다. 그동안의 긴장감이 풀리며 노곤함이 쏟아졌다. 코끝을 감도는 고향의 은은한 풀잎 향기, 따스한 햇볕이 내리쬐고, 가족들의 활짝 웃는 면면이 눈앞에 선했다. 이도원의 입가로 점차 미소가 맺혔다. 천천히 손을 뻗으며 그들에게로 갔다.

한 걸음, 두 걸음⋯⋯.

이도원이 털썩 무릎을 꿇었다. 힘없이 고개를 떨어뜨렸다.

초점이 사라진 눈동자. 현장의 모두가 이도원의 움직임에 숨죽였다. 긴 여정을 끝마치고 죽음을 앞둔 표정과 눈빛에 전율했다. 정윤욱 감독은 컷 사인을 잊었다.

'누구 하나 숨도 제대로 못 쉬고 있다.'

그는 불현듯 깨달았다. 이 자리에 있는 수십 명의 스태프와 수백 명의 보조 출연자, 몇몇 배우 모두 이도원에게서 눈을 떼지 못하고 숨죽이고 있다는 것을.

시나리오에 있는 장면이 어떤 설정도 없이 자연스럽게 연출되었다. 이도원이란 배우 하나가 가진 장악력이 경이로운 기적을 만들어낸 것이다. 정윤욱 감독은 아쉬운 표정으로 조용히 말했다.

"컷, 오케이."

사인이 떨어졌음에도 정적은 끝나지 않았다.

이도원이 일어났을 때에야 사람들은 하나 둘 깨어났다. 현장 모두의 이목을 잡아두었던 이도원은 의외로 담담했다. 그의 머릿속에 가득한 생각은 하나뿐이었다.

'즐겁다!'

너무나 편하게 연기를 했다. 아무 생각도, 판단도 없었다. 그저 쓰러진 정성우와 수많은 관중들이 만들어준 상황에 몰입했을 뿐이다. 그런데 저절로 '조영선'이란 가상의 인물이 지금까지 살아온 삶이 선명하게 떠올랐다. 모든 건 상상일 뿐인데, 심지어 오감으로 기억하고 있었다.

'인간의 상상력과 집중력이 발휘할 수 있는 한계는 어디까지일까?'

이도원이 곰곰이 생각에 잠겨 있자 정성우가 다가와서 어깨를 두드렸다.

"아, 선배님."

이도원이 화들짝 놀랐다. 정성우는 빙그레 웃으며 고개를 저었다.

"이번 영화 최고의 연기였다. 어떻게 하루가 멀다 하고 실력이 늘어? 어디가 한계일지 궁금하다."

그때 박아현이 다가오더니 감탄했다.

"와 진짜… 말이 안 나오네."

세 사람은 모니터로 갔다. 정윤욱 감독은 이도원의 연기를 극찬했다.

"다들 잘했지만 도원이는 그야말로 배역과 하나가 된 것 같던데? 연출이 배우를 봤을 적에 가장 뿌듯한 순간은 내가 시나리오를 쓸 때 상상했던 것 이상의 무언가를 보여줄 때인데, 오늘은 그런 전율을 경험했다."

쏟아지는 찬사에 이도원은 낯이 뜨거웠다. 심지어 그 자신은 어떻게 연기를 했는지 기억조차 안 났다. 그저 전과 달리 편하게 몰입하고 마음이 가는대로 연기했다는 느낌만 남아 있었다.

그때, 촬영 현장 제한선 밖으로부터 안유성이 나타났다. 안유성은 분량이 몇 회 없었기 때문에 촬영이 금방 끝난 상태였다. 가끔 현장에 놀러오고는 했는데, 주로 이도원의 연기를 보고 갔다.

"선생님."

스태프들과 배우들이 인사를 했다. 고개를 끄덕인 안유성이 정윤욱 감독에게 말했다.

"어서 돌려봐."

고개를 끄덕인 정윤욱 감독이 모니터링을 시작했다. 방금 전 이도원이 보여준 연기는 모니터를 통해 봐도 여전히 충격적이었다. 정윤욱 감독은 생각했다.

'이도원같은 연기를 할 수 있는 이십 대 배우가 있을까?'

모를 일이지만 만약 있더라도 열 명 안팎일 거라는 확신이 들었다. 한편, 안유성은 심각한 표정으로 이도원의 연기를 모두 보았다.

'어떻게 이런 변화가 가능하지?'

안유성으로서도 선뜻 이해가 가지 않는 부분이었다. 제아무리 연기는 발상의 전환만으로도 한순간에 늘 수 있다지만, 그런 단순한 문제가 아니었다.

'주변과 교감하면서 충분히 바뀔 수 있다. 하지만 집중력 자체가 달라졌다는 건 믿기 힘든 일이야.'

안유성은 마음속으로 크게 놀랐다. 이도원이 영화의 라스트 씬에서 보여준 연기는 지금까지와는 완전히 다른 배우를 보는 듯한 느낌마저 선사했던 것이다.

"신기하구먼."

그가 만약 이도원만이 가진 능력을 알았다면 수긍했겠지만 상식적으로 생각하면 이해가 가지 않는 일이었다. 한편 이도원은 이제야 가닥이 잡히는 느낌이었다.

'드디어 맞는 옷을 찾은 기분이야.'

두근두근.

심장이 뛰었다.

12월 중순에 들어서며 영화 〈투사〉의 촬영이 절반쯤 끝났다.

그동안 짬을 내서 뮤지컬 〈영웅〉 연습도 꾸준히 했다.

'연습실은 자주 나가지 못했지만.'

백 프로덕션은 연말정산으로 바쁜 하루하루를 보내고 있었다. 이도원은 사무실에서 이상백과 마주 앉았다. 이상백이 먼저 운을 뗐다.

"연말에는 시상식 일정이 빡빡하다."

이도원은 고개를 끄덕였다. 진즉에 탁자 위에 있는 초대장들을 발견했던 것이다.

이상백이 말을 이었다.

"스케줄은 최대한 지장이 없도록 조정을 했다만 아마 좀 바쁠 거야. 드라마야 공중파가 아니니 단념해야겠지만 이번 영화 성적이 좋아. 더군다나 올 한 해 내내 이슈가 됐으니 수상자 명단에는 반드시 올라가 있을 거다."

"예."

이도원은 의외로 담담하게 대답했다.

'내가 시상식에서 상을 받는다고?'

이도원의 표정을 보며 피식 웃은 이상백이 물었다.

"여배우 교체 이후 〈투사〉 촬영은 잘 되어가고 있다고?"

"예. 현장 분위기도 좋고요."

"그래. 잘 됐구나. 그리고 네가 궁금해 할 것 같아서 좀 알아봤다."

이상백은 태블릿을 통해 한 언론 사이트에 로그인했다. 게시판에는 미공개 보도 자료들이 있었다. 이도원은 그곳에서 익숙한 이름을 발견했다.

"차지은 열애설?"

저도 모르게 놀라서 중얼거렸다.

─차지은, 같은 레드 엔터테인먼트 소속 김진우와 3개월 째 열애. 대외활동 당분간 중단?

하필이면 상대가 김진우였다. 물론 중요한 건 이 기사가 오보라는 사실이었다. 바로 얼마 전까지 차지은과 연습실에서 이런저런 이야길 나눴던 이도원이었기에 정확히 알 수 있었다.

"이거, 잘못된 기사인 것 같은데요."

"잘못된 기사는 아니다."

이상백이 덧붙였다.

"의도적인 거짓말일 뿐이야. 레드 엔터테인먼트에선 차지은을 버리는 카드로 생각한 뒤 김진우를 밀어주려는 생각인 것 같다."

이도원은 기가 막혔다.

"무슨 배우가 장기판 위의 말도 아니고… 열애설을 내서 무슨 효과를 노리는 걸까요?"

이상백은 곰곰이 생각하다 대답했다.

"노이즈 마케팅이라고 보면 돼. 아이돌이 아닌 남자 배우에게 열애설은 별 흠이 못된다. 오히려 대외적으로 좋은 모습을 보여 주면 더 호감을 사는 경우까지 있어. 더군다나 인지도가 높은 차지은과 아직 신인인 김진우의 열애설을 내면 전적으로 여배우인 차지은 쪽이 큰 타격을 받을 수밖에 없지. 그리고 동시에 김진우 목줄을 매달 수 있는 효과도 있고."

"목줄이요?"

"결별설을 안 좋게 터뜨리면 되니까."

이도원은 고개를 저으며 물었다.

"당사자들은 왜 해명하지 않는 걸까요?"

"내 생각에는 차지은이 대담한 면이 있다면 머지않아 독단으로라도 곧 해명할 것 같다. 그래도 이슈가 된 셈이니까 김진우 입장에서 나쁠 게 없지."

"이거 법적으로 문제되는 것 아닙니까?"

"추측성 기사잖아. 신고했다가 입을 타격이 더 크다. 그저 해명하는 것이 가장 현명한 방법이야."

이도원은 미간을 찌푸리며 생각하다가 물었다.

"저와 차지은이 열애하고 있다고 가정하겠습니다. 그럼 추측성 기사를 낸 기자와 레드 엔터를 묶어서 고소할 수 있을까요?"

이상백이 눈을 휘둥그레 떴다.

"둘이 무슨 일 있니?"

"아니요. 그냥 알아두려고 여쭤보는 거예요. 차지은도 내후년이면 우리 배우가 될 텐데, 보호해야죠."

"행여나 그런 돌발 행동을 할 생각은 말아라."

단단히 못 박은 그가 대답을 해주었다.

"그렇게 되면 일이 복잡해지겠지. 하지만 기자들한테 찍힐 수가 있다. 언론과 척지어 봐야 손해인 건 알지?"

이도원은 고개를 끄덕였다.

"차지은과 무슨 관계도 아니고 제가 피해를 받은 것도 아니지만 같은 배우로서 화가 나네요."

"나도 레드 엔터가 이런 식으로 움직일 줄은 생각지도 못했다. 일단은 이쪽 언론사에 전화해서 막아볼 생각이야. 네 말마따나 내후년에는 우리가 받아야 할 배우인데 괜한 구설수에 오르게 놔둘 수는 없지."

"예. 잘 부탁드립니다. 차지은이랑 친하거든요."

"그래, 혹시나 나중에 알게 되면 무슨 일을 벌일까 봐 미리 보여준 거야. 넌 지금 당면한 일에만 집중하도록 해라. 차지은한테도 얘기하지 말고."

이도원은 이상백의 당부를 받아들이기로 했다.

"알겠습니다."

　　　　　*　　　　　*　　　　　*

　이도원은 대학로의 연습실로 나갔다.

　주말이었기에 대부분 단원들이 나와 연습을 하고 있었다. 엘리베이터에서 내리자마자 들려오는 익숙한 노랫소리와 대사를 반주삼아 이도원의 심장이 세차게 박동했다. 연습실 문을 열기 무섭게 실내의 열기가 훅 밀려왔다.

　그 속에 실려 오는 땀 냄새가 향기롭게 느껴졌다.

　"안녕하세요."

　이도원은 인사를 하며 들어가서 거울 앞에 섰다. 이미 땀범벅으로 연습을 하던 차지은이 곁으로 왔다.

　"오빠, 완전 대박이던데요?"

　그녀는 휴대폰을 내밀었다. 인터넷에는 이도원에 대한 호평들이 가득했다.

　—이도원 하나로 별점 10개 줘도 모자라다 ㅋㅋ

　—우리나라에도 이런 이십 대 배우가 있었다니 싶을 만큼 충격적이에요. 이도원이 아닌 다른 배우였으면 이런 느낌 절대 안 났을 듯.

　—이도원 눈빛 보고 소름 끼침 ㄷㄷ

　—시돌에선 가족의 소중함을 깨달아가는 가장이자 로맨티스트, 악마의 재능에선 사이코패스 킬러. 동시에 촬영했다던데… 이도원의 연기력은 이미 명배우의 반열에 올랐다.

이도원이 민망한 표정으로 물었다.

"이거 뭐야?"

"뭐긴요. 영화평이죠. 저도 영화 개봉했을 땐 바빠서 영화 못 보고 어제 집에서 봤거든요. 보고 감동 먹어서 바로 영화평 찾아봤죠. 오빠 이런 반응 확인 안 할 것 같았는데, 역시네요."

차지은은 자신의 일처럼 뿌듯하게 웃었다. 이도원은 머쓱하게 미소 지으며 고개를 끄덕였다.

"자꾸 보다 보면 인기에 취할 것 같아서."

"오빠 그래서 멋있어요."

차지은이 눈을 반짝이며 말했다.

"사람들이 치켜세워주면 대부분이 거만해지거든요. 근데 오빠 늘 겸손한 것 같아요."

"좋게 봐줘서 고맙다."

이도원은 피식 웃으며 답했다.

그가 생각하는 인기란 거품이었다. 언제 꺼질지도 모를뿐더러, 거품이 많이 찰수록 정작 알맹이는 짓눌리게 된다. 인기라는 가벼운 거품이 일으키는 부드러운 감촉이 배우에게는 부담과 나태를 줄 수가 있는 것이다.

'내게 노력으로 얻는 달콤한 과실은 인기가 아닌 배우로서의 능력이다.'

이도원은 연습에 들어가기 전 몸을 풀었다.

차지은은 기대감에 들어찬 눈으로 그를 보고 있었다.

'또 다른 모습을 보여줄까?'

이도원은 매번 달라졌다. 보고 듣는 모든 것을 청소기처럼 빨아들이며 자신만의 것으로 발전시켜왔다. 이런 차지은의 관심은 단원들의 시선들을 끌어왔다. 이미 모르는 사람이 없을 만큼 유명한데다, 또 예쁘고 성격도 시원시원한 차지은의 관심은 모두의 관심사였다. 틈틈이 이도원에게 조언을 아끼지 않던 정태화까지 관심을 기울이니 다른 이들의 궁금증이 폭발할 만도 했다.

정작 이도원은 그들의 시선을 신경 쓰지 못할 만큼 집중해서 다리를 찢고 호흡을 다듬고 발성을 연습했다. 신체 반응을 고스란히 느끼며 몰입한 덕분에 이마에는 송골송골 땀방울이 맺히기 시작했다.

'단지 웜업(Warm up : 훈련 전 준비운동)일 뿐인데……'

임하는 분위기부터가 달랐다.

단원들은 빤한 웜업을 보는 것만으로 긴장감이 고조되는 느낌이었다.

마치 업계 최고 수준의 실력을 자랑하는 정태화가 보여주는 분위기와도 흡사했다.

"스으으으."

눈을 감고 나직이 호흡을 정리한 이도원은 뮤지컬 〈영웅〉의 '영웅'이라는 노래를 준비했다.

이도원이 천천히 무릎을 꿇고, 잔잔한 노랫말이 흘러나왔다.

"타국의 태양—광활한 대지—우린 어디에 있나. 잊어야 하나—잊—을 수 있나—꿈에 그리던 고향."

애절하게 끊길 듯 이어지는 음정.

"눈물을—삼키며……"

이도원의 음성이 말려 올라갔다.

"장부가 세상에 태어나—큰 뜻을 품었으니. 죽어도—큰 뜻 잊지 말자—하늘에 대고—맹세해본다."

한숨과 함께 이도원이 숙였던 고개를 들었다.

"두려운 앞날—용기를 내어—우리 걸어가리라. 눈물을 삼켜—한숨을 지워—다시 걸어가리라."

두 눈이 애처로운 우수에 젖었다.

그때 이도원의 눈앞에 어떤 형상이 떠올랐다. 이도원은 당황하지 않았다. 마음이 아리고 절절했다.

"어머니—어머니—서글피—우시던 모습—."

이도원은 그리움에 몸부림치는 표정으로 하늘을 향해 애절하게 불렀다. 그는 불현듯 어머니의 형상을 잡으려 손을 뻗었다. 함께 그 마음이 하늘에 닿을 듯, 애절한 소리가 뻗어나간다.

"날이 세면 만나질까—멀고 먼 고향—너무 그리워—."

손이 떨려왔다.

이도원은 천천히 땅을 짚고 일어나며 노래를 불렀다. 이내 그의 시선이 하늘을 향했다.

"기적소리가—우리의 심장—고동치게 하리니. 조국을 향한—그리운 마음—눈시울이 뜨겁다."

가슴을 부여잡던 이도원은 몸을 돌리며 눈을 맹렬하게 빛냈다. 의연한 눈빛과 목소리를 되찾으며 연습실을 가득 채웠다.

"장부가 세상에 태어나—큰 뜻을 품었으니—죽어도—그 뜻 잊지 말자—하늘에 대고—맹세해 본다."

이도원은 두 팔을 활짝 벌렸다.

"하늘이시여—도와주소서—! 우리 뜻—이—루—도—록. 하늘이시여—지켜주소서—!"

이도원이 앞으로 걸어 나오며 하늘로 뻗었던 주먹을 움켜쥐었다.

"우리가—반드시—그 뜻을—이룰 수—있—도—록—!"

폭발적인 울림이 연습실을 장악했다.

전과는 완전히 달랐다. 이도원은 마음속의 울림을 완전히 끌어냈다. 그 증거로 모두가 표정에 변화를 갖고 바라보고 있었다. 그중 차지은은 양팔을 감싸고 있었다. 저도 모르게 우수수 소름이 돋은 것이다.

'뭐야?'

전혀 다른 사람을 보는 기분이었다. 이도원은 전에도 지금도 잘했지만 확 바뀌어 있었다. 그걸 느낀 건 정태화 역시 마찬가지였다.

'전에는 노래만 했는데… 불과 보름도 안 돼서 연기까지 완벽히 조화시켰어.'

보름동안 열심히 연습을 한다면 어느 정도 보완할 수는 있다. 하지만 이도원이 방금 발휘한 무대 장악력과 폭발력은 수년 동안 뮤지컬을 해온 배우들에게서나 볼 수 있는 것이었다.

'무대 적응력만 받쳐준다면… 긴장해야 될지도.'

정태화의 입가에 미소가 걸렸다. 더블 캐스팅됐기 때문에 이도원과는 선의의 경쟁을 펼치게 되는 상황이었다.

한편 이도원은 스스로 방금 전 무대를 떠올렸다. 완전히 몰입했고 어떤 기억도 나지 않았다.

'그때랑 똑같다. 그저 의식하지 않고 자연스럽게 했어.'

〈투사〉의 라스트 씬 촬영 때와 같은 현상이었다.

저절로 노랫말과 대사가 흘러나왔고, 몸이 움직였다.

'마치 내가 '안중근 열사'가 된 것 같았어.'

짝짝짝……

문 앞에서 박수 소리가 들려왔다. 이도원에게 집중됐던 시선이 그리로 향했다. 권명섭이 포장된 치킨을 손목에 걸고 박수를 치고 있었다. 활짝 웃는 표정으로, 그가 말했다.

"도원이가 내 후임으로 들어왔다는 말은 들었는데, 이렇게 잘하고 있을 줄은 생각도 못했다."

권명섭은 신용운의 제자로, 이도원이 들어오기 전 '안중근' 배역을 맡았던 사람이었다.

트레이닝을 받으러 신용운 아카데미로 갈 때마다 종종 보던 사이였기에 이도원은 고개를 꾸벅 숙였다.

"안녕하세요, 형."

정태화는 권명섭과 대학동기였다. 그는 권명섭의 손을 잡으며 반갑게 말했다.

"목은 좀 괜찮냐?"

"그럼, 괜찮고말고."

씨익 웃은 권명섭은 단원들의 환영을 받으며 치킨을 내려놨다.

"다들 먹고 해."

차지은이 먼저 이도원 바로 옆으로 와서 앉았다. 단원들은 너도나도 원으로 둘러앉아 포장지를 풀고 치킨을 뜯기 시작했다. 그때 딸랑거리는 소리와 함께 또 한 번 문이 열렸다. 그곳에는 익숙한 얼굴이 있었다.

'김진우?'

이도원은 눈살을 찌푸렸다.

차지은을 비롯한 다른 단원들 역시 고개를 갸웃했다.

정태화가 일어나더니 대표로 물어보았다.

"누구십니까?"

김진우는 실내를 스윽 훑더니 답했다.

"김진우라고 합니다. 지은이와 같은 기획사인 레드 엔터 소속 배우죠."

그는 이도원을 발견하고 얼굴을 와락 구겼다. 하지만 내색하지 않고 말을 이었다.

"…지은이와 잠깐 볼까 하는데."

정태화가 고개를 돌렸다. 차지은은 자기 자신을 손가락으로 가리키며 입안의 치킨을 다 삼키지도 못하고 물었다.

"저요? 저 아세요?"

'지은이'라고 친근하게 부르는 호칭에 당황한 기색이 역력했다. 김진우가 입꼬리를 올리며 다가와서 귓속말을 했다.

"회사 일로 왔는데 잠깐 볼까?"

차지은 바로 옆자리에 앉았던 이도원만 들을 수 있는 목소리였다. 차지은은 미심쩍은 표정으로 고개를 끄덕이더니 김진우와 함께 나갔다.

치킨을 뜯던 권명섭이 이도원의 불쾌한 표정을 보고 물었다.

"뭐야? 너랑 영화 같이 했던 그 배우 아니야?"

"네, 맞아요."

이도원은 짧게 대답하며 들고 있던 치킨 뼈다귀를 내려놨다.

"잠시 갔다올게요."

이도원은 연습실을 나가 옥상으로 갔다.

아니나 다를까, 차지은과 김진우가 마주 서 있었다.

살짝 열린 옥상 문을 밀며 나가려할 때, 김진우의 목소리가 들려왔다.

"그래서, 사진 몇 장 찍어야 될 것 같다. 나도 별로 마음에 안 들지만 대표님 지시니까 거절하진 않겠지?"

차지은은 불쾌한 표정으로 물었다.

"근데 왜 아까부터 반말 하세요?"

그녀가 팔짱을 끼며 다시 물었다.

"우리 초면인데다 활동 경력은 제가 선배 아닌가요?"

김진우는 피식 웃으며 대답했다.

"아역 때 잠깐 활동한 건 빼지. 어쨌건 사진만 몇 장 찍어주면 돼. SNS는 매니저들이 관리하니까 적당히 맞춰서 사진 올릴 거다."

차지은은 기가 막힌 듯 헛웃음을 터뜨리며 말했다.

"그러니까, 지금 저랑 김진우 씨의 열애설을 터뜨린다 이거죠? 제가 남자친구가 있는 줄은 저도 몰랐네요."

그녀는 덧붙여 말했다.

"죄송하지만 그냥 가주세요."

김진우는 눈살을 찌푸렸다.

"왜 고집을 피우지? 대표님이 약속하셨다. 열애설만 잘 터지면 너도 다시 활동 재개할 수 있도록 선처해 주신다고."

"됐고요, 활동 안 해도 되니까 그냥 가시라고요."

가만히 듣고 있던 이도원은 문을 열고 나갔다.

'강단 있네.'

차지은에 대해 생각하고 김진우를 바라보며 고개를 저었다.

'스폰서 둘 때부터 알아봤지만, 역시 안 될 새끼야. 〈악마의 재능〉으로 인기 좀 얻으니까 콧대만 올라갔군.'

김진우는 미처 이도원의 존재를 눈치채지 못했다. 그는 차지은의 태도에 기분이 상한 얼굴로 말했다.

"멍청한 건가, 아니면 사태 파악을 못하는 건가? 너나 나나 서로 밀고 당기고 조금만 노력하면 지금보다 몇 배의 인기를 누릴 수 있는데!"

김진우가 차지은의 팔을 잡았다. 차지은은 저항하지 않았다. 다만 한숨을 내쉬며 대답했다.

"사람이요. 아니, 배우는요. 나 자신에게 진실하고, 상대 배우에게 진실하고, 관객에게 진실해야 좋은 연기가 나오는 거거든요? 제가 어제 〈악마의 재능〉을 봤어요. 왜 그쪽 연기에 진실성이 느껴지지 않았는지 알겠네요. 도원 오빠한테 묻힌 이유도요. 웬만하면 무례하게 대하지 않으려 했는데, 이 손 좀 치워줄래요?"

"하. 그쪽?"

김진우의 얼굴이 차갑게 굳었다.

'이도원'이란 이름은 그에게는 아킬레스건이었다.

"내가 이도원보다 못하다고?"

"비교 대상이 아닌 것 같네요."

한마디도 지지 않는 차지은을 보며 김진우는 참기 힘들만큼 기분이 상했다. 이미 심사가 꼬인 김진우는 자신을 노려보는 차지은의 얼굴이 더할 나위 없이 기분 나빴다. 욱하는 감정에 김진우가 차지은의 팔을 밀치며 놓았다.

턱.

이도원이 넘어지려는 차지은의 어깨를 단단히 잡아주었다.

"이도원?"

김진우가 얼굴을 와락 일그러뜨리며 불렀다. 스폰서들과 마련했던 자리 이후 처음 보는 자리였다. 이도원은 차지은을 놓아주며 입을 열었다.

"내가 얼마 전 재밌는 기사를 하나 봤는데… 서로 만난 적도 없는 남녀가 열애를 한다는 쓰레기 기사였지. 우습지 않나?"

물은 그가 차지은을 비켜서게 하고 김진우에게 똑바로 걸어갔다.

김진우는 입술을 깨물며 성큼성큼 다가오는 이도원을 노려봤다. 지난번 스폰서들과 마련한 자리에서 느꼈던 치욕감이 생생히 떠올랐다.

저벅 저벅.

천천히 다가온 이도원이 김진우의 팔을 잡았다. 김진우가 반사적으로 그의 손을 뿌리쳤다.

하지만 이도원의 손은 꼼짝도 하지 않았다. 이도원은 오히려 빨래를 쥐어짜듯 힘을 주며 말했다.

"내가 경고했지? 헛짓거리 하지 말라고. 공 든 탑 무너지는 건 순간이라고."

나직한 음성은 서늘했다.

"레드 엔터 대표야 내가 어쩌지 못하겠지만, 네가 공들인 계획 정도는 충분히 방해할 수 있을 것 같은데. 피차 라이벌 구도를 만들지 말자고."

이도원은 차지은을 눈짓하며 덧붙였다.

"자꾸 나랑 엮이지 마. 내 주변 사람도 건들지 말고."

그는 마음 깊숙이 분노했다. 언뜻 감정적으로 나선 것 같지만 머릿속은 차분했다. 이도원은 상황 파악을 하고 있었다.

'김진우는 문제가 아니야. 치부를 드러낸 적이 있고, 날 껄끄러워하고 있다. 그렇다면 김진우를 이용해 레드 엔터 대표를 멈춘다. 그래야만 열애설을 막을 수가 있어.'

찰나의 순간 결단을 내린 이도원이 천천히 입을 열었다.

"네 대표한테도 꼭 전해주길 바란다."

그 말을 들은 김진우는 표정을 구겼다.

"이 사실을 대표님이 아시면 네가 아닌 백 프로덕션으로 연락할 거다."

이도원은 코를 쿵쿵거리더니 서늘한 눈빛으로 말했다.

"아직 어제 먹은 술이 덜 깼나보군. 대표가 널 위해 나서준다고? 이 바닥은 생각보다 냉정한 곳이야. 넌 여기서 아무것도 아니란 뜻이지."

"뭐……?"

김진우는 당황한 표정을 지었다. 이도원은 김진우의 팔을 놓으며 돌아섰다. 김진우는 무어라 대답하지 못하고 멍하니 서 있었다. 그는 복잡한 표정으로 이도원의 등을 바라봤다.

'내가 아무것도 아니라고?'

여기서 모욕을 당한 일을 대표에게 말하면 뜻대로 움직여줄까 하는 의문이 들었다. 그러나 어렵지 않게 'No'라는 결론이 나왔다. 백 프로덕션은 파죽지세로 업계의 영향력을 얻어가고 있는 곳이었다. 이도원은 그런 성과를 만들어낸 주역이었다.

점점 거세지는 불길을 어설프게 잡으려다간 다치는 법. 김진우 하나 때문에 레드 엔터테인먼트가 나서줄 리 없었다. 백 프로덕션을 적으로 돌릴 리는 더더욱 없었다. 그제야 김진우는 이도원이 그렇게 당당할 수 있었던 이유를 깨달았다.

'이미 내가 건드릴 수 없는 위치까지 올라가 있다는 건가?'

이도원이 옥상에서 내려갔다. 차지은에 곁에 따라붙으며 실실 웃었다.

"고마워요. 꼭 제가 난처할 때마다 나타나서 슈퍼맨처럼 구해 주네요. 이 바닥은 생각보다 냉정한 곳이야. 넌 여기서 아무것도 아니란 뜻이지!"

그녀는 이도원의 말을 따라했다.

이도원은 웃었지만 속은 편치 못했다. 그는 다시 살아난 마당에 누군가를 미워하고 척지고 싶지 않았다. 그게 자신을 죽였던 김진우라면 더더욱 싫었다. 이번 생까지 엮여 지장을 받고 싶지 않은 것이다.

'그건 내 생각일 뿐이야. 자꾸 부딪히면 철저히 무너뜨리는 수밖에 없다.'

일단 김진우는 레드 엔터테인먼트 대표에게 오늘 일을 그대로 말할 수 없을 터였다. 대신, 대표를 어르고 달래가며 이도원을 피할 확률이 높았다. 기왕 이렇게 된 것, 이도원이 물었다.

"앞으로 어쩔 셈이야? 네가 속한 회사에서 완전히 찍힌 것 같던데."

"글쎄요. 뭐… 죽기야 하겠어요?"

차지은은 무사태평하게 물으며 덧붙였다.

"이 또한 지나가리라! 가만히 숨죽이고 있으면 어떻게든 되겠죠. 일단은 뮤지컬에 집중하려고요."

이도원은 고개를 끄덕였다.

"내가 매번 도울 수는 없겠지만, 마음 굳게 먹고 약해지지 마. 네가 약한 모습을 드러낼수록 레드 엔터는 널 이용하려 들 거야."

그 말을 들은 차지은은 씩 웃었다.

"힘들면 전화할게요."

열애설을 급한 대로 봉합한 이도원은 더 이상 끼어들지 않았다. 그는 내색하지 않고 뮤지컬 〈영웅〉 단원들과 연습하는 데에 매진했다. 또한 영화 〈투사〉 작업에도 참여하며 시간은 빠르게 흘렀다. 타임 슬립 하기 전의 지식을 이용해 간간이 매진한 과제도 우수한 성적을 거두었다. 이도원은 이래저래 세 마리 토끼를 모두 잡았다.

12월 22일 〈대종상영화제〉로 가는 길.

이도원과 오준식은 턱시도를 입은 상태였다. 스타일리스트 유성연도 드레스를 입었다.

"나 심장 터질 것 같아."

유성연은 호들갑을 떨었다. 오준식도 크게 다르지 않았다.

"맙소사, 내가 영화인의 꿈과 로망이 가득한 대종상영화제를 가다니."

이도원은 말없이 대본을 보고 있었다. 그 역시 심장이 방망이질을 하고 있지만 침착하려 하는 것이다.

〈대종상영화제〉 시상식이 열리는 여의도의 KAS홀로 가는 길, 오준식과 유성연은 사회자 흉내를 내며 콩트를 했다.

KAS홀에 도착하자 수많은 취재진들이 대기하고 있었다.

배우들은 순서대로 등장하며 레드 카펫을 걸어서 단상으로 갔다. 드레스를 곱게 차려입은 배우들이 한 명씩 모습을 드러낼 때마다 수백 번의 플래시가 터졌다.

"후."

이도원은 나직이 숨을 내쉬고 밴에서 내렸다.

순간 시끌벅적한 소리와 함께 터지는 플래시가 이도원을 조명했다. 이도원은 다른 배우들처럼 손을 흔들고 고개 숙여 인사하며 안으로 들어갔다. 심장이 쿵쾅쿵쾅 뛰고 머릿속이 하얘졌다. 빨라지려는 걸음을 의식적으로 자제해야 했다. 반면 의식하지 않아도 만면에 웃음꽃이 피었다.

'즐겁다.'

제한선 안으로 뻗친 손을 맞잡으며 악수를 해주고, 꽃을 받으며 천천히 안으로 들어갔다. 이도원은 이름이 붙어 있는 자리에 앉았다. 머지않아 눈꽃을 연상케 하는 하얀 드레스를 입은 박아현이 곁에 와서 착석했다.

"도원아!"

그녀의 부름에 이도원이 고개를 돌렸다.

박아현은 일상생활에서 보았다면 민망했을 만큼 가슴이 깊이 파인 드레스를 입고 있었지만 고급스러운 디자인 때문인지, 자리의 분위기 때문인지 자연스럽고 아름다웠다.

이도원이 씨익 웃으며 대답했다.

"오랜만이다."

"완전 멋지네!"

"너도 예뻐."

두 사람은 덕담을 주고받았다.

그리고 머지않아 김진우가 도착했다. 김진우는 이도원의 눈길을 피하며 옆에 앉았다. 박아현이 그에게 인사를 건넸다.

"안녕하세요."

김진우는 고개를 끄덕였다.

어색한 침묵이 흐르는 한편, 이도원은 속속들이 도착하는 배우들을 구경하느라 정신이 없었다. 스크린을 통해서나 보던 쟁쟁한 배우들이 들어서고 있었다.

자리가 메워지자 사회자로 발탁된 남녀 배우가 장내로 들어서서 무대 위로 올라갔다. 이윽고, 대종상영화제의 시작을 알리는 오프닝 공연이 끝났다. 사회를 맡고 무대로 나온 남녀배우 김선혜와 최규원은 긴장된 분위기를 풀기 위해 좌석을 돌며 자리에 익숙한 중견 배우 위주로 인터뷰를 했다.

어느 정도 무거운 감이 해소되자 무대로 돌아간 김선혜가 목소리를 다듬으며 입을 열었다.

"제 58회 대종상 감독상, 〈악마의 재능〉에 유태일 감독님."

최규원이 설명으로 받았다.

"유태일 감독은 형사와 킬러의 심리전을 그린 영화 〈악마의 재능〉에서 사실적인 연출력으로 사회적 이슈를 만들며 관객의 마음을 움직였습니다."

김진우 옆에 앉아 있던 유태일 감독이 일어났다. 그는 턱시도를 입고 나가 꽃다발과 상을 받고 수상 소감을 말했다.

"부담은 있었지만 즐겁게 일할 수 있었던 작품이었습니다. 고생하셨던 저희 스태프분들, 배우 분들, 투자 배급사 여러분들에게 이 영광을 돌리겠습니다. 정진하라는 뜻으로 받아들이고 앞으로 좋은 작품을 만들겠습니다."

유태일 감독은 차분하고 간결하게 발표한 뒤 무대를 내려갔다.

'역시, 전혀 쫄지 않네.'

이도원은 마음이 뭉클해서 힘껏 박수를 쳤다. 박아현, 김진우 역시 감격스러운 표정을 짓고 있었다. 사회가 계속되고 김선혜가 신인남우상 후보를 발표했다.

스크린에 작품과 후보 배우들이 나왔다.

"역시! 너 나왔네!"

박아현이 신나서 속삭였다. 아나나 다를까, 후보에는 이도원도 있었다. 스크린을 본 순간 이도원이 느끼는 감격은 남달랐다. 시상식장에 들어설 때도 그랬지만 막상 수상을 하게 될 지도 모른다는 기대를 품자 지난날이 떠오른 것이다.

타임 슬립 전 아르바이트를 전전하던 시절, 이도원은 꿈을 키우며 시상식 무대 뒤에서 밤을 새우고 세트를 만들었다. 그런데 지금은 수상자로 이곳에 있다.

'꿈인지 생시인지… 연기할 때보다 더 떨린다.'

이내 최규원의 목소리가 들려왔다.

"제 58회 대종상 신인남우상을 발표하겠습니다. 제 58회 대종상영화제 시상식 신인남우상,"

사이를 두고 그가 발표했다.

"〈악마의 재능〉의 이도원님. 축하드립니다."

김선혜가 그 말을 받으며 설명을 달았다.

"이도원 씨는 영화 〈악마의 재능〉에서 프로페셔널한 킬러가 된 연쇄살인범 역할을 입체적으로 연기하며 강렬한 인상을 남겼습니다. 평생 한 번뿐인 신인상, 축하드립니다."

큰 박수 소리가 들려왔다. 이도원은 눈을 질끈 감고 잠시 있다가 일어섰다. 뒤에서 박아현이 활짝 웃는 얼굴로 등을 두드려 주었다. 유태일 감독도 엄지를 세웠다.

"축하한다!"

"축하해!"

두 사람이 외쳤다.

이도원은 무대로 나가 상과 꽃다발을 받았다.

그를 바라보는 시선이 쏟아졌다. 그중에는 기라성 같은 배우들도 있었다. 이도원은 격한 감정을 억누르며 심호흡을 했다. 그리고 감격에 흠뻑 젖어 입을 열었다.

"세상에서 가장 가치 있는 것들은 돈으로 살 수 없는 것이라고 합니다. 이 트로피처럼요."

묵직한 목소리가 흘러나왔다. 앞쪽에도 안면이 있는 배우들이 보였다. 안유성, 정성우, 김수려, 유석연 등이 곳곳에서 흡족한 표정으로 미소 짓고 있었다.

사이를 두고 이도원이 덧붙였다.

"높은 곳에 있으면 더 높은 곳에서, 낮은 곳에 있으면 더 낮은 곳에서 촬영해 주셨던 〈악마의 재능〉 스태프 분들과 여러 배우 분들에게 이 영광을 돌립니다. 그리고 언제나 저를 믿고 지지해 주시는 어머니, 누나, 이상백 대표님, 신용운 선생님, 준식이, 성연이 누나… 모두 감사하고 사랑합니다."

일반 객석에서 이도원을 응원하려고 온 팬 카페 단체 회원들의 비명과 같은 목소리가 터졌다.

"꺅! 이도원!"

주위를 한차례 눈으로 훑은 이도원은 고개를 숙여 인사를 하고 내려갔다. 이도원을 아는 대부분이 축하하고 있었지만 김진우는 심사가 뒤틀렸다. 이도원이 워낙 압도적이었기에 후보에도 오르지 못한 것이다. 또다시 패배감이 들었다. 그때 옆에서 박아현이 불 난 집에 부채질을 했다.

"정말 대단하지 않아요? 세 작품만에 저 위까지 치고 올라가다니……."

김진우는 속마음을 겉으로 내색하지 않은 채로 대충 맞장구를 쳤다.

"연기력과 외모가 모두 되니까, 운도 따라줬고."

시큰둥한 반응에 박아현이 무언가 대답하려 할 때, 이도원이 자리로 돌아왔다. 기다렸다는 듯 박아현이 말했다.

"받을 줄 알았다니까?"

이도원은 쓰러지듯 의자에 앉았다.

"심장 떨려 죽을 뻔 했네."

박아현이 이때다 싶은지 놀렸다.

"연기할 때 보면 뭐 이런 강심장이 다 있나 싶은데, 상 탈 땐 다른가봐?"

이도원은 고개를 끄덕이며 순순히 인정했다.

"수상 소감으로 뭔 말 했는지도 기억 안 나."

〈악마의 재능〉은 이후로도 최우수작품상과 조명상, 미술상을 휩쓸며 배우와 감독상 포함 대종상영화제 5관왕의 영광을 누렸다.

'역시 유태일 감독이 괜히 최고였던 게 아니야. 대종상을 휩쓸었으니 이제 다음은 청룡영화제인가?'

사흘 뒤 세종문화회관에서 청룡영화제가 열린다. 대종상 영화제를 휩쓴 영화라면 청룡영화제에도 상 한두 개 쯤은 또 받을 수 있을 터였다. 그건 이도원이 상을 더 받을 수도 있다는 의미기도 했다. 더구나 내년에는 부산국제영화제와 백상예술대상도 있었다.

'차라리 현장이 편하겠어.'

사람이 화장실 들어갈 때와 나올 때가 다르다고, 이도원은 레드 카펫을 걸었을 때 느꼈던 설렘이 많이 가셔서 그런지 피로감이 몰려왔다.

그때였다.

제법 괜찮은 진행을 해오던 최규원이 말했다.

"…계속해서, 저희가 이번에 시상할 부분인 인기상인데요. 대종상 남녀 주연상 후보를 대상으로 투표를 했습니다. 그 결과가 제 손안에 있습니다."

김선혜가 미소와 함께 말을 받았다.

"배우에게는 의미가 남다른 상이 아닐까요? 제 58회 대종상영화제 인기상 수상자는……."

마침내 결과가 발표됐다.

"이도원 씨! 축하드립니다."

*　　　　*　　　　*

2021년 12월 31일.

삼성동 비즈니스 바 '아프로디테'에서의 망년회.

룸으로 된 공간 안에는 세 사람이 모여 앉았다. 그중 김진우가 공손하게 잔을 채웠다.

"영광입니다."

잔을 받은 남자 차기열이 대답했다.

"얘기는 많이 들었습니다."

그는 레드 엔터테인먼트 대표 이로빈을 보며 물었다.

"훼방꾼이 있다고요?"

이로빈은 고개를 끄덕였다.

"이도원이라고, 데뷔 초부터 지켜보던 녀석입니다. 고작 스물두 살밖에 안 먹은 놈이 머리 돌아가는 게 보통 영악한 게 아니에요. 이번에 회장님이 부탁하신 일에도 개입해서 막았습니다. 차지은 건, 〈투사〉건 모두 말입니다."

이로빈이 술을 들이켜고 눈살을 찌푸렸다. 도수 높은 양주가 쓰기 때문인지, 불쾌해서인지 파악하기 애매한 표정을 지은 그는 화제를 돌렸다.

"아버님께서 그렇게 되시고 한동안 바쁘셨다지요?"

이로빈이 묻자 차기열이 피식 웃었다.

"알맹이가 클수록 허물이 많이 남는 법이니까요. 아버진 훌륭한 사업가셨지만 생전 막내만을 편애하셨지요."

"우리 회장님께서 부정이 그리워 차지은을 그렇게 대하실 리는 없을 테고……."

중얼거리던 이로빈이 덧붙여 물었다.

"제 추측으로는 차지은이 뭔가 회장님의 심기를 거스른 것 같은데요?"

"아버지가 막내에게 상속한 지분이 좀 있습니다."

대뜸 대답한 차기열이 말했다.

"안 내어놓더라고요. 한 푼이 시급한 이때."

궁금증을 해결한 이로빈이 미소를 띠었다.

"마음고생이 심하시겠습니다. 거기다 약혼녀 분께서 이번 하차 건으로 활동이 힘들어지셨다고요. 제가 누굽니까? 맨손으로 이 바닥에서 대형 기획사 대표 자리까지 올랐습니다. 업계의 반절은 저를 알지요. 회장님만 허락하신다면 약혼녀 분을 저희 기획사에서 케어할 겁니다."

그 말에 차기열이 마주 웃으며 대답했다.

"그래주면 고맙겠습니다."

"그런데 〈투사〉 건은… 대체 무슨 일이 있었던 겁니까?"

이로빈은 〈투사〉 사건의 자세한 내막에 대해 물었다. 그에 차기열이 숨기지 않고 말해주었다.

"서로 다치는 길을 선택해서라도 정윤욱 감독에게 꼭 복수를 하고 싶다고 하더군요. 신인 때 유감스러운 일이 있었다고요. 그저 잊으라고 해도 말을 듣지 않기에 제가 투자자들을 설득해가며 좀 도왔습니다. 정윤욱 감독 입장에선 영화를 엎을 수도 없고, 제 약혼녀를 내보낼 수도 없는 상황이었는데… 그 타이밍에 백 프로덕션이 끼어들어 박아현을 추천한 겁니다. 백 프로덕션이 투자를 진행하는 영화가 번번이 흥행하면서 투자자들도 함부로 하지 못하는 상황입니다. 이대로 두면 앞으로도 계속 자본력이 불어날 테고, 종국에는 막을 수 없는 폭주 기관차가 되겠지요."

이로빈이 잔을 채우며 만면에 미소를 지었다.

"그래서 제가 말씀드렸잖습니까? 백 프로덕션을 어서 인수하십시오. 집 주인만 쫓아내 주시면, 예쁘게 새 집 지어서 값 불리는 일은 제가 하겠습니다."

차기열은 관자놀이를 꾹꾹 누르며 답했다.

"이상백, 그자는 문제가 안 돼요."

툭 던진 그는 불편한 표정으로 말을 이었다.

"문제는 김희주라는 여잡니다. 백 프로덕션의 장외주식을 꾸준히 매수해왔더군요. 그 여자의 주식을 사들여야만 백 프로덕션 인수가 가능합니다."

잠시 생각하던 이로빈이 물었다.

"만나보셨습니까?"

차기열이 고개를 저었다.

"철저히 거부하더군요. 그쪽 정체가 확실해져야 일을 진행할 텐데, 여간 골치 아픈 일이 아닙니다. 아무래도 찜찜해요. 적당한 평수의 아파트 전셋집에 사는 평범한 직업의 여성이 그만한 돈을 굴리고 있다는 것도 이상하고."

그는 김진우를 슬쩍 처다보고 물었다.

"그나저나 김 의원은 어떻게 된 겁니까? 소유하고 있는 백 프로덕션 주식을 제게 매도한다고 합니까?"

"아마 힘들 것 같습니다."

이로빈이 난처한 얼굴로 대답했다.

"말씀대로 백 프로덕션은 멈추지 않는 기관찹니다. 이대로 두면 수익이 계속 오를 텐데 왜 매도하겠습니까? 우리 손은 들어 준다고 하더군요. 그분이 우리 비위를 맞출 필요가 없지 않습니까? 언제든 원하는 대로 하실 수 있는 분이니."

"그러면 또 문제가 됩니다."

차기열이 눈살을 찌푸리며 말을 이었다.

"가진 지분이 많지 않아서 주주총회 때 의결권이 적을 겁니다. 의결에 미치는 영향이 적기 때문에 손을 들어준다는 도의적인 표현은 아무 의미가 없는 거지요."

고개를 끄덕인 이로빈이 대답했다.

"회장님이나 저나 백 프로덕션이 눈엣가시이기는 마찬가지입니다. 이대로 두면 앞으로도 계속 지장을 받을 겁니다. 번거로우시더라도 다시 한 번 그 여자를 설득해 보시죠."

차기열은 잔을 들며 건배를 청했다.

"알겠습니다. 내가 꼭 김희주란 사람을 만나보겠습니다."

잔을 부딪친 이로빈이 김진우에게 시선을 돌리며 당부했다.

"그나저나 너 하나 때문에 일을 그르칠 수는 없다. 백 프로덕션을 인수할 때까지만 이도원과 트러블 일으키지 말고 쥐 죽은 듯이 있어."

김진우는 고개를 살짝 숙였다.

"…예."

이도원은 연말에 진행된 제 58회 〈대종상영화제〉에서 '신인남우상'과 '인기상'을 수상했다.

또한 제 42회 〈청룡영화제〉에서도 '신인남우상'과 단체 수상인

'인기스타상'을 수상했다.

이도원으로서는 그야말로 최고의 한 해를 보낸 것이다.

이도원에게 영광을 안겨준 〈악마의 재능〉은 청룡영화제에서도 삼관왕을 했고, 유태일 감독도 대종상영화제에 이어 또 한 번 '감독상'을 받는 쾌거를 거뒀다.

그토록 빡빡한 시상식 일정을 끝낸 이도원은 이상백과 둘이 단출한 연말 저녁을 보내고 있었다.

이상백이 진지한 얼굴로 먼저 말을 꺼냈다.

"오늘 보자고 한 건 너한테 물어볼 것이 있기 때문이다."

이도원이 말없이 바라보자 이상백이 말을 이었다.

"네게 개런티를 지급할 때마다, 비슷한 시기에 우리 주식을 사들이는 투자자가 있어. 명의는 네 명의가 아니지만 나이대나 몇 가지 특징을 봤을 때 예전에 뵀던 어머님이 떠오르더구나."

그동안 내심 짐작하고 있던 바를 꺼낸 것이다. 이도원은 슬슬 이야기 할 때가 왔다는 것을 느꼈다. 이미 사들인 주식을 도로 매도하라고 할 리도 없을뿐더러, 이 년째 주가가 뛰고 있으니 이상백도 더는 말리지 않을 터였다.

결심한 이도원이 말했다.

"어머니 명의로 주식을 매집해 왔습니다."

이상백은 고개를 끄덕이며 대답했다.

"무모한 결단을 했구나. 결과적으로는 탁월한 결정이 됐지만."

"가족들도 놀라던데, 대표님은 별로 놀라지 않으시네요."

이도원의 말에 이상백이 피식 웃었다.

"오늘은 전처럼 교수님이라고 불러라."

그는 말을 이었다.

"예전부터 가끔씩 놀랄 만한 일을 들고 와서, 어느 순간부터 네가 무슨 일을 하든 별로 놀라지 않게 된 것 같다. 박아현, 차지은 스카우트도 그랬고."

이도원은 미미하게 웃으며 고개를 끄덕였다. 그는 화제를 돌렸다.

"교수님, 회사 배우가 저랑 재빈이 달랑 둘뿐이라 외롭습니다."

"아직 회사 규모가 작아서 두 명 제대로 케어하기도 벅차다. 재빈이도 이번에 웹 드라마를 통해 차근차근 얼굴을 알리고 있어. 인지도 늘리는 데 주력하고 있어서 광고 위주로 작업하고 있다. 내가 너에게 이런 말을 하는 건, 네가 아주 특별한 경우란 뜻이다."

이도원은 잠잠하게 들었다. 이상백이 사이를 두고 말을 이었다.

"흔히 벼락 스타라고들 하지. 아역부터 했던 게 아니면 배우란 얼마나 버티는가의 싸움이다. 원래 예술이란 활동이 그래. 대부분 큰 기대를 품고 이 바닥에 들어서지만, 그래서 빨리 떨어져 나가지. 기회가 올 때까지 확신도 없이 자신을 갈고 닦으며 이 바닥에서 구르려면 뚝심이 필요해. 헌데 벼락 스타는 그런 과정이 없었기 때문에 쉽게 실수를 할 수 있다. 빨리 뜬 만큼 실수 한 번에 훅 가는 거지."

이도원은 고개를 끄덕였다. 이상백이 걱정하는 부분이 뭔지도 잘 알고 있었다. 막 빛을 보려하는 순간 허무한 죽음을 맞게 됐지만, 이도원 역시 타임 슬립 전 그런 시절을 거듭했기 때문이다.

"한치 앞을 모르는 게 사람 사는 건데, 확신할 수 있는 일이 어디 있겠어요? 만약 어떤 실수로 인해 추락한다고 해도 절망하지 않겠습니다."

이상백은 흡족하게 웃으며 답했다.

"그래. 그런 면에서 차지은은 꽤 훌륭한 재목이더구나. 아역부터 왕성한 활동을 하며 유명세를 누렸던 스타라면 대개 지금 같이 활동 정지나 다름없는 상황에서 절망하고 어떻게든 다시 원래 위치를 찾으려고 애쓸 텐데."

"나름대로 답을 찾아낸 거죠. 뮤지컬을 하면서 사람들의 뇌리에서 잊히지 않도록."

"그래."

고개를 끄덕인 이상백이 말했다.

"그 집안 장남, 차기열 회장을 아느냐? 장례식장에서 본 적 있을 텐데."

이도원은 그 한마디만 들어도 이상백이 말하려는 것을 추측할 수 있었다.

장례식장에서 엿들었던 대화가 떠오른 것이다.

'백 프로덕션 인수 건.'

역시나 이어지는 내용은 다르지 않았다.

"차기열이 백 프로덕션을 인수하려 하고 있다. 레드 엔터테인먼트 대표 이로빈과도 이야기가 있었던 것 같아."

잠시 망설이던 이상백이 말했다.

"너희 어머님의 위임장이나 주식 양도가 필요하다."

이도원은 고개를 끄덕이며 물었다.

"저도 한 가지 부탁을 드려도 될까요?"

기다렸다는 듯이 튀어나오는 말에 놀란 이상백이 되물었다.

"부탁?"

"예, 저한테 회사 내의 지위를 보장해 주십시오."

이도원은 단도직입적으로 말했다. 알고 있는 미래를 활용하려면 그만한 힘이 필요했다. 그만한 여건을 가져야만 가슴에 품은 큰 꿈을 펼칠 수가 있다. 단순히 작품 선택만이 아닌, 활동 영역 자체를 넓히기 위해선 실질적인 결정권이 필요한 것이다.

이도원의 얼굴에서 야망을 읽은 이상백이 물었다.

"대체 어떤 일을 벌일 생각이냐?"

이도원은 앞으로 내밀었던 등을 의자에 기댔다. 그리고 냅킨으로 입가를 닦으며 대답했다.

"할리우드나 유럽으로 진출하고 싶습니다."

이상백은 흠칫 표정을 떨었다. 분명 아시아로 진출하는 배우들은 있다. 이도원이 힘쓰지 않아도 곧 중국과 일본에 영화, 드라마가 넘어가면서 진출하게 될 것이다. 하지만 이도원이 원하는 것은 그 정도가 아니었다.

그 외 할리우드이나 유럽으로의 진출.

이쪽은 국내 배우의 진출이 어렵다. 시도된 적이 없는 건 아니지만 언제나 보이지 않는 인종의 벽에 가로막혔다. 서양인들은 굳이 동양인이 자신들의 영화에서 주연을 맡는 걸 바라지 않았다. 티켓 파워가 떨어지기 때문이다.

국내 영화에 굳이 외국 배우들을 주연으로 쓰지 않는 것과 같은 이유였다. 그리하여 지금껏 '주조연'은 있어도 '주연'으로 완벽히 자리매김한 배우는 없다.

이쯤 되자 아무리 이도원을 잘 알고 있는 이상백이더라도 납득하기 힘들었다.

"조급해 하는 이유가 무엇이냐?"

잠시 생각을 정리한 이도원이 대답했다.

"물론 한국에서 작품 활동을 오래하고, 아시아로 진출하고, 차근차근 진도를 밟으며 할리우드나 유럽을 갈 수는 있겠죠. 하지만 할리우드나 유럽으로 가게 되면 다시 처음부터 시작해야 합니다. 운이 좋으면 조연쯤으로 들어갈 수 있겠지만, 확실히 자리매김하기까지 꽤 오랜 시간이 걸릴 겁니다. 그렇게 되면 제가 할 수 있는 배역은 나이가 든 만큼 한정되겠죠."

사람은 새로운 경험을 꿈꾼다.

도전은 언제나 인간의 호기심을 자극한다. 그리고 누구나가 특별해지고 싶어 한다. 최고가 되고 싶어 한다. 이상백이 보기에 이도원의 표정이 그랬다.

그는 고개를 저으며 화제를 돌렸다.

"그것과 회사 내 지위가 무슨 관계가 있지?"

"제가 회사 입장에서 손해인 도전을 하면 모두가 반대하겠죠. 전략기획팀부터 대표님, 투자자들까지요. 하지만 사내 지위가 있다면, 제게도 이런 부분에 대한 결정권이 생기지 않을까 합니다."

"네가 잘못 생각하고 있는 부분이 있는데, 그 정도 결정권은 대표 급이 아니면……."

이도원의 표정을 본 이상백은 말을 멈췄다.

"…공동대표 자리라도 원하는 거냐?"

이상백은 숨이 멎는 기분이었다.

그동안 이도원이 활동하며 벌어들인 액수는 백 프로덕션의 창업 자본을 빼면, 회사가 벌어들인 순익의 절반은 되는 수준이었다. 따라서 이도원의 어머니가 보유한 주식은 적지 않았고 지금도 꾸준히 올라가는 중이었다.

이상백의 말이 허황된 말이라고 할 수만은 없는 상황인 것이다. 더군다나 냉정하게 따져보면 실례되는 부탁을 하는 쪽은 이상백이었다. 때문에 이상백은 화를 내지도, 선뜻 받아들이지도 못하는 표정으로 이도원을 바라봤다.

마침내 이도원이 입을 열었다.

"앞으로 생겨날 백 프로덕션의 자회사, 백 엔터테인먼트의 공동대표 자리를 원합니다."

*   *   *

이도원은 머리가 아파졌다.

저쪽에선 '백 프로덕션 인수 건'을 쉽게 진행하지 못했다. 백 프로덕션의 내부 사정을 자세히 모르는 상태에서 이도원의 어머니인 '김희주'란 변수를 두고 인수를 진행할 수 없었기 때문이다. 하지만 언제까지고 피할 수는 없는 노릇이었다.

이도원은 어머니에게 요청했다.

"〈키스톤 월드〉측 사람을 만나주세요. 지분이 보장되는 상태에서 어느 쪽의 손을 들어줄지 아직 결정 못 했다고만 말씀해주시면 됩니다. 대신 구두로만 전하시고 저들이 양도나 위임장을 통해 힘을 실어달라고 요구하는 부분에 대해서는 확고하게 거절하시면 돼요."

결국 한시가 급한 〈키스톤 월드〉 차기열 회장측은 더 이상 참지 못하고 인수 건을 진행했다. 마침내 백 프로덕션 인수 건은 초읽기에 들어간 것이다. 총회 날짜는 해외 출장을 나갔던 차기 열 회장이 돌아오는 5월 25일로 정해졌다.

2022년 3월 1일 예술의 전당.

배우들은 그동안 지츠프로베(Sizteprobe : 연습 막바지 오케스트라와 배우가 음악을 맞춰보는 리허설)와 편한 복장으로 배우들의 동선을 맞추어보는 테크니컬 리허설, 실제 공연과 동일한 환경을 구현해 중간에 끊지 않고 진행되는 드레스 리허설을 모두 마쳤다.

공연 당일 예술의 전당 분장실은 전쟁터를 방불케 했다. 여섯 명의 스태프가 삼십 명이나 되는 배우의 분장을 하는 일명 분장 콜 타임. 나이가 어린 배우 순에서 나이가 많은 배우 순으로 분장을 하는데 굉장히 지루한 시간이 계속된다.

이도원은 바로 분장실로 가지 않고 배우들의 이름이 붙여진 대기실로 향했다. 문을 열자 긴 시간 동안 분장을 마친 배우들이나 대기하는 배우들이 풀 메이크업을 한 채 평상복을 입고 식사 중이었다.

'금강산도 식후경이라지.'

다소 우스꽝스러운 모습에 남몰래 웃은 이도원이 단원들에게 인사를 건넸다.

"안녕하세요."

나이가 가장 어린 차지은은 제일 먼저 분장을 끝낸 상태였다.

그녀를 본 이도원이 얼굴을 찡그리며 장난을 쳤다.

"몰라보겠다야. 분장인지, 변장인지······."

1000석이 넘는 대극장 공연이었기에 배우들의 이목구비가 보이려면 변장에 가까운 분장이 필요했기 때문에 심하게 두꺼운 분장이 필요한 것이다. 차지은은 떡볶이를 입에 한가득 물고 이도원을 노려봤다. 이내 오물거리며 입안을 깨끗이 청소한 그녀가 말했다.

"오빠도 이리 와서 좀 드세요."

"난 괜찮아."

이도원이 말했다. 첫 공연이라 그런지 속이 좋지 못했기 때문이다. 그 상태를 단번에 알아본 노련한 배우 정태화는 음식이 펼쳐진 곳을 향해 이도원의 등을 툭 밀며 말했다.

"먹어, 공연하다 힘 빠지면 끝이다."

"네."

이도원은 고분고분하게 누가 쓰던 이쑤시개를 집었다.

차지은이 눈가를 좁히며 새 이쑤시개를 건넸다.

"새 걸로 드세요, 오빠. 내가 좀 드시라고 할 땐 안 먹더니······."

이도원은 피식 웃었다.

한쪽 귀에는 여전히 이어폰을 꽂고 있었다.

옆모습을 보다가 발견한 차지은이 물었다.

"오빠, 뭐 들어요?"

"영어."

이도원이 짤막하게 대답했다.

차지은은 고개를 갸웃했다.

"예? 무슨 영어? 오빠 요즘 영어 공부해요?"

"할리우드 가야지."

이도원의 대답에 모두가 웃음을 터뜨렸다.

남들이 모두 장난인 줄 알 정도로 높은 산이라면 넘어볼 가치가 있다. 잠깐 생각한 이도원은 맞장구를 치며 함께 웃고 말았다.

'그나저나 태화 선배님은 오늘 왜 오셨지?'

더블 캐스팅이었기 때문에 이도원과 정태화는 격일로 공연을 했다. 궁금증이 든 이도원이 차지은에게 물었다.

"오늘 무슨 날이야? 태화 선배님이 직접 다 오시고."

"아, 태화 오빠가 오빠 첫 공은 무조건 봐야겠다고 하시더라고요."

"부담되네."

짧게 대답한 이도원이 씨익 웃었다.

'기대도 되고.'

뒷말을 삼킨 이도원은 떡볶이를 다 먹고 목을 풀었다. 〈투사〉 촬영으로 조금 늦게 도착한 바람에 분장 대기 순위가 뒤로 밀린 것이다. 이도원은 한 시간쯤 지나서 분장실로 갔다.

분장을 하고, 마이크를 달았다. 마이크는 허리벨트에 부착하는 송신기와 이어져 있었다. 마지막으로 일제강점기 때의 독립군 군복을 입는 도중, 차지은이 문을 왈칵 열었다.

"야!"

이도원이 화들짝 놀라 소리쳤다.

이미 의상을 입은 차지은은 훤히 드러난 탄탄한 상체를 빤히 보더니, 이내 정신을 차리고 씨익 웃었다.

"속옷은 좀 입죠, 오빠? 빨리 나와요. 파이팅 콜하게. 다들 기다리고 있어요."

파이팅 콜.

공연 시작 삼십 분 전쯤, 무대 감독이나 연출의 특별한 당부가 있거나 배우끼리 단합하며 에너지를 모으는 시간이었다.

이도원은 서둘러 옷을 입고 나갔다.

그가 속옷을 벗고 입는 이유는 타임 슬립 전 공연 당시의 습관 같은 것이었다. 무대에 서면 덥고 땀이 흐르는데다, 대학 때부터 맨몸에 착 붙게 의상을 입으면 공연 성적이 잘 나왔기에 생긴 습관이었다.

복도에는 배우들이 모여 있었다.

그들이 잠시 기다리자, 신용운이 등장했다.

"구호는 정했나?"

이도원은 연습을 많이 빠졌던 터라 구호를 알지 못했다. 그는 멀뚱하게 차지은을 바라봤다.

차지은은 한숨을 내쉬며 말했다.

"'대한독립을 위하여!' 요."

이도원은 순간 터져 나오려는 웃음을 참았다. 그는 목소리를 낮추며 차지은의 귀에 대고 물었다.

"너무 일차원적인 구호 아니야? 네가 정했지?"

차지은이 고개를 끄덕였다.

"뭐가 어때서요?"

두 사람을 보며 피식 웃은 신용운이 말했다.

"자, 자. 특별히 할 말은 없습니다. 그저 무대에 올라가는 순간, 그동안 연습한 모든 것을 잊고 본능에 맡기세요. 우리의 연습이 부족하지 않았다면 저절로 관객들이 만족할 만한 무언가를 보여줄 수 있을 겁니다."

호랑이같던 신용운은 무대를 앞두고 천사같이 돌변했다. 그는 말을 이었다.

"그럼 파이팅 콜 외치겠습니다. 도원이?"

이도원은 고개를 끄덕이고 이미 무대에 오른 듯 근엄한 목소리로 외쳤다.

"대한독립을 위하여!"

차지은에게 장난을 치던 것과 달리 진지한 태도였다.

그에 배우들이 복도가 떠나가라 소리쳤다.

"대한독립을 위하여!"

'무대.'

이도원은 무대를 바라보고 있었다.

두근두근, 심장이 서서히 박동했다.

'모두들 왔겠지?'

배우 개인당 다섯 장의 초대권이 나왔고, 이도원은 어머니와 누나를 비롯해 이상백 대표, 오준식, 유성연을 초대했다. 가까운 사람들이 보고 있다고 생각하자 더욱 긴장감이 솟았다.

이도원은 고개를 털고 눈을 스르륵 감았다.

"스으으으."

이도원은 허파에 바람을 뺐다.

마음이 차분하게 가라앉았다.

눈을 뜨자, 곁에 서 있는 차지은의 굳은 얼굴이 보였다.

'센 척 했었네.'

이도원은 그녀의 어깨에 팔을 둘렀다.

차지은이 깜짝 놀라자, 이도원이 귓가에 대고 말했다.

"본능에 맡기세요, 본능에."

신용운이 했던 말을 따라한 이도원이 씩 웃었다.

차지은은 헛웃음을 내쉬며 고개를 끄덕였다.

"네, 오빠."

이럴 때 보면 영락없이 말 잘 듣는 여동생 같았다.

그때 불현듯 객석이 어두워지더니 기차의 기적소리가 들려오고, 일곱 발의 총성이 울려 퍼졌다. 이내 이도원과 독립군 역할의 배우들이 무대 위로 올라갔다. 그들은 안개 낀 자작나무 숲으로 모여들었다.

이도원은 천천히 걸어 나가며 입을 열었다. 미친 듯이 뛰던 심장이 몸부림을 뚝 그쳤다.

이도원은 근엄한 표정으로 고개를 들었다. 동시에 굵직한 호흡이 담긴 대사가 미동 없이 흘러나왔다.

"내 조국의 하늘 아래서 살아갈 그날을 위해 수많은 동지들이 타국의 태양 아래서 싸우다, 자작나무 숲으로 사라졌습니다."

애절한 눈빛과 목소리.

이도원은 천천히 손을 내밀며 말했다.

"그들의 간절했던 염원이 하늘을 감동시킬 수 있도록, 이 뜨거운 조국애와 간절함을 담아 저, 안중근… 이 한 손가락 조국에 바치겠습니다."

이내 뮤지컬 〈영웅〉의 '단지동맹'이라는 열두 명의 노랫소리가 울려 퍼졌다.

이도원이 가장 먼저 시작을 알렸다.

"울창한 자작나무 숲—망국의 땅."

열두 명이 함께 합창했다.

"우리는 모였다—간절히 기도하는 마음으로 뜨거운 심장으로."

이도원은 그 노래를 받아 불렀다.

"나 이 순간 맹세하나니 비록 조그마한 일이나 이것은 결의의 시작이니 뜨거운 피로써 싸우리라."

음에 따라 이도원의 손도 올라갔다. 코러스가 울려 퍼지는 가운데 이도원이 먼저 돌아앉으며 손가락을 끊었다.

"윽."

그가 태극기를 꺼내 보여주자, 다른 배우들이 한 걸음씩 모여들어 등을 돌려 앉으며 손가락을 끊었다. 고통스러운 비명소리가 다발적으로 울려 퍼졌다. 태극기를 들고 천천히 일어난 그들은 돌아서며 넓게 퍼져서 합창했다.

"아—나 오늘 이 순간 맹세하나니—내 조국 위하는—우리의 열정. 우리 여기 모여 함께 나눈 순간, 결코 져 버리지 않으리."

이도원을 중심으로 비장한 표정으로 배우들이 모여들어 피분장이 된 천으로 두른 손을 내보이며 노래를 이어갔다.

"우리의 함성이 잠자는 숲을 깨우듯—어두운 이 세상 깨우리—잊지—말자—오—늘."

객석을 가르는 힘찬 목소리!

관객들이 우레와 같은 박수를 보내는 것으로 극이 시작됐다.

이도원은 무대 뒤편으로 나와서 교대한 배우들의 연기를 귀로 들었다. 이마에는 벌써부터 땀이 송골송골 맺혀 있었다. 인터미션(Intermission : 공연 중간의 휴식)을 포함하면 백육십 분, 제외하면 두 시간짜리 공연이었기 때문에 체력 조절도 상당히 중요했다.

이도원과 독립군이 나오는 파트 다음 장면에선 '이토 히로부미'와 가상 인물이자 명성황후 살해 당시 도망친 마지막 궁녀 '설희'가 등장했다. 나이대가 있는 노련한 배우들답게 놀라운 연기력과 노래 실력을 보여주었다. '설희'가 '이토 히로부미'에게 접근해 명성황후의 복수를 꿈꾸는 장면이 묘사되었다.

다음 이도원이 무대 위로 올라갔다. 설희와 만나는 장면이었다.

"김 내관님!"

'김 내관'은 제국익문사(帝國益聞社 : 초대 황제 고종이 설립한 직속 비밀정보기관) 요인들을 관리하는 사람이었다.

이도원의 부름에 김 내관이 반갑게 화답했다.

"어서 오게! 안중근. 내가 자네를 부른 이유는……."

그때 이도원이 고개를 돌려 설희를 의식했다.

그 표정을 발견한 김 내관이 소개했다.

"아, 인사들 나누게. 여기는 명성황후마마의 마지막 궁녀인 설희네."

이도원이 살짝 고개를 숙이며 말했다.

"대한제국 의병군 참모중장 안중근입니다."

목소리는 근엄하고 행동은 절제돼 있었다.

완벽히 '안중근'의 모습을 몸에 입힌 이도원을 보며 김내관 역의 배우는 아주 잠깐 스치는 생각이 있었다.

'몰입하기 편하다.'

그는 자연스럽게 설희에 대해 설명했다.

"일본으로 건너가서 우리들에게 귀한 정보를 보내줄 것이네."

설희를 바라보는 이도원의 동공이 흔들렸다. 그는 정교한 표정연기와 함께 조심스러운 말투로 말했다.

"하지만… 여자의 몸으로 그 험한 일들을 어찌 감당하겠습니까?"

이도원의 섬세한 연기는 관객을 위한 것만이 아니었다. 그의 표정을 볼 수 있는 관객은 기껏해야 맨 앞 줄, 시력이 좋다면 두 번째 줄 정도도. 따라서 이도원의 디테일한 연기는 바로 상대 배우를 위한 배려였다.

그걸 고스란히 체감하며, 설희 역할의 여배우가 단호한 표정으로 답했다.

"남자든 여자든 목숨을 부지하는 것이 수치스러운 때입니다. 최선을 다하여 필요한 정보들을 보내겠습니다. 부디 큰 뜻 이루십시오."

단단한 심지가 느껴졌다. 김 내관이 이도원의 어깨를 두드렸다.

"이 친구를 한 번 믿어보게."

이도원은 고개를 끄덕이고 설희를 보며 말했다.

"잘 부탁합니다."

모든 동작은 관객이 볼 수 있도록 크고 정확했다. 또한 대사를 치고 노래를 부르는 목소리는 발성을 토대로 시원하게 뻗어나간다. 특히 대극장일수록, 연기의 난이도는 높아진다. 그런 의미에서 배우들은 밸런스를 잘 맞추고 있었다.

다음으로 일본군과 독립군이 쫓고 쫓기는 장면이 나왔다. 추격 장면은 도시 배경을 3D 영상으로 처리하고 무대와 영상, 배우들이 모두 움직이며 한 공간에 있으면서도 도시 전체를 뛰어다니는 효과를 보여주었다. 24인조 오케스트라가 실연하여 추격전의 팽팽한 긴장감을 살려주고, 독립군들은 아크로바틱에 파쿠르 동작을 접목한 안무로 역동적인 추격전을 구현했다.

다음으로 '링링' 역할의 차지은과 배우들이 무대에서 호흡을 맞추었다. 극중 '링링'은 '안중근'을 짝사랑하는 가상의 인물인데, 차지은은 연습 때보다 훨씬 좋은 기량을 보여주었다.

'확실히 늘었어. 연기가 자연스럽다.'

그건 연기를 하고 있는 차지은도 느낄 수가 있었다. 하지만 이도원의 생각과는 조금 다른 방향으로 해석했다.

'휴… 아무래도 내가 정말 호감이 생긴 것 같네.'

연습 때마다 연기에 몰입하면서 점차 생긴 감정인지, 아니면 원래부터 이도원에게 마음이 있었는지 정확히 알 수 없었다.

호흡을 맞추던 이도원이 급하게 사라지고, 무대에 홀로 남아 수줍은 제비꽃 화분을 든 차지은은 그 감정을 고스란히 살려 제비꽃에게 중얼거렸다.

"이게 내 운명일까? 아니… 우리의 운명일까?"

확실한 것은 지금 당장 연기하는 데 엄청난 도움이 된다는 사실이었다.

그건 노래를 부를 때도 마찬가지였다.

하필이면 제목도 '이것이 첫사랑일까'이다. 차지은의 잇새로 고운 목소리가 흘러나왔다.

"운명은 이렇게 다가와 심장도 이렇게 뛰어와 열여섯 소녀의 두근거림, 그래 너는 내 맘 알거야."

관객에게 설레는 감정을 전하려면 진한 분장에 어울리는 큰 표정이 필요했다. 그리고 차지은은 훌륭히 소화했다.

"설레는 이 느낌 무얼까, 떨리는 이 마음 아실까. 붉어진 내 얼굴, 떨리는 내 입술. 그래 너는 내 맘 알거야."

차지은은 자연스럽게 음을 올리며 설레는 소녀의 감정을 달음박질로 표현했다. 무대를 뛰는데도 음정이 조금도 흔들리지 않았다.

"눈을 비비고서─크게 눈 떠보니."

팔을 크게 벌리고 크게 눈을 뜬다. 동작과 표정, 가사가 어우러졌다.

"어느새 내 맘에 봄이 숨을 크게 쉬고─주월 둘러보니─ 어느새 내게도 사랑이."

차지은은 제비꽃을 품에 안으며 노래를 마무리지었다.

"미풍에 실려 온 제비꽃, 이 향기 그의 마음도 내게 왔네. 마음에 아련히 스며드는 느낌. 이것이 첫사랑일까."

실제로, 가슴이 두근두근 거렸다.

'노래에 몰입해서 그런가?'

두꺼운 분장 속 얼굴이 달아오른 느낌이었다. 불현듯 이도원의 훤칠한 모습이 뇌리를 스쳤다.

한편 그녀의 머릿속에 떠오른 주인공인 이도원은 무대 뒤에서 감탄을 연발하고 있었다.

'너무나 편하게 부르는데도 자유자재로 올라가는군. 음정을 갖고 놀다니… 반칙이야.'

남녀를 비교할 수 없지만 이도원은 오직 노래로 전달할 수 있는 감정만큼은 자신이 차지은을 추월할 수 없다는 생각이 들었다. 그녀는 타고난 목소리와 음역대, 음감과 재능부터가 남달랐다.

'연기는 그저 그런데.'

정작 차지은 본인은 노래보다 연기를 더 좋아한다니, 참으로 얄궂은 일이 아닌가?

*   *   *

배우들의 호흡이 자연스러우니 극은 물처럼 줄기차게 흘러갔다. 이도원은 연습 때 했던 '그날을 기약하며'를 훌륭하게 소화해 냈다.

무대가 바뀔 때마다 관객들의 박수가 쏟아졌다.

독립군의 죽음을 다루는 장면들이 지나갔다. 차지은은 오빠를 잃고 슬피 우는 '링링'을 잘 소화했다. 이도원 역시 그의 죽음을 애도하며 고뇌하는 '안중근' 역할을 훌륭하게 표현했다.

무대를 장악한 배우들은 물 만난 물고기처럼 관객들의 애달픈 감정을 자극하며 불러일으켰다. 그렇게 노래와 대사가 담긴 장면들이 몇 차례 지나갔다.

제 1막이 끝나자 인터미션이 발생했다. 휴식 시간 동안 배우들은 그동안 화장실을 다녀오거나 따뜻한 물을 마시며 목 관리를 했다. 이도원도 물을 마시며 호흡 훈련을 하고 있었다.

그때 차지은이 슬금슬금 다가오더니 말을 걸었다.

"오빠. 그렇게 호흡 훈련 너무 열심히 하시면 뇌에 공기 모자라서 현기증 나요."

"하루도 거르지 않고 해서 이 정도는 충분해."

이도원의 대답을 들은 차지은이 고개를 끄덕였다.

"역시 연기를 잘하는 데는 이유가 있네요. 그나저나 슬프지 않아요? 이제 곧 저 죽는데."

이도원은 피식 웃었다.

"연기 잘해서 슬프게 해줘. 날 울려."

그러자 차지은이 의지에 찬 눈으로 대답했다.

"기대하시라고요."

다시 무대가 시작됐다.

무대를 종횡무진하며 신출귀몰하게 추격하는 일본군. 일본군을 피하는 초조한 독립군들의 모습이 보인다.

이도원은 '안중근'의 목표라고 할 수 있는 거사를 위한 준비를 마쳤다.

무대가 비워지고, '링링' 역할의 차지은과 둘만 남은 시점.

차지은이 수줍게 입을 열었다.

"선생님… 저… 할 말이… 있어요."

그녀는 고개를 푹 숙이며 발끝을 모았다.

"그동안 얘기해야지 해야지 했는데… 오늘이 마지막일지도 모르니까… 그래서 얘기해야 할 것 같아요. 언젠가부터 선생님을 뵈면 제 마음이… 그러니까, 제 마음이……."

차지은이 고개를 들었다. 순간 그녀가 뭔가를 발견한 듯 이도원의 몸을 돌려세우며 날카롭게 외쳤다.

"안 돼!"

총소리가 울려 퍼졌다. 차지은이 일본군 '와다'가 쏜 총알을 몸으로 막아냈다.

동시에 울려 퍼지는 또 한 발의 총소리.

독립군이 쏜 총알이 '와다'를 쓰러뜨렸다. 그와 동시에 차지은도 종잇장처럼 스르르 이도원의 몸을 타고 흘러내렸다.

"링링!"

독립군들이 그녀를 외치며 달려왔다.

그제야 차지은은 이도원을 안았던 손을 풀었다.

그녀가 가쁜 숨을 몰아쉬며 물었다.

"머리가 헝클어졌겠죠? 내 모습 흉해요?"

이내 이도원의 품에 안긴 차지은의 잇새로 애절한 노랫소리가 흘러나왔다.

"겨울 눈 내리듯, 어둔 밤 밝히듯, 꽃향기 날리듯, 내 맘에 찾아온 당신. 온몸이 떨려 눈물이 날려, 말하면 사라질까 봐, 꿈같이 사라질까 봐. 숨겨온 당신은 나의 첫사랑. 심장이 두근거렸죠, 숨이 멎을 것 같았죠. 눈물이 흘렀지만 그대는 몰랐죠, 나의 맘. 나 그대―떠나는 지금, 그대 슬피 우는 건 사랑이라 믿어도 될 까요. 울지 마요, 그대. 슬퍼 마요, 그대. 나를 봐요, 웃어 봐요. 나는 행복해요."

차지은이 이도원의 품에서 눈을 감았다. 이도원의 가슴속으로 답답한 안개가 훅 불어왔다. 순간 그의 입에서 절규가 터져 나왔다. 차지은의 애절한 노랫소리를 잇는 슬픈 절규는 관객들의 심금을 울렸다.

그 다음 이도원이 '이토 히로부미'를 저격하는 장면이 나오고,

그는 법정에서 '누가 죄인인가'를 불렀다. 이도원의 노랫소리가 무대를 넘어 객석을 장악하며 엄숙함을 더했고, 노래를 통해 낱낱이 밝히는 일본군의 죄악들이 무거운 창날처럼 관객들의 가슴을 찔렀다. 민족의 한을 관객들의 가슴에 못 박은 이도원은 '운명'이란 곡으로 다시 한 번 몰아쳤다.

'이토 히로부미'와 '안중근'이 서로의 입장을 두고 주고받으며 부르는 노래였다. 선악을 떠나 군인으로서 조국을 위한 두 사람의 신념이 오갔다. 이도원은 뒤이어 그 해답에 가까운 곡인 '동양평화'를 불렀고, 드디어 대미(大尾)를 맺을 차례가 되었다.

백의 홑겹 내의로 갈아입은 이도원이 사형장 위에 섰다. 이윽고 내레이션이 나왔다.

"마지막으로, 할 말이 있는가?"

이도원이 숙이고 있던 고개를 번쩍 들었다.

비통한 표정이 드러났다. 그리고……

순간, 모든 호흡이 담긴 폭발적인 발성이 터졌다. 마치 둔기로 내려치듯 강렬한 소리!

"장부가 세상에 태―어나 큰 뜻을 품었으니, 죽어도 그 뜻 잊지 말자―하늘에 대고 맹세해본다. 하늘이시여 도와주소서―우리 꿈 이루도록. 하늘이시여 지켜주소서―우리 뜻 이루도록."

수용인원 천 명이 넘는 대극장이 꽉 찼다. 이도원의 음이 또다시 올라갔다.

"하늘이시여 도와주소서 우리 꿈 이루도록. 하늘이시여 지켜주소서 우리 뜻 이루도―록―!"

소리는 끝없이 뻗어나가다 뚝 멎었다.

점점 커져가는 음악과 함께 이도원의 눈에는 안대가 씌워졌다. 그리고 교수대의 바닥이 덜컥 열리며 이도원이 고개를 떨어뜨렸다. 지켜보던 일본군 간수 '치바'가 진심으로 고개 숙여 경의를 표했다.

조명이 점차 어두워지고 이내 암흑이 극장 안을 뒤덮었다. 순간 우레와 같은 박수가 흘러나왔다. 막이 내렸음에도 박수 소리는 멈출 줄 몰랐다. 이도원을 비롯한 배우들이 무대 위에 올라가 나란히 서서 관객들에게 깊이 고개를 숙이며 인사를 올렸다. 박수 소리가 더욱 커졌다.

한 달 하고도 보름이 더 진행되는 공연의 시작을 알리는 첫 신호탄은 중요할 수밖에 없었다. 그 시작은 이도원이 알리고, 끝맺음은 정태화가 하기로 돼 있었다. 그리고 이도원은 지금 훌륭하게 첫 단추를 꿴 것이다.

'이제 시작이다.'

이도원은 고개를 들어 관객과 마주 보며 전율했다.

뮤지컬 〈영웅〉은 최초 국내 창작뮤지컬의 초석을 놓은 〈명성황후〉의 윤호진 대표가 안중근기념사업회로부터 제안을 받으며 5년여의 제작 기간과 37억 원의 제작비를 들여 만든 작품이었다. 따라서 첫 공연은 안중근 의사가 이토 히로부미를 저격한지 정확히 100년이 되는 2009년 10월 26일이었다.

그리고 2021년 3월 1일, 한민족이 독립선언서를 발표했던 삼일절에 다시 〈영웅〉의 서막이 오르고 있는 것이다.

뜻 깊은 공연이 끝나고 대기실로 돌아가자 정태화가 와 있었다.

"바톤을 이어받을 생각을 하니 부담감이 들더군. 훌륭한 무대였다, 잘했어."

정태화는 이도원의 어깨를 두드렸다. 신용운 역시 만족한 눈빛으로 배우들을 보고 있었다. 그때 원래 이도원의 역할이었던 권명섭이 들어왔다.

"내심 걱정도 하고 질투도 했는데, 공연 보고 모두 접었다. 더 열심히 해야겠다는 생각이 들더라."

권명섭의 말에 이도원은 고개를 가볍게 숙였다.

"감사합니다, 형."

이윽고 반가운 얼굴들이 꽃다발을 안고 대기실로 찾아왔다.

어머니와 누나, 오준식, 유성연이었다.

"정말 자랑스럽다, 안중근 열사라니……."

어머니의 화장에는 눈물 자국이 나 있었다.

극의 애절함 때문인지, 이도원 때문인지 불분명했다. 이도원은 그저 어머니가 눈물짓는 모습을 마주 보는 것만으로 가슴 한구석이 아려왔다.

"이리오세요."

그는 어머니를 끌어당기며 안아주었다. 어깨 너머로 이다원이 말했다.

"나도 울었어. 화장 고친 거야. 와… 내용 진짜 슬프더라."

"그것도 도원이가 연기를 잘해서 그런 거예요."

유성연이 호들갑을 떨며 이다원에게 친근하게 말했다. 이다원은 고개를 끄덕였다.

"그건 그래요, 언니."

오준식은 이다원을 훔쳐보며 이도원에게 말했다.

"훌륭했어."

무언가 평소와 다르게 성의 없는 말투였다. 그리고 이도원은 눈치가 백 단이었다.

'준식이가 누나 옆에 앉았지, 아마?'

피식 웃은 그는 모른 척 고개를 끄덕였다.

"직접 집에까지 가서 가족들 데려와줘서 고맙다."

오준식은 이도원의 가족들에게 찾아가 직접 운전까지 하며 이곳에 모신 것이다.

아낌없는 찬사를 듣고 보니 모두들 뮤지컬을 감동적으로 감상한 것 같았다. 괜스레 안심이 된 이도원은 꽃다발을 품에 넘치도록 받으며 활짝 웃었다.

배우로서 가장 보람된 순간이었다.

이도원은 4월 29일 제 58회 〈백상예술대상〉 영화부문에서 〈악마의 재능〉으로 '남자신인연기상'을 받았다. 또한 TV부문에서도 드라마 〈시간아! 돌아와〉를 통해 '남자신인연기상'까지 손에 넣는 기염을 토했다. 그뿐인가 하면 5월 13일 개최된 제 16회 〈뮤지컬 어워즈〉에선 〈영웅〉으로 '남우신인상'을 받았다.

연말부터 시작해서 모든 신인상을 휩쓸었으니, 상복이 터졌다고 해도 과언이 아니었다. 그야말로 쉴 틈이 없었다. 이도원이 주연으로 참여한 정윤욱 감독의 영화 〈투사〉 또한 5월 달에 개봉하면서 다시 화제의 인물로 떠오른 것이다.

노예로 쫓겨난 조선 최고의 명장이, 가족을 비롯해 주군인 임금까지도 살해한 왕세자에게 복수하는 내용의 블록버스터 사극 판타지 〈투사〉는 첫 주에만 벌써 오십만 관객을 넘긴 상태였다. 워낙 제작비가 많이 들었기 때문에 이제 가까스로 손익분기점에 다가가고 있는 실정이었지만 이대로 순항한다면 천만 관객도 꿈이 아닌 상황이었다.

무사히 첫 공연을 마친 이도원은 성북구 월곡동의 집으로 갔다. 현관문을 열자 실내로부터 찬바람이 불어왔다.

'따뜻했었는데.'

이도원은 휴대폰 불빛에 의지해 집 안으로 들어갔다. 그는 보일러를 켠 뒤 샤워를 하고 나왔다. 물기가 흥건한 머리를 수건으로 말리며 리모컨으로 TV를 켰다. 연예인 인기투표 프로그램이 나오고 있었다.

—작년부터 올해까지 가장 사랑받은 스타가 있죠? 불과 몇 년 전만 해도 무명이었던 이 배우는 현재 영화 한 편당 개런티만 8억을 넘겼습니다. 뛰어난 외모와 믿기 힘든 연기력으로 단숨에 시선을 끌며 전국을 들썩인 배우! 데뷔 후 2년 만에 영화 두 편, 드라마 한 편, 뮤지컬 하나를 선보이며 그때마다 호평일색으로 승승장구 하는 배우! 이젠 신인이란 말보다 연예계의 블루칩으로 떠오르는 배우, 바로 이도원 씨입니다…….

이어지는 내용은 이도원이 출연한 영화와 드라마에 대한 소개였다. 그때 휴대폰 벨이 울렸다. 이도원은 전화를 받았다.

"네, 엄마."

그는 발톱을 깎으며 휴대폰을 머리와 어깨 사이에 끼고 통화를 했다. 수화기 뒤편에서 어머니의 목소리가 들려왔다.

—밥은 잘 먹고 다니니?

"그럼요, 누나도 잘 지내죠?"

―그럼, 학교 잘 다니고 있지.

이도원은 씨익 웃었다.

"조만간 찾아뵐게요. 멀지도 않은데요, 뭐."

―그래. 항상 조심하고… 네가 말한 대로 위임장은 모두 써뒀어. 〈키스톤 월드〉쪽 비서님도 돌려보냈다. 간 떨려서 혼났어, 아주.

"잘하셨어요, 주무실 거죠?"

―그래야지, 내일 출근도 해야 하니까.

"일 그만두시래도요. 제가 이제는 가장 역할을 하잖아요."

―가장 역할뿐이니? 이렇게 모두가 어려울 때 집을 선물하는 아들이라니… TV에서만 보던 일이 일어나니까 아직도 믿기지 않는다. 그래도 놀아야 뭘 해? 나도 열심히 살아야 아들 욕 안 먹지.

어머니의 목소리를 듣자 이도원은 절로 웃음이 났다. 그는 이런저런 이야기를 좀 더 나눈 뒤 말했다.

"안녕히 주무세요."

―너도 잘 자라.

어머니는 먼저 전화를 끊었다.

이도원은 휴대폰을 소파 위에 던져놓고 기지개를 켰다. 그는 얼마 전 살던 아파트를 자신의 명의로 돌리고, 대신 어머니 명의로 송파구 가락동의 30평 아파트를 선물했다. 같이 살면 찾아오는 팬들이나 기자들, 파파라치까지 신경 쓰느라 가족들도 불편해질 수 있었기 때문이었다. 물론 이도원이 명의 이전을 서두른 데는 한 가지 이유가 더 있다.

'다행히 아직은 전혀 눈치채지 못한 것 같군.'

이도원은 탁자 위의 태블릿 스위치를 켰다. 그러자 화면으로 '장외주식 대표사이트'가 나타났다.

5월 25일 인천공항.

한국으로 입국한 차기열 회장은 공항을 빠져나와 에쿠스에 올랐다. 그는 차에 탑승하자마자 물었다.

"김희주란 여자는 만나봤습니까?"

보조석에 타고 있던 비서가 대답했다.

"예. 하지만 설득하는 데에는 실패했습니다. 그렇다고 이상백 대표 측 손을 들어줄 것 같지도 않습니다. 이 분쟁에서 어느 쪽이 승리하든 손해 보는 일이 없도록 중립적인 입장을 고수하려는 느낌입니다."

차기열은 눈살을 찌푸렸다.

"김 실장. 김희주가 백 프로덕션 쪽 사람들과 연고가 없는 건 확실합니까?"

"예. 주소지로 조회해 봐도 딸 하나랑 오순도순 사는 직장인 여성입니다. '김희주'에 대한 내용은 내부 정보라 정확하게 알 수 없었지만, 투자 초기 적은 금액으로 투자를 시작한 것으로 파악됩니다. 그전까지 딸의 학자금 대출이 끼어 있었고, 백 프로덕션 주가가 오르면서 월 상환금액이 점차 늘었거든요."

"주식을 처분해서 한 번에 갚은 것도 아니고, 주식은 그대로 맡겨놓고 월 상환금만 늘었다고요?"

"예. 근래 회사에서 승진하면서 딱 그만큼 상환금이 올랐습니다. 오로지 백 프로덕션에만 투자한 채 보유한 주식을 건드리지 않고 그대로 두는 걸 보면 주식 초보 같은데, 소 뒷걸음치다 쥐 잡은 격이죠. 그래서 백 프로덕션에 대한 믿음도 큰 것 같습니다."

비서의 말에 차기열이 고개를 끄덕였다. 반면 여전히 미심쩍은 표정으로 물었다.

"너무 완벽하게 들어맞아서 이상하군. 회사 이력서나 등본이나 초본으로 알아볼 수는 없습니까?"

"개인 정보라 그쪽은 알아보기가 힘듭니다. 직장도 번듯한 곳이라서 공개하려 하지 않고요. 그리고……."

비서는 말을 이었다.

"인터넷 뱅킹이나 쇼핑몰도 전혀 이용한 내역이 없습니다. 은행 기록을 알아보려 해도 아직 보유한 주식을 매매한 적이 없어서 깨끗하고요. 처음부터 자본가였던 건 아니고, 백 프로덕션의 주가 상승에 편승해서 돈맛을 좀 본 걸로 생각됩니다. 현 직장의 근속 기간도 길고, 생활도 아주 검소한 것으로 봐서는 특별한 문제도 없어 보이고요."

차기열은 고개를 끄덕였다. 굳이 무리를 한다면 더 세세한 정보를 알아낼 수 있을지 모르지만, 그만큼 신경 쓸 정도는 아니었다. 특별히 눈에 띄는 문제도 없을뿐더러 주주총회 당일인 오늘 알아봐야 아무 소용없는 것이다. 고로, 차기열은 관심을 끄고 창밖으로 시선을 돌렸다.

비서가 말했다.

"백 프로덕션으로 바로 모시겠습니다."

＊　　　＊　　　＊

　서울특별시 강남구 청담동 소재의 〈백 프로덕션〉.

　주주총회 인원들이 하나 둘 도착하기 시작했다. 회사 주차장에는 고급 외제차들이 줄줄이 늘어섰다. 주주들의 방문으로 인해 백 프로덕션 내부에 비상이 걸렸다.

　정장을 차려입은 이상백과 이도원은 대표실에 마주 앉아 있었다. 이상백이 안경 너머로 이도원을 바라보며 미소 지었다.

　"전혀 긴장하지 않은 것 같구나. 어머님이 보내신 위임장이다."

　이도원은 서류 봉투에 담긴 위임장을 받았다.

　"감사합니다."

　고개를 끄덕인 이상백이 말했다.

　"먼저 가 있을 테니 늦지 않게 오너라."

　"예, 대표님.

　이도원은 고개를 끄덕였다. 그는 자신이 다음으로 참여할 작품을 보는 중이었다. 이상백은 방해하지 않고 먼저 비즈니스 룸으로 갔다. 그가 문을 열고 들어서자 총회에 참여할 아홉 명의 주주들이 인사를 건넸다. 그중에는 차기열과 김 의원의 대리인도 있었다. 이상백이 자리에 앉으며 마이크에 대고 입을 열었다.

　"오랜만이군요. 반갑습니다. 자, 그럼 잠시 후 차기열 대주주님이 요청하신 백 프로덕션 M&A(인수합병) 관련 임시주주총회를 시작하겠습니다."

　인수합병은 총회에 참가한 주주들이 의결권을 행사함으로서 특별결의로 진행된다.

현재 이상백은 35%의 지분을 보유한 상태였다.

다음으로 차기열이 27%의 지분을 갖고 있고, 22%의 우호 지분을 더 확보한 상황이었다.

만약 이대로 결의가 끝난다면 백 프로덕션은 인수 절차를 밟아야 할 상황인 것이다.

그럼에도 이상백은 차분한 표정으로 일관했다.

이상백을 주시하던 차기열은 속이 영 찜찜했다.

'김희주란 여자가 설마… 이상백 쪽 사람인가?'

김희주의 지분은 16%. 그녀가 이상백의 손을 들어준다면, 이상백은 총 51%의 지분을 행사하게 되는 것이다. 그리되면 백 프로덕션 인수는 수포로 돌아가게 된다. 차기열은 한 자리 남은 공석을 바라보며 말했다.

"아직 한 자리가 비었군요."

서류를 보던 이상백이 웃는 낯으로 답했다.

"지금 오고 있을 겁니다. 퍼포먼스를 좋아하는 분이라서요."

그 말을 듣는 순간 차기열은 얼굴 표정을 와락 구겼다.

'설마 믿는 구석이 있어서 주주들을 설득하려는 움직임이 없었던 건가?'

대부분이 백 프로덕션 창립 초기에 투자한 사람들이고, 엄밀히 말하면 키스톤 월드 사람들이었기 때문에 이상백이 자포자기했을 것이라고 추측했던 차기열은 등골이 서늘해졌다.

김희주에 대한 조사는 완벽하게 끝냈다. 그 결과 이상백과의 접점을 찾을 수 없었다. 그래서 찜찜해도 큰 걱정을 하지 않고 있었다. 그런데…….

'어떻게?'

그 이유는 머지않아 밝혀졌다. 비즈니스 룸으로 들어온 인물은 김희주란 여자가 아니었다.

"이도원?"

차기열은 깜짝 놀라 중얼거렸다. 모든 주주들이 혼비백산한 표정이었다.

문을 열고 장내로 들어선 이도원은 담담한 표정으로 그들을 지나쳐 대주주석에 앉았다.

이내, 이도원의 입이 열렸다.

"늦어서 죄송합니다. 전 김희주 여사의 위임장을 받고 참석한 대리인, 이도원입니다."

차기열은 주먹을 움켜쥐었다.

'이상백이 아니라 이도원이었구나!'

미처 예상하지 못한 일이었다.

이도원은 얼마 전까지 스물두 살의 신인 배우였다. 그런 이도원이 자회사 지분을 확보하고 있으리라고는 상상도 할 수 없었던 것이다. 회사 사정이 어렵던 백 프로덕션 창립 초기부터 미리 준비를 했다는 건데, 상황 파악을 끝낸 지금도 납득하기 힘들었다.

'예언가라도 된단 말이야?'

차기열이 얼마나 분통하든지 간에 주주총회는 차질 없이 시작됐다.

"모두 도착하셨으니 결의를 시작해 볼까요?"

이상백의 목소리를 들은 차기열은 눈을 질끈 감았다. 이미 패배가 정해진 총회를 뛰쳐나가고 싶은 심정이었다. 단순히 계획

을 실패했다는 좌절감보다, 백 프로덕션 인수전에서 참패했다는
모욕감이 더욱 컸다.

*   *   *

주주총회는 두 시간만에 마무리됐다.

백 프로덕션은 대주주 김희주의 위임장을 손에 넣은 이도원
의 등장으로 회사가 인수되는 것을 막을 수 있었다. 결과적으로
차기열이 야심차게 준비한 인수합병 계획도 백지화되고 만 것이
다. 차기열은 차에 오르자마자 신경질적으로 물었다.

"대체 일을 어떻게 하는 겁니까?"

보조석에 탄 비서가 경직된 표정으로 대답했다.

"죄송합니다. 회장님. 이도원이 배후에 있을 줄은……."

"미행이라도 붙였어야 하는 것 아닙니까?"

"전 회장님께선 불법적인 일은 금하는……."

"그건 아버지고요!"

씩씩거리던 차기열이 차갑게 지시했다.

"내리십시오."

"예?"

차기열이 눈짓했다.

"내리라고 했습니다."

비서는 망설이던 끝에 차 문을 열고 내렸다.

그를 쫓아낸 차기열은 운전수에게 말했다.

"바로 회사로 들어가 주십시오."

"예, 회장님."

운전수가 대답하며 키스톤 월드 본사로 차를 몰았다.

차기열은 레드 엔터테인먼트 이로빈 대표에게 전화를 걸었다. 자동차와 연결된 화상 전화기에 이로빈이 나타났다.

―아, 회장님.

"이 대표."

차기열은 차 시트 안쪽의 냉장고에서 냉수를 꺼내며 말했다.

"이도원이었습니다."

―예?

"대주주 김희주. 그 정체가 이도원이었습니다."

잠시 정적이 흘렀다.

마침내 이로빈이 중얼거렸다.

―우리가 이도원을 너무 만만히 봤던 것 같군요. 애송이인줄 알았더니…….

차기열은 미간을 찌푸렸다.

"감탄은 나중에 하고, 어떡하면 좋겠습니까?"

―강아지라고 생각해서 길들이려고 했는데 늑대였군요. 평화적으로 안 된다면 겁을 줘야지요.

"겁을 줄 방법은?"

이로빈의 입꼬리를 올리며 웃었다.

―단방에 즉사시킬 순 없겠지만 준비한 공포탄 정도는 있습니다.

이로빈은 모니터를 통해 사진을 전송했다.

대학로 연습실 옥상에서 찍힌 사진이었다. 그 안에는 차지은과, 그녀를 뒤에서 껴안고 있는 듯 보이는 이도원이 있었다. 실제로는 이도원이 김진우와 실랑이를 벌이다 넘어지려는 차지은을 잡아준 것에 불과했지만, 사진이 찍힌 구도 상 오해의 여지가 충분했다. 그 사진을 보고도 차기열 회장의 얼굴은 여전히 불쾌함을 벗어나지 못하고 있었다.

"이게 뭐 어떻다는 겁니까?"

이로빈의 목소리가 흘러나왔다.

"진우의 매니저가 혹시나 싸우나 싶어서 찍은 동영상을 살짝 손 본 겁니다. 두 사람이 애틋한 관계인 것 같지요? 언론에 흘리면 명예훼손이 되겠지만, 익명으로 파파라치 사이트에 제보를 하면 어떻게 될까요? 대중들은 확대해석을 할 테고 루머를 만들어낼 겁니다. 두 사람을 충분히 엮을 수 있겠지요."

그 말에 차기열이 표정을 구겼다.

"이런 치졸한 장난이 이도원에게 타격이 되리라고 봅니까? 대중들의 시선이 얼마나 호의적인데, 이런 스캔들은 아무런 문제도 안 될 겁니다. 백 프로덕션에서 말만 잘 붙이면 오히려 날개를 달아주는 꼴이 될 거요."

─문제가 안 되면 문제로 만들면 될 일이지요.

순간 화면이 바뀌었다.

한 여성과 이도원이 함께 찍은 셀프카메라였다.

사진 속의 여성을 알아본 차기열이 깜짝 놀랐다.

"이건?"

이로빈이 낮게 웃으며 대답했다.

─예, 대선타이어의 막내딸이 직접 찍은 셀카입니다. 이 자리

에 있던 진우가 가져왔더군요. 물론 이 사진을 공개해도 백 프로
덕션에서 발 빠르게 대처하면 연예계 해프닝으로 끝날 겁니다.
그래서 이도원도 굳이 조심하지 않은 걸 테고, 우리도 보관만 하
고 있었습니다.

화면에 이로빈의 얼굴이 나타났다. 그는 얼굴에 웃음기를 지
우며 말을 이었다.

—하지만 차지은과 스캔들이 터지고 스폰서 의혹을 엮으면 어
떻게 될까요? 사생활이 지저분한 놈이 하는 작품마다 성공한다.
그런데 알고 봤더니… 로 얘기가 달라집니다. 그럼 대중들이 이
도원에게 품었던 호감은 단숨에 실망으로 뒤바뀌겠지요.

차기열이 곰곰이 생각하다 물었다.

"차지은과 대선타이어 막내딸에게도 피해가 가지 않겠습니까?
내 비록 차지은과 혈육은 아니라지만 엄연히 우리 집안사람입니
다. 이도원과 엮어서 스캔들이 터지면 자칫 나나, 내 동생에게까
지 피해가 올 수 있어요."

이로빈은 고개를 저었다.

—지은이는 어차피 우리 소속 애가 아닙니까? 그런 일이 없게
끔 단도리를 할 수 있습니다. 어차피 표적은 이도원이니까요. 또
한 대선타이어의 막내딸 역시 우리가 제보한 걸 영원히 모를 겁
니다. 익명으로 비 언론을 이용해 퍼뜨릴 생각입니까요. 저희 회
사에서 암암리에 운영비를 대고 있는 '쥐구멍 언론'이란 사이트인
데, 그동안 경쟁 업체나 회사와 트러블이 있는 아이들 정보를 흘
려주면서 대형화시켜 놨죠.

'쥐구멍 언론'은 어쩌면 언론보다도 파급력이 큰 곳이었다. 그리

고 이로빈은 한두 번 해보는 작업이 아닌 듯 자연스러운 태도를 보였다. 그 모습에 문득 호기심이 생긴 차기열이 그에게 물었다.

"왜 지금까지 이런 수를 쓰지 않았던 겁니까?"

—언제든 뽑을 수 있는 히든카드는 최대한 아껴 써야지요. 더군다나 혹시라도 진흙탕 싸움이 된다면 이기더라도 덩치가 큰 저희 쪽이 손해 아니겠습니까? 하지만 이도원이 이 이상 크면 손쓰기가 힘들게 됩니다. 그래서 흙탕물이 묻더라도 처리하기로 결정했습니다. 마음에 드십니까?

이로빈이 묻자 차기열은 냉수를 단숨에 비우며 대답했다.

"어차피 백 프로덕션을 인수하려면 이도원이 사라져야 합니다. 그리고 백 프로덕션은 인수하는 대로 레드 엔터테인먼트에 합병시키는 쪽으로 진행하겠습니다."

*　　　　*　　　　*

이도원과 차지은의 스캔들이 터졌다. '쥐구멍 언론'에서 확보한 두 사람의 사진을 시작으로 보도는 인터넷 신문사로 일파만파 퍼져나갔다. 여기까진 해명만 하면 될 문제였다. 그런데 머지않아 '쥐구멍 언론'을 통해 '이도원 스폰서 의혹'이 제기됐다. 대선타이어 막내딸과 찍은 사진이 보란 듯이 공개된 것이다.

갑작스러운 논란으로 이도원의 스케줄이 모두 취소됐다. 그 시각 이도원은 이상백과 마주 앉아 있었다.

이상백이 먼저 물었다.

"두 가지만 확인하마. 첫째, 차지은과 열애설이 사실이냐?"

이도원은 고개를 저으며 대답했다.

"아닙니다. 차지은을 포옹한 게 아니고, 이 당시 김진우가 밀어서 넘어질까 봐 잡아준 겁니다."

옥상에 있던 빨래대가 김진우를 교묘하게 가리고 있었다. 그럼에도 고개를 끄덕인 이상백이 다시 물었다.

"둘째, 대선타이어 막내딸과 친분이 있는 사이냐?"

이상백은 차라리 이도원이 그녀와 사적으로 알고 지내는 사이이기를 바라며 물었다. 그러나 이도원은 이번에도 고개를 저었다.

"아닙니다. 김진우가 초대해서 간 스폰서 파티에서 알게 된 사입니다. 그때 이후로 연락한 적은 없고요."

이상백이 눈을 질끈 감았다.

"이번 건 크다. 이런 치명적인 루머는 펙트보다 무서운 법이야. 다방면으로 막아보고 있지만 벌써 추측성 기사가 올라오고 있다. 루머를 뒷받침하는 토대가 너무 교묘해."

이도원은 소파에 등을 묻고 곰곰이 생각에 잠겼다. 그는 의외로 침착하고 담담했다. 마침내 이도원이 입을 열었다.

"막지 말아주세요."

"뭐?"

"기사를 내려 봐야 도둑이 제 발 저린 것밖에 되질 않습니다. 피하면 피할수록 상황이 안 좋아질 거라고 생각합니다."

"더 나빠질 상황이라도 있었으면 좋겠다."

이상백이 고개를 저으며 한탄했다.

반면 이도원은 두 눈을 빛내며 대답했다.

"레드 엔터테인먼트에서 정보를 흘린 건 확실합니다. 사진에 찍힌 두 곳 모두 김진우가 함께 있었으니까요."

"그래서? 앞으로 어쩔 셈이냐?"

이상백은 물어보면서도 이도원의 반응을 납득하기 힘들었다.

보통 이들이라면 앞으로 벌어질 일들에 대한 두려움으로 사고가 마비될 정도의 사안이었다. 높게 올라간 만큼 추락했을 때의 절망감과 상처가 클 것이기 때문이다. 그런데 이도원은 시종일관 조금도 흔들리지 않는 얼굴이었다.

이상백의 물음에 이도원이 대답했다.

"먼저 사건과 관계된 사람들을 만나 봐야겠죠. 적을 알고 나를 알아야 하니까요. 그리고 시작할 겁니다."

"뭘 시작해?"

이상백이 눈가를 가늘게 좁히며 물었다.

이도원은 씨익 웃었다.

"반격을요."

*　　　*　　　*

이도원은 현 상황에 의외로 담담한 심정이었다. 그가 도발한 대상은 몇 배는 크고 강력한 괴물이었기 때문이다. 상대가 허수아비도 아니고 이도원이 모습을 드러낸 이상 당하고 가만있을 리 없었다.

'그렇다고 백 프로덕션을 손 놓고 빼앗길 수도, 어머니를 노출시킬 수도 없는 노릇이니.'

이번에는 직접 나설 수밖에 없었다.

모습을 드러내기로 결심한 순간부터 이도원은 그게 무엇이든 반격을 각오하고 있었다. 이제부턴 그들이 취한 공격에 맞서 발빠르게 움직이는 일만 남은 것이다.

이도원은 가장 먼저 이 사건과 직접적으로 관련된 누구도 아닌 차수희를 찾았다. 그는 이미 미래정신과의원으로 향하는 차 안에서 연락을 했다.

"안녕하세요, 선생님."

─도원이? 정말 오랜만이다! 인터넷에 떠도는 기사 봤는데, 괜찮아?

조금만 먼저 연락을 했다면 이런 걱정이 아닌 축하를 받았을 터였다. 얼마 전까지만 해도 이도원은 각종 상과 인기를 휩쓸며 정상을 향해 달리고 있었으니까.

'사람 일 한 치 앞을 알 수 없지. 성공하는 것보다 중요한 건 문제가 생겼을 때 주저앉지 않는 뚝심이다.'

이도원은 마음을 굳게 먹으며 대답했다.

"이런 일로 갑작스레 전화해서 죄송하지만… 사실 그 일 때문에 선생님을 뵙고자 합니다. 지금 병원으로 가는 길이예요. 아직 미래정신과의원에 계시죠?"

─날? 무슨 일로?

반사적으로 물은 차수희가 말을 돌렸다.

─음… 점심 함께 먹자. 밖으로 나가는 건 불편할 테고 메뉴는 뭐 좋아해?

이도원은 피식 웃으며 대답했다.

"가능한 기름기 많고 살찌는 음식으로 부탁드려요. 자의반 타의반으로 당분간 휴식할 수 있게 됐거든요."

전화를 끊는 이도원을 보며 운전석을 하던 오준식은 고개를 절레절레 저었다.

"속도 좋다, 먹을 게 들어가?"

"잘 먹어야 싸우지."

이도원은 빙긋 웃으며 대답했다.

태연한 모습에 오준식은 감탄할 수밖에 없었다.

'대체 머릿속에 뭐가 들었기에 저렇게 강심장이야?'

머지않아 밴이 미래정신과의원 앞에 도착했다. 오준식이 이도원을 보며 말했다.

"왜 여길 온 건지 좀 말해주면 안 돼? 멘탈이 멀쩡한 걸 보니까 충격으로 인한 정신과 상담을 받으러 온 건 아닌 것 같고… 기다리는 동안 계속 궁금할 것 같단 말이다."

이도원이 차문을 열며 피식 웃었다.

"오른손이 하는 일을 왼손이 모르게 하라. 기다리고 있어."

그는 한쪽 눈을 찡긋 감고 병원 안으로 들어갔다.

오준식은 다시 한 번 고개를 저었다.

'아니면 너무 큰 충격을 받아서 미친 건가?'

한편 오랜만에 미래정신과의원을 방문한 이도원은 문 앞에 잠깐 멈췄다. 하루 쉰다는 팻말이 붙어 있었던 것이다. 차수희는 이도원을 맞이하기 위해 하루를 통째로 쉬기로 결정내린 듯했다.

"감동이네."

이도원이 중얼거렸다.

팻말을 무시하며 안으로 들어갔을 땐 간호사도 보이지 않았다.

실내에서는 달콤하고 기름진 중국집 향이 풍기고 있었다. 소리를 들은 차수희가 원장실 안에서 말했다.

"이리 들어와."

이도원은 원장실로 갔다.

탁자에 탕수육과 깐풍기, 팔보채까지 펼쳐놓은 차수희가 활짝 웃었다.

"진짜 반갑다! 장례식 이후 처음이지? 장례식 때 와줘서 얼마나 고마웠는지 몰라. 따로 연락을 했어야 했는데… 지은이랑도 아는 것 같아서 네가 불편할까 봐 자제했어. 너한테 연락이 올 때까지."

예쁜 보조개는 여전했다. 하지만 옛 감정을 추억할 만큼 상황이 여유롭지 않았다. 그렇다고 조급한 마음을 드러낼 수는 없는 일. 술술 말하는 그녀를 보며 이도원이 미소 지었다.

"이걸 누가 다 먹어요?"

"천천히 먹으면서 얘기하면 되지! 내가 입이 짧아서 배도 금방 꺼져. 천천히 먹으면 다 먹을 수 있을 걸?"

이도원은 고개를 끄덕이며 자리에 앉았다. 차수희가 나무젓가락을 건네며 눈을 빛냈다.

"그럼, 날 찾아온 이유가 뭔지 먼저 한 번 들어볼까? 참기 힘들 정도로 궁금했거든."

그녀의 질문에 잠시 생각을 정리한 이도원이 입을 열었다.

"오빠 분 되시는 차기열 회장님이 백 프로덕션을 인수하려 했어요. 저희 대표님과 제가 합심해서 인수를 막았고 이번 사건이 터졌죠."

차수희의 표정이 살짝 떨렸다.

"우리 오빠가… 이 일과 관련이 있다는 소리니?"

이도원은 고개를 끄덕이며 물었다.

"예. 근데 제가 도무지 이해가 안 되는 건 지은이예요. 차기열 회장님과 긴밀한 관련이 있는 레드엔터테인먼트에서 찬밥 대우를 받는 것도, 이번 스캔들이 터진 것도 이상하죠. 차기열 회장님이 이런 일들을 방임한 이유가 뭘까요?"

나직이 한숨을 내쉰 차수희가 어렵사리 입을 뗐다.

"그래, 이제는 네 일이기도 하니까 알아야겠지. 우리 아버지가 재혼하신 건 알고 있지?"

"예."

"다들 지은이가 우리와 엄마만 다른 걸로 알고 있지만… 아버지도 달라. 우리 아버지는 지은이가 자신의 혈육이 아니라는 소외감이 들지 않도록 더 신경을 쓰셨고. 지은이에게도 유산을 남기셨어."

이도원은 가만히 듣기만 했다.

한편 차수희가 계속 말했다.

"하지만 오빠 지은이에게 남긴 유산까지 탐냈지. 회사 사정이 전보다 어려워져서 어쩔 수 없었다고는 하지만 도를 넘은 거야. 반면 지은이는 아버지가 돌아가시면서 남겨준 걸 오빠에게 넘기고 싶지 않다고 밝혔고, 평소에도 지은이의 존재를 달갑지 않게 여기던 오빠 오히려 그 애를 이용하려고 했지. 지은이 회사에 요청해서 비즈니스 관계인 상대 업체를 대상으로……."

차수희는 더 이상 말을 잇지 못하고 눈물을 내비쳤다.

눈가를 훔친 그녀가 입술을 깨물며 설명했다.

"나도 지은이에게 들어서 알고 있는 사실들이야. 물론 그 애는 거절을 했고, 두 사람 사이의 골은 더욱 깊어져갔어. 그런데 지은이가 말하지 않았니? 그 애가 말하길 너랑 친하다고 하던데……."

"친하긴 하지만 그런 이야길 나누는 사이는 아니에요."

이도원이 덧붙였다.

"물론 교제하는 사이도 아니고요."

차수희는 고개를 끄덕이며 수긍했다.

"그럼 이제부터 어떻게 할 생각이야?"

이도원은 탕수육을 하나 집어먹고 대답했다.

"일단 지은이를 만나 봐야겠죠. 그리고 선생님이 저를 좀 변호해 주셔야겠습니다."

"내가? 어떻게?"

그녀를 가만히 보고 있던 이도원이 입을 열었다.

"이이제이. 같은 수단으로 역공을 할 거예요. 레드엔터테인먼트만 타격을 입고 오빠 분께는 아무 피해도 없을 겁니다."

이도원은 다음으로 차지은을 만났다. 장소는 대학로의 연습실이었다. 차지은은 다소 어색한 태도로 이도원을 대했다.

'열애설이라니……'

한 번도 시달려 본 적이 없는 루머에 차지은은 머릿속이 하얘졌다. 반면 이도원은 지나치게 침착했다.

"앞으로 어떻게 할 생각이야?"

이번에는 그가 먼저 물어보았다. 곰곰이 생각하던 차지은이 고개를 저었다.

"잘 모르겠어요……. 일단 해명해야 하지 않을까요? 매니저 오빠는 해명하지 말라고 하는데 무턱대고 믿을 수가 없어요. 아시다시피 전 회사에서 거의 버리는 카드잖아요?"

차지은은 힘없이 말하며 자조적으로 웃었다. 그녀를 빤히 바라보던 이도원이 말했다.

"내 생각도 같아. 해명하지 마."

"네?"

깜짝 놀란 차지은이 고개를 들며 물었다. 뜻밖의 말을 던진 이도원이 설명했다.

"그들이 원하는 건 네가 바람둥이 이도원에게 속은 가녀린 여배우가 되는 거야. 그들이 원하는 대로 연기해줘. 그래야 네 위치가 타격을 안 입어. 만약 해명을 했다가 지금의 오해가 풀리면 구설수에 휘말려 나와 결별한 게 될 텐데, 그렇게 되면 소수 팬들의 안타까움은 살 수는 있겠지만 여배우로서의 값어치는 떨어질 거다."

이도원은 이 상황을 타개하겠다고 빗대어 말하고 있었다. 또한 그는 차지은의 이미지까지 지킬 생각이었다.

'단 하나도 마음대로 되도록 놔두지 않겠다.'

이도원의 결심은 확고했다. 그가 차지은에게 덧붙였다.

"그들이 원하는 대로 하되, 날 위한다면 한 가지 해줄 일이 있어. 그날 '루나'에 너도 있었다고 말해줘."

차지은이 깜짝 놀라서 물었다.

"그날 레드엔터테인먼트에서 저를 상납하러 보냈던 일을 터뜨리라는 거예요?"

그렇게 되면 여배우로서 이미지는 끝이다. 역시나 이도원은 고개를 저었다.

"'루나'에 있었다. 딱 거기까지. 그 이상 어떤 말도 덧붙일 필요 없어. 그거면 사람들은 네가 나와 같은 파티 룸 안에 있었다고 생각할 거야."

차지은은 실제로 그날 '루나'에 갔다. 앞뒤가 딱 맞아떨어지는 상황인 것이다.

더군다나 레드엔터테인먼트에서 이 부분을 걸고넘어질 일도 없었다. 비록 미수에 그쳤지만 성상납과 관계된 이상 오히려 어떻게든 숨겨야 하는 치부인 셈이다.

'설마?'

똑똑한 머리를 굴리며 이런 의도를 모두 파악한 차지은은 입을 반쯤 벌리고 있었다. 불의의 사건에도 당황하지 않고 이 모든 판을 짠 이도원에게 경악한 것이다.

마침내 이도원이 물었다.

"그럼 난 사생활이 지저분하다는 오명 정도는 덮을 수 있게 될 거야. 도와줄래?"

차수희와 차지은 자매를 만난 다음 이도원은 휴대폰 문자 메시지를 훑었다. 그 중간에 이번 기사를 보고 박서진이 보낸 메시지가 있었다.

이도원은 망설이지 않고 전화를 걸었다. 이도원과 함께 '스폰서 의혹'의 중심에 있는 대선타이어 막내딸과 연락을 취하려면 휴대폰 번호가 필요했기 때문이다.

—여보세요? 도원아! 너 괜찮아? 어떻게 된 거야?

이도원은 박서진에게 단도직입적으로 말했다.

"서진아. 미안한데 부탁 하나만 하자."

—응? 뭔데?

"너희 아버지, 아직 KAS 방송국에 계서?"

—응… 안 그래도 네 얘기 해봤는데, 아빠가 손 쓸 방법이 없다고…….

박서진은 미안해했지만 이도원은 조금도 개의치 않았다.

"괜찮아. 다름이 아니고, KAS 국장님 따님 번호 좀 알아봐 줘."

—알겠어. 근데 그건 왜?

"나중에 말해줄게. 지금 바로, 부탁해."

—알겠어! 당장 알아내서 문자로 보내줄게.

"그래, 고맙다. 미안하고"

이도원은 전화를 끊고 연습실 앞에 주차된 밴에 올랐다. 그러자 오준식이 시동을 걸며 물었다.

"어디로 갈까?"

이도원은 검지를 입에 붙이며 조용하라는 신호를 보냈다. 그가 시트를 손가락으로 두드리면서 생각에 빠진지 채 십 분도 지나지 않아 박서진의 문자가 도착했다.

이도원은 곧 바로 전화를 걸었다.

수화기 뒤편에서 목소리가 들려왔다.

—여보세요?

"이도원입니다."

간결하게 답한 이도원이 말을 이었다.

"그때 함께 계셨던 대선타이어 막내 따님 번호 좀 부탁드립니다."

—왜 그러시죠?

그녀는 이 상황에서 최대한 멀리 떨어지고 싶은지 방어적인 태도를 보였다.

하지만 이도원은 이런 상황을 오래 끌고 싶은 생각이 추호도 없었다.

"제 상황은 알고 계시죠? 만약 이대로 두면 그 자리에 있던 모두가 난처한 상황에 처할 겁니다. 번호, 주세요."

그녀가 잠깐 망설이다 대답했다.

—알겠어요. 대신 제가 알려줬다는 말은 어디에도 하지 말아 주세요.

이도원은 전화번호를 받고 대선타이어 막내딸에게 전화를 걸었다.

'루나'에 함께 있었다는 차지은의 증언만으로 '스폰서 의혹'을 모두 떨쳐내기에는 부족했다. 어쩌면 차지은까지 도매금으로 묶이며 루머가 불어날 지도 몰랐다. 따라서 가장 확실한 방법으로 의혹을 벗어야만 했다.

통화 신호음이 울리고, 힘없는 목소리가 들려왔다.

—여보세요?

"이도원입니다. 기사 보셔서 아시겠지만 시간이 부족하니 전화상으로 말씀드리겠습니다."

이도원의 말에 상대방의 목소리가 조금 살아났다.

—어떡하죠? 무슨 좋은 방법이 있나요?

그녀는 의존적으로 물었다.

이도원은 그녀를 실망시키지 않을 대안을 내놓았다.

"머지않아 기자를 보내겠습니다. 이도원은 김진우의 초대로 생일파티에 참여한 것뿐이다. 이것만 증언해 주십시오. 나머지는 제가 알아서 하겠습니다."

김홍수 기자는 주먹으로 책상을 때렸다.

쾅!

"어휴! 이런 자질구레한 놈들이 터뜨린 기사를 왜 우리가 놓친 거야?"

그 옆에 있던 고건수 기자가 의자를 드르륵 밀며 답했다.

"제보자가 있었다고 하잖아요? 선배, 이거 제가 봤을 때 영 냄새가 나요. 건드려봐야 똥 묻을 것 같은 느낌이란 거죠."

능청스러운 말투에 김홍수가 눈을 부라리며 답했다.

"똥 묻을 것 같아서 너도 나도 달려들어? 건수야, 네 눈에는 지금 '쥐구멍 언론' 애들 기사랑 이미지 복사해서 때려 박고 있는 이 많은 기사들이 안 보이니?"

"헛짓이죠."

고건수가 펜을 돌리며 말했다.

"제가 봤을 때 얼마 못 갑니다. 똥이에요, 똥. 저것도, 저것도."

모니터 화면 안에는 이도원에 대한 기사들이 나열돼 있었다.

—이도원 '스폰서 의혹' 과연 진실은?

　—또 터진 '연예계 스폰서', 이번에는 올해 최고의 신인 이도원?

　—이도원, 차지은과 열애설 직후 터진 스폰서 의혹

　—일명 도지 커플, 핑크빛이 아닌 회색빛 열애설

인터넷 기사들을 훑은 김홍수는 고개를 내저었다.

그때 휴대폰에서 벨이 울렸다.

모르는 번호였다.

김홍수는 전화를 신경질적으로 받았다.

"김홍숩니다!"

—안녕하세요, 이도원입니다.

선명한 목소리.

화들짝 놀란 김홍수는 휴대폰을 떨어뜨릴 뻔했다. 그는 덜덜 떨리는 손으로 옆에서 떠드는 고건수의 입을 막았다.

"도원 씨? 오랜만이네요. 그런데……."

말끝을 흐린 그는 단어 선택에 온 신경을 집중해 덧붙였다.

"이게 대체 무슨 일입니까?"

잠시 조용하던 수화기 너머로, 이도원이 대답했다.

—좋은 소식 있으면 가장 먼저 연락드리겠다는 약속. 지키려고 전화 드렸습니다.

　　　　　*　　　　*　　　　*

이도원은 김홍수 기자에게 물었다.

"기사 보셨죠?"

―아, 예. 지금 보고 있습니다.

"이 사건과 연루된 몇 분의 번호를 문자로 보내겠습니다. 미리 얘기해 두었으니 연락하셔서 인터뷰하시면 됩니다."

―도원 씨 말고 다른 분들과 무슨 인터뷰를……?

"지금 올라와 있는 추측성 기사들을 모조리 오보로 만드는 증언을 들으실 수 있을 겁니다."

―알겠습니다. 일단… 보내주시죠.

"예, 감사합니다."

이도원은 전화를 끊고 문자로 차지은과 차수희, 대선타이어 막내딸의 번호를 전송했다.

'시간이 중요해. 루머가 일파만파 퍼져서 고착화되기 전에 막아야 한다.'

그는 시계를 확인하고 오준식에게 말했다.

"회사 법무팀으로 가자."

"법무팀은 왜?"

뜨악한 오준식이 묻자 이도원이 대답했다.

"쥐구멍 언론과 레드엔터테인먼트를 고소할 생각이다."

"레드엔터테인먼트를? 무슨 증거로? 자칫 역으로 고소당할 수도 있어."

이도원은 피식 웃었다.

"쥐구멍 언론이 사실을 인정하면 이 문제를 사주했던 레드엔터테인먼트 측은 조심스러워질 수밖에 없다. 이미지에 타격을 받더라도 무혐의가 났을 때 덮는 게 최선이겠지."

오준식은 얼굴을 일그러뜨리며 말했다.

"살 떨리네, 정말. 쥐구멍 언론도 자신들의 오보를 인정하면 지금까지 쌓은 공신력에 타격을 받는 건데 순순히 인정하지도 않을 것 같고, 괜히 긁어 부스럼 만드는 건 아닐지 모르겠다. 대표님과 먼저 상의해봐야 하지 않겠어?"

이도원은 고개를 저었다.

"이미 대표님은 이 사건에 대해서 내게 일임하셨다."

이도원은 이 문제에 대해 직접 해결하겠다고 요청했다. 그리고 딱히 묘수가 없었던 이상백은 이도원을 믿고 이 문제에 대한 처리를 일임했다. 무엇보다 전후 사정을 가장 잘 알고 있는 사람이 이도원이었기 때문이다.

이도원의 말을 들은 오준식은 한숨을 내쉬었다.

"너무 일을 키우는 게 아닐까 걱정되네."

이도원은 창밖을 바라보며 대답했다.

"일을 키운 건 내 쪽이 아니라 저쪽이지. 말 만드는 수준이 노벨 문학상감이더군."

그가 고집을 꺾을 생각이 없다는 것을 깨달은 오준식은 백 프로덕션으로 운전을 했다.

머지않아, 이도원은 백 프로덕션 사내 변호사와 마주 앉았다.

"고소장을 작성하신다고요?"

"예. 쥐구멍 언론과 레드엔터테인먼트를 사생활침해, 명예훼손, 모욕죄로 고소할 생각입니다."

"레드엔터테인먼트까지요?"

그 물음에 이도원은 고개를 끄덕였다.

"그쪽에서 쥐구멍 언론에 사주했습니다."

변호사는 고개를 절레절레 저었다.

"알겠습니다. 하지만 허위사실유포라는 게 좀 애매하긴 합니다. 레드엔터테인먼트 쪽은 아예 처벌을 기대하기 힘들고, 쥐구멍 언론 역시 이 경우 도덕적으로 비난을 받을 수는 있겠지만 벌금 정도로 끝난다고 봐야 합니다. 지금 도원 씨 사건의 진실이 확실하게 규명되지 않은 상태이기 때문에, 고소를 했을 때 오히려 도원 씨가 피해를 볼 수 있다는 뜻입니다. 이쪽은 벌금만 물면 끝이지만 우린 이미지를 생각해야 하니까요."

"관계없습니다."

대답한 이도원이 말을 이었다.

"곧 쥐구멍 언론에서 발표한 것보다 확실한 진상이 드러날 겁니다."

변호사는 그를 빤히 보다가 고개를 끄덕였다.

"알겠습니다. 그럼 고소장을 접수하시죠."

김흥수 기자의 특종이 터졌다.

─이도원 측 '명백한 명예훼손'에 법적 대응, 고소장 제출 완료

연예계… 배우들의 사생활은 어디까지 보장되는가?

[시네마24 = 김흥수 기자] 레드엔터테인먼트 소속 배우 차지은의 언니인 차 씨는 '이도원과 차지은 두 사람이 <우리의 심장> 때부터 열애설이 날 만큼 깊은 친분이 있으며, 열애설은 사실이 아니

다'라고 밝혔다.

심지어 소속 배우인 차지은까지도 레드엔터테인먼트를 통해서가 아닌 개인적으로 입장을 표명해왔다. '스폰서 의혹이 제기된 사건 당일 그 자리에 함께 있었다'는 것이다.

대선타이어 막내딸 오 씨 또한 '사사로운 생일파티였고 어떤 거래가 오고 간 사실이 없다. 전부터 친분이 있던 김진우가 이도원을 초대했을 뿐이며, 항상 한 사람의 팬으로서 이도원을 응원하고 있었다'라고 주장하며 이번 사건에 대한 해명에 힘을 실었다.

사건 관계자나 주변인들의 변호에도 불구하고, 정작 이도원과 그의 소속사 백 프로덕션 측은 침묵을 지키고 있다. 또한 이도원 측은 쥐구멍 언론과 레드엔터테인먼트를 상대로 현재 서초경찰서에 고소장을 접수한 상태다.

okok@cinema24.co.kr

기사를 모두 읽은 이도원은 흡족하게 웃었다.

"역시 깔끔하게 나왔네."

오준식은 고개를 저었다.

"난 간 떨려서 네 매니저 못하겠다. 배에 철판이라도 두르고 가. 레드엔터테인먼트까지 고소했는데 이로빈 대표가 널 보면 가만 두겠어?"

이도원이 아무렇지 않게 대답했다.

"나쁜 놈은 저쪽인데 왜 내가 피해?"

곧 밴이 레드엔터테인먼트 건물 앞에 도착했다.

이도원이 내리려 하는데 오준식이 말했다.

"같이 가자. 이런 일에는 매니저가 함께해야지."

"아깐 간 떨려서 매니저 못 하겠다며?"

"그건 그거고, 이건 이거고!"

오준식은 차를 대놓고 내렸다.

연이어 두 사람은 회사 안으로 들어갔다. 그들을 발견한 인포메이션 여직원의 얼굴이 딱딱하게 굳었다. 그녀는 재빨리 이로빈의 비서실로 전화를 걸고, 두 사람에게 말했다.

"대표실로 바로 올라가시면 됩니다."

"고맙습니다."

이도원은 짤막하게 대답하고 엘리베이터에 올랐다.

그를 보며 오준식은 다시 한 번 감탄했다.

"거침이 없구먼."

"내가 한 가지 알려줄까?"

"뭐?"

오준식이 묻자 이도원이 대답했다.

"맹수끼리 싸울 땐 양쪽 다 겁을 먹는다. 꼬랑지를 말면 그 순간 물어뜯기는 거야. 겁을 먹었다는 사실을 적에게 들키기 전에 선공을 취해야 돼."

"그래서 먼저 물은 거라고?"

오준식은 전혀 이해하지 못하겠다는 표정으로 말을 이었다.

"맹수도 종류가 있는데요. 우리가 살쾡이라면 저쪽은 호랑이란 말입니다. 그것도 대호라고요."

"다윗도 골리앗을 이겼잖아?"

그 순간 떵하는 소리와 함께 엘리베이터가 멈췄다.

이도원은 성큼성큼 걸어 나갔다.

이로빈의 비서가 대표실 문을 열어주었다.

안에는 이로빈이 소파에 앉아 기다리고 있었다.

"오랜만이군. 장례식 이후 처음인가?"

그는 손을 내밀며 자리를 권했다.

"앉지."

이도원과 오준식이 나란히 앉았다.

이로빈이 빙그레 웃는 얼굴로 물었다.

"그래, 직접 이곳까지 달려온 이유는?"

이도원은 마주 웃으며 대답했다.

"경고를 하기 위해서 왔습니다."

"경고?"

이로빈이 묻자 이도원은 고개를 끄덕였다.

"이번에는 공포탄 경고사격이었습니다. 다음에는 실탄이 나갑니다."

"하."

이로빈은 헛웃음을 터뜨렸다.

"고소장도 그렇고 내게 왜 이러는지 전혀 모르겠군."

이도원이 피식 웃으며 물었다.

"사진 몇 장으로 어설픈 장난을 하시는 걸 보니 보니 지금까진 똑같이 구린 구석이 있거나, 대표님을 두려워하는 힘없는 상대만 만나셨나보죠?"

그는 짧게 덧붙였다.

"전 아닙니다."

표정을 굳힌 이로빈이 물었다.

"지금 날 협박하는 건가?"

"경고 정도로 하죠. 성 스폰서 브로커 레드엔터테인먼트 이로빈 대표님."

이도원은 몸을 일으켰다.

이로빈의 일그러진 표정을 보며 고개를 가볍게 숙인 이도원은 유유히 사무실을 나갔다. 얼른 따라붙은 오준식이 속삭였다.

"가만히 있을까?"

"모르지."

이도원은 대수롭지 않게 대답하고 엘리베이터를 탔다.

오준식이 닫는 버튼을 바삐 눌렀다.

"여기 빨리 뜨자, 무섭다야."

그는 심장이 쿵쿵 뛰었다.

반면 이도원은 편안한 얼굴로 전화를 걸었다.

신호음이 가고 난 뒤 이상백의 목소리가 들려왔다.

—도원이냐? 기사는 잘 봤다.

"그 정도면 됐겠죠?"

—일단 일단락은 됐다고 봐야지. 사건 규명에 대한 우호적인 글들이 인터넷에 도배되고 있으니까. 고소장만으로 쥐구멍 언론과 레드엔터테인먼트 간의 유착관계에 대한 의혹이 제기되고 있어.

이도원은 고개를 끄덕였다.

다시 땡 소리와 함께 엘리베이터가 일 층에 도착했다.

"곧 재밌는 기사가 하나 더 터질 겁니다."

─재밌는 기사라니?

이상백이 물었지만 이도원은 말을 돌렸다.

"대표님. 여기서 전 두 손듭니다. 더 이상 저 혼자 힘으로는 아무것도 할 수 없는 거 아시죠? 저를 보호해 주셔야 해요."

─혼자서 이런 엄청난 일을 저질러 놓고 엄살은. 일단 사무실로 들어와라.

"알겠습니다."

이도원은 전화를 끊었다.

동시에 문자 한 통이 도착했다.

김홍수 기자였다.

─익명 제보 완료. '발빠른 뉴스' 확인요망.

'발빠른 뉴스'는 '쥐구멍 언론'과 쌍벽을 이루는 연예계 파파라치 사이트였다.

이도원은 벤에 오르자마자 태블릿으로 인터넷에 접속했다.

<레드엔트레인먼트&쥐구멍 언론 간 유착관계 정황>

─2011년 쥐구멍 언론 '레드엔터테인먼트 소속 아이돌 김성윤 마약 사건' 최초 보도… 2012년 2월, 김성윤 레드엔터테인먼트 방출.

─2012년 한 해 동안 쥐구멍 언론, 레드엔터테인먼트 경쟁 업체 '소리굽쇠' 소속 배우 3명 추적 끝에 스캔들 보도.

─2013년 '레드엔터테인먼트'와 '소리굽쇠' 배우 간 갈등으로 종영된 MAC 드라마에서 레드엔터테인먼트 측 배우 편파 보

도. 이 주 뒤 사건의 진상이 밝혀지면서 사과.

—2014년 '레드엔터테인먼트' 측 배우 '박주호 마약밀수 사건' 우울증으로 인한 치료 목적, 합리화 보도… 결국 기소유예.

위의 자료만으로도 쥐구멍 언론은 간접적으로 레드엔터테인먼트에 대한 우호적이고 편파적인 보도를 지속적으로 해왔다고 오해할 여지가 충분하다. 중간중간 레드엔터테인먼트 소속 배우들이 타깃이 된 경우가 발견되는데, 모두 기획사 측과 갈등을 겪고 있던 것으로 확인이 됐으며 이후 연예계에서 볼 수 없게 되었다.

이번 '이도원 사건'에서 이도원 측이 허위사실유포에 관련해 '쥐구멍 언론'과 <레드 엔터테인먼트>를 동시에 고소한 점 역시 이런 유착 관계에 기인한 것이 아닐까하는 추측이 지배적이다.

과연 이번 사건이 지금까지 쉬쉬되었던 연예계와 언론사 간의 긴밀한 유착 관계와 조작들에 대해 속 시원하게 밝혀지는 계기가 될지 주목받고 있다.

<발 빠른 뉴스= 강구현 기자 ggh@sn.co.kr>

이도원은 기사를 모두 읽은 후 태블릿 화면을 껐다. 이제 할 만큼 했으니 결과는 손을 떠난 셈이었다. 미처 이 기사는 아직 못 본 오준식이 물었다.

"괜찮겠어?"

"뭐가?"

"레드엔터테인먼트 대표한테 완전히 찍힌 거. 아무리 생각해도 조마조마하다."

"그건 신경 끄고."

이도원은 빙그레 웃으며 말을 이었다.

"곧 회사에서 주주총회가 한 번 열릴 거야. 기업 상장, 엔터테인먼트로 계열사 분할, 엔터테인먼트 대표 선임에 관한 내용에 대해 논의할 예정이고."

술술 나오는 말에 오준식이 눈을 휘둥그레 떴다.

"뭐야? 그런 정보는 어떻게 알고 있어?"

그 질문에 이도원이 대답했다.

"넌 아직 못 들었겠지만 난 그동안 꾸준히 우리 회사에 주식을 매집해왔고, 지금은 대주주에 속해. 아마도 이번 총회에서 백 엔터테인먼트 공동대표로 결정될 거야."

기절할 정도로 놀란 오준식은 대로변에 차를 붙였다.

"어떻게 그런 말을 아무렇지도 않게 숨겨놓고, 대수롭지 않게 하냐?"

실망감과 놀라움이 복잡하게 얼룩진 표정이었다. 이도원은 진심을 담아 짧게 말했다.

"미안하다, 너한테만은 진작 말을 했어야 했는데."

오준식이 고개를 저으며 물었다.

"그나저나 공동대표라면 나머지 한 명은 누구야?"

그에 이도원이 담담하게 대답했다.

"이상백 대표님이 백 프로덕션과 엔터 대표를 겸임하실 거야. 그리고 박아현, 차지은, 심재빈과 더불어 널 매니저가 아닌 소속 배우로 집어넣을 생각이다."

3장

새로운 국면

"뭐라고? 그게 무슨 소리야?"

핸들을 잡은 오준식은 손을 덜덜 떨었다. 그의 쿵쾅거리는 심장소리가 이도원의 귓가까지 들려오는 듯했다.

이도원이 빙그레 웃으며 재차 확인시켜주었다.

"그만 서성이고 이제 링 안으로 들어오라는 소리야."

오준식은 멍한 표정으로 좀처럼 말을 잇지 못했다.

그는 어렵사리 한마디를 꺼냈다.

"사랑한다."

그리고 진지하게 되뇌었다.

"정말 사랑한다, 친구야. 아니, 대표님."

"네 능력이야."

이도원은 대수롭지 않게 대답했다.

그 말은 반은 맞는 소리였다.

이도원은 오준식의 영입을 결정하기 전 신용운에게 누차 오준식의 역량에 대해 들은 상태였다. 〈영웅〉 뮤지컬 준비를 하면서 만난 신용운은 오준식이 매니저로 남기 아까운 인재라며 몇 차례 걸쳐 언급한 것이다.

이도원은 이 점을 확실히 했다.

"신용운 선생님이 몇 번이나 말씀하시더라."

그 말처럼 신용운은 오준식의 연기를 평균 이상이라고 평했다. 남들보다 몇 배는 노력하기 때문에 앞으로 발전 가능성은 무궁무진하다고. 따라서 이도원은 칭찬에 인색한 신용운의 안목을 믿기로 한 것이다.

오준식은 신용운과 이도원에게 모두 고마운 마음뿐이었다.

"고맙다, 진짜……."

머지 않아 밴은 백 프로덕션 건물 앞에 도착했다.

이도원은 먼저 내려 이상백의 사무실로 갔다.

두 사람이 마주 앉자 이상백이 먼저 말을 꺼냈다.

"기사 잘 봤다. 이번 사건을 보고, 네게 백 엔터테인먼트 공동 대표 자리를 줘도 괜찮겠다는 확신을 가졌다. 신경 안 쓰이게끔 처리해 준 데 대한 선물로 좋은 소식 하나를 준비했다."

이도원이 잠자코 기다리자 이상백이 말을 이었다.

"〈영웅〉이 브로드웨이로 진출하게 됐다. 그렇잖아도 2011년 8월 브로드웨이에서 찬사를 받은 적이 있는 작품이라 다시 한 번 초청을 받은 게지."

이도원은 미미하게 웃었다.

"시기적절하네요."

"별로 놀라지 않는구나."

이상백은 그럼 그렇지 하는 표정으로 말했다.

"마침 네가 할리우드 진출을 꿈꾸고 있으니 좋은 기회가 될 거다. 동시에 이번 해프닝을 완전히 덮을 수 있을 만큼 기쁜 소식이기도 하고."

그는 곰곰이 생각하던 끝에 물었다.

"당분간 국내 활동은 쉬는 게 어떻겠냐?"

이도원은 잠시 틈을 두고 대답했다.

"죄송합니다, 대표님. 하지만 단순한 루머에 휘말렸을 뿐이고 침울할 일은 아니라고 생각합니다."

이상백이 담담하게 말했다.

"하지만 그렇게 생각하는 너조차도 이번 일이 터지자 발 빠르게 사태를 수습했다. 배우에게 이미지가 얼마나 중요한지 알기 때문이지. 쉬면서 이번 사건이 잊힐 때까지 기다리는 것도 한 방법이다."

이도원은 단호하게 고개를 저었다.

"〈영웅〉이 브로드웨이에 진출할 때까지 준비 시간을 포함하면 최소 반년은 걸리겠죠. 세상의 시선이 두려워 대중 앞에 서지 않는다면 그건 정치인이지, 배우가 아니라고 생각합니다. 제가 이번 사건을 통해 느끼는 감정이 두려움이든 억울함이든 제가 가장 잘하는 연기로 소통하고 싶습니다."

또박또박 말하는 모습을 보며 이상백은 가슴이 뭉클해졌다. 이도원을 고등학교 때부터 봐왔던 그는 남다른 감정에 흠뻑 젖고 말았다. 그 감정의 정체는 감격이고 기쁨이었다.

"많이 성장했구나. 항상 불안정하던 모습은 온데간데없고, 굳건한 마음을 가지게 됐어."

이상백은 더 이상 말리지 않고 말했다.

"배우가 연기를 하고 싶다는데 도와줘야지. 전략기획팀에서 가져온 서류는 폐기하마."

"감사합니다."

이도원은 깊이 고개를 숙였다.

한차례 해프닝이 지나갔으니, 이제 다시 연기 판으로 뛰어들 시점이었다.

결과적으로 이번 '이도원 사건'이 남긴 건 언론과 기획사의 유착 관계에 대한 의혹뿐이었다. 정작 사건의 시작점이었던 이도원에 관한 의혹들은 백지화되었고, 오히려 주변인들의 적극적인 해명과 본인의 강경대응을 보며 찬사가 쏟아졌다.

─이도원 개멋짐. ㅋㅋ 레드엔터테인먼트 쓰레기

─괜히 잘못 건드렸다가 망 ㄷㄷ

─레드엔터테인먼트가 연예계에선 대기업 급인데, 악덕 대기업이 중소기업 한테 발린 모양새임

─중소기업도 아니지 않나? 이도원 원맨쇼인 듯 ㅋㅋ 솔플해서 뒤집어엎은 느낌

이도원은 이 모든 반응을 반영한 인터뷰에 딱 한 줄로 일축했다.

"저는 배우입니다, 연기로 대답하겠습니다."

표면적으로 그는 어떤 해명도 직접적으로 하지 않았다. 해명을 대신한 건 주변인들이었다. 그리고 그 모습이 대중에게 더 큰 신뢰를 주었다.

"역시 영리한 녀석이야."

유태일 감독은 신문을 보며 빙긋 웃었다. 그는 정원이 딸린 저택 이 층 테라스에 앉아 노트북을 켜고 시나리오 작업을 하는 중이었다.

"오빠!"

유태일 감독의 여동생 유상은이 일 층에서 커피 한 잔을 준비해 와서 맞은편에 앉았다. 유태일 감독은 눈살을 찌푸렸다.

"오빠 일하는 중이다. 너도 빨리 가서 공부나 해."

유상은은 그 말을 가볍게 무시하며 유태일 감독이 보던 신문을 들고 눈을 크게 떴다.

"이도원이야? 완전 멋있어."

"이도원이 네 친구냐?"

"오빠 같이 작업했었다며. 나 좀 보여줘. 영화감독 오빠 덕 좀 보자!"

"수능 만점 받으면 생각 좀 해보마."

유태일 감독의 말에 유상은이 입술을 삐죽이 내밀었다.

"차라리 우리 쫑이가 사람 말하는 걸 기대하는 쪽이 낫지. 내가 수능 만점을 어떻게 받아?"

쫑이는 유태일 감독네 애완견이었다.

절레절레 고개를 저은 유태일 감독은 노트북으로 시선을 돌리며 말했다.

"언제 철들래? 일해야 되니까 저리가."

"조용하고 있을게!"

유상은은 가볍게 대답하고 휴대폰을 만지작거렸다.

그 모습에 유태일 감독은 골이 지끈거릴 정도로 스트레스를 받았다.

'저 진상을 어떻게 하냐.'

유태일 감독이 보기에는 한없이 부족한 동생이지만 유상은은 꽤나 바람직한 학생이었다. 전교 십 등 안에 들 만큼 공부를 잘했고, 청순한 외모와 시원시원한 성격 덕분에 학교에서 인기도 좋았다. '엄친딸'을 연상시키는 그녀에게 한 가지 맥을 못 추는 화제가 있다면, 바로 장안의 화제인 이도원이었다.

"완전 짱."

유상은은 풀린 동공으로 휴대폰 액정을 보며 감탄했다.

"난 도원 오빠가 그런 사람이 아니란 걸 알고 있었지. 이 젠틀한 인상만 봐도 알 수 있잖아? 오빠, 난 아무래도 도원 오빠의 광빠인가봐."

유태일 감독은 커피 잔을 톡톡 치며 말했다.

"그래서 평소에 생전 안 하던 짓을 하는구나. 하루 이틀이지, 악마의 재능 보고 나서부터 지치지도 않냐?"

"오빠."

유상은이 그를 부르며 물었다.

"내가 태어나서 가장 슬픈 게 뭔 줄 알아?"

유태일 감독이 콧방귀를 뀌었지만 그녀는 개의치 않고 말을 이었다.

"외고 입시 떨어져서 일반계 고등학교에 입학한 것도, 무심한 오빠를 둔 것도 아니야. 바로, 시험 기간이라고 〈악마의 재능〉 시사회에 못 간 거야."

유상은의 말에 유태일 감독은 한숨을 푹 쉬었다.

"정신 차려라, 이 인간아."

유태일 감독은 유상은을 뿌리치고 테라스에서 정원으로 나갔다. 그렇잖아도 이도원에게 연락을 해볼 생각이었다. 물론 안부를 물으려는 목적은 아니었다.

그는 휴대폰을 들어 통화 연결을 했다.

머지않아 이도원의 목소리가 들려왔다.

—예, 감독님.

여전히 밝은 목소리에 유태일 감독이 피식 웃었다.

'그럼 그렇지.'

이도원이 한차례 홍역을 치른 정도로 의기소침해 할 인물이 아니란 것쯤은 이미 알고 있었다.

유태일 감독은 바로 본론을 꺼냈다.

"정윤욱 선배님과 작품 했던데. 〈투사〉잘 봤다. 앞으로 활동 계획은 잡혀 있어?"

—뮤지컬이 있긴 한데 반년 정도 준비 기간이 있습니다.

"그것만 해도 빠듯하겠지만… 영화 참여할 수 있나?"

—대표님이랑 상의해 봐야겠지만 크랭크인까지 여유가 있는 상황이라면 가능할 것 같습니다.

"뭐, 자세한 얘기는 만나서 하자. 언제 시간 돼?"

―요새 한참 시끌벅적해서 쉬고 있습니다. 학교 방학한 기분이에요.

유태일 감독이 피식 웃었다. 대답하려던 찰나 동생 유상은의 부탁이 떠올랐다. 그는 원래 염두하고 있던 장소를 바꾸며 말했다.

"그럼 내일 우리 집에서 저녁이나 한 끼 먹지."

―감독님 집에서요?

그 물음에 유태일 감독이 대답했다.

"내 동생이 열성팬이야. 곧 생일인데 내일 서프라이즈로 자리를 마련해 주면 좋을 것 같아서 부탁하는 거다."

―그런 거라면 가야죠.

이도원이 흔쾌히 수락했다.

―동생 분 생일 선물은 뭐로 가져갈까요?

"부담스럽게 그러지 말고."

―예, 제가 알아서 센스 있게 사가겠습니다.

능청스러운 어조를 접한 유태일 감독의 입가에 미소가 감돌았다.

"그럼 내일 일곱 시, 주소는 문자로 보내주지."

―알겠습니다.

두 사람은 전화를 끊었다.

유태일 감독은 신선한 풀 냄새를 맡으며 주소를 문자로 보냈다.

전날 유태일 감독에게 전화를 받은 이도원은 편한 후드에 청바지를 입었다. 아파트에서 나와 택시를 타고 유태일 감독의 집으로 향하는 길, 그는 이상백에게 전화를 걸었다. 이내 이상백이 전화를 받자 이도원이 말했다.

"대표님, 저 도원입니다. 오늘 유태일 감독님 만나기로 한 약속 장소로 가고 있습니다."

─그래, 어차피 계약은 회사랑 진행하는 거니까 잘 들어보고 다시 얘기하자.

"알겠습니다."

이도원은 전화를 끊고 도중에 꽃집과 화장품 가게를 들렀다. 〈우리의 심장〉 촬영 당시 들었던 기억으로는 여동생이라고 했으니 나이는 유태일 감독보다 어릴 것이고, 성별은 여자일 터였다. 해서 이도원은 꽃과 자극적이지 않은 향수로 무장한 뒤 유태일 감독의 집으로 갔다. 그리고 높은 담장과 커다란 대문, 으리으리한 저택의 모습에 기겁해야 했다.

'〈우리의 심장〉 때 독립 단편 촬영 장소로 병원을 섭외했던 걸보고 대충 예상은 했지만 역시 부자였어.'

생각한 이도원은 벨을 누르고 얼굴을 비췄다.

'징'하는 소리와 함께 대문이 열렸다. 대문을 밀고 안으로 들어가자 넓은 정원과 이층집이 보였다.

유태일 감독이 이 층 테라스에 앉아 손을 흔들었다.

"하하."

반가운 얼굴을 보며 어색하게 웃은 이도원은 저택으로 들어가서 이 층으로 올라갔다. 일 층 거실이 축구장처럼 넓은 건 당연했다.

"왔어?"

유태일 감독은 시나리오를 쓰며 물었다. 그는 앞자리를 고갯

짓 했고, 이도원이 마주 앉았다.

"오랜만이네요, 감독님. 잘 사신다는 소문은 들었지만 상상 이상이에요."

이도원은 주위를 두리번거리며 말했다.

피식 웃은 유태일 감독은 노트북 전원을 끄며 대답했다.

"양손에 든 선물은 내 동생을 위한 건가?"

꽃과 향수.

유태일 감독이 말을 이었다.

"내 동생한테는 과분하군. 두 가지 모두 향기가 가득한 선물이라니……."

사이가 그다지 좋아 보이진 않는다. 그래도 이도원을 이곳까지 부른 걸 보면 나빠 보이지도 않았다.

누나와 자신을 보는 것 같은 기분이 든 이도원은 슬며시 웃음 지었다.

'보고 싶네.'

이래저래 가족들을 못 본지 꽤 되었다. 한참 사건이 터졌을 때 전화로 안부만 전하고 직접 찾아가지 못했던 것이다.

이도원은 고개를 저어 생각을 털며 물었다.

"오늘 시나리오 공개하시는 건가요?"

유태일 감독이 진한 미소를 지었다.

"이번 건 아주 좋아."

언제나 스스로에게 확신이 있는 사람이지만, 이번에는 조금 달랐다.

유태일 감독이 자신감 가득한 목소리를 냈다.

"이번 사건을 통해 나도 얻은 게 하나 있지. 이도원과 차지은의 스캔들은 악플보다 선플이 많았다는 것."

그가 말을 이었다.

"섭외 대상은 아름다운 선남선녀 이도원과 차지은. 이번에는 찐한 멜로로 가자."

*　　　*　　　*

"찐한 멜로요?"

이도원이 묻자 유태일 감독은 고개를 끄덕였다.

해가 거의 저물어가는 저녁, 시원한 바람이 테라스로 흘러들어 왔다.

입가에 미소를 띤 유태일 감독은 노트북과 연결된 휴대용 프린터를 통해 시놉과 대본 몇 장을 출력한 뒤 자리에서 일어났다.

"날도 선선한데 저녁은 밖에서 들기로 하지."

두 사람은 일 층으로 내려왔다.

정원 한구석에는 식사 자리가 마련돼 있었다. 식사를 마련한 가정부 아주머니에게 고개를 가볍게 숙인 유태일 감독이 이도원에게 말했다.

"앉아. 부모님은 늦으시고, 동생도 거의 다 왔다는군."

맞은편에 앉은 이도원은 정원을 둘러보며 감탄했다.

"그나저나 집이 정말 좋네요. 서울 시내 한복판에 이런 집이라니……."

유태일 감독은 피식 웃었다.

"너도 얼마 안 있으면 이 정도는 금방 벌 텐데? 나야 평생 벌까 말까겠지만."

"실감은 잘 안 나요. 실질적으로 돈을 쓰고 다닌 적이 없어서."

이도원의 말에 유태일 감독이 고개를 끄덕였다.

"뭐, 대개 그렇지."

"감독님 부모님은 직업이 어떻게 되세요?"

친구 부모님 직업 물어보듯 질문하는 이도원의 모습에, 유태일 감독은 웃음을 터뜨렸다.

"아버지 때까지 우린 대대로 의사 집안이었어. 실질적으로 돈을 번 할아버지는 땅 장사, 아버지는 주식을 하셨지. 대학 동문이나 병원 내에 모임이 있는데 예나지금이나 시대에 맞는 투자정보를 나누고 수익을 낸다. 짬밥이 안 될 땐 손해도 곧잘 보셨는데, 이젠 병원장이다 보니 정보도 고급 정보라서 손해는 안 보셔."

그는 기대했던 것보다 훨씬 구체적으로 설명해주었다.

이도원은 조금 놀란 얼굴로 대답했다.

"의외네요, 너무 자세히 말씀해주셔서."

"우린 앞으로도 작품하면서 쭉 호흡 맞출 것 아닌가? 그럼 가족보다도 가까워져야지."

그 말을 듣고서야 이도원은 알 수 있었다.

유태일 감독은 결코 아무 이유 없이 이런 가정사를 털어놓을 인물이 아니었다. 이도원이 본 그는 침착하고 온화했지만 그만큼 냉정하고 날카로운 판단력을 가진 사람이었다. 거기까지 생각이 미치자 이도원은 문득 묘한 기분이 들었다.

'내가 지금은 유태일 감독이 탐낼 정도의 배우가 된 건가?'

타임 슬립 전에는 유태일 감독의 말 한마디에 세상을 얻은 듯 기뻐하던 자신이었다. 그런데 이번 생에는 유태일 감독이 잡고 싶어 하는 배우가 됐다. 그렇다 보니 서로를 바라보는 시선, 느 낌, 태도까지 모든 것이 달라졌다. 이렇듯 기쁨과 씁쓸한 감정이 범벅된 묘한 기분을 느낀 건 찰나였다.

이도원은 내색하지 않고 대답했다.

"그렇게 생각해 주셔서 감사합니다."

유태일 감독은 고개를 끄덕이며 대문을 가리켰다.

교복을 입은 여학생이 손을 흔들며 다가오다가 이도원을 알아 볼 거리까지 접근하자 석상처럼 굳어버렸다.

"아……."

유상은은 잠시 사고가 마비된 듯 탄성 비슷한 음성을 흘리다 가 어색하게 웃었다.

"하하… 이도원이네? 왜 우리 집에 이도원이 있지?"

유태일 감독이 고개를 절레절레 저었다. 뜬금없는 반말에 이 도원은 헛웃음을 터뜨렸다.

한편, 한순간 혈액순환이 멈췄던 유상은은 머리로 다시 피가 통하자 얼굴이 화끈 달아올랐다. 그녀는 붉어진 얼굴을 가리고 비명을 내지르며 냅다 집 안으로 질주했다.

이도원이 황당한 표정으로 유태일 감독을 바라보자, 그가 말 했다.

"동생이 좀 아파."

머지않아 유태일 감독의 휴대폰으로 전화가 왔다. 전화를 받 는 동시에 유태일 감독이 말했다.

"스피커폰이다."

—아… 하하. 끊어.

한바가지 욕을 퍼부으려던 유상은이 전화를 뚝 끊었다. 어깨를 으쓱인 유태일 감독은 물을 한 모금 마시고 본론으로 돌아갔다.

"아마 저 나름대로 꽃단장을 하고 나오려면 시간이 좀 걸릴 테니까, 우린 일 얘기나 하고 있지."

이도원은 고개를 끄덕였다.

"아까 출력하신 시놉 좀 볼 수 있을까요?"

"물론이지. 보여주기 전에 높은 수위는 기대하지 말라고 미리 말해두고 싶군."

유태일 감독은 시놉을 건네고 말을 이었다.

"감정적으로 찐한 멜로야."

그러면 안 되는데, 이도원은 일말의 아쉬움을 느꼈다.

"음."

한편으로는 안심도 됐다. 만약 수위가 높으면 아직 어린데다 외모가 물 오른 차지은이 오케이 할 리가 없었기 때문이다.

이도원 입장에선 다른 여배우와 호흡을 맞추는 것보다 서로 편한 사이인 차지은과 맞추는 편이 훨씬 나았다.

"시놉이 굉장히 복고풍인데요?"

대충 슥 훑어본 결과 자극적인 부분이 전혀 없었다. 근래 나오는 멜로물과는 느낌 자체가 달랐다. 90년대 후반에 쏟아져 나오던, 내면의 세심한 묘사가 살아 있는 멜로였다. 누구나의 마음속에 자리 잡고 있는 평범한 감정의 아름다움을 표현하고 있었다.

이도원은 다시 맨 앞장을 펼쳤다.

"눈으로 가볍게 훑었는데 제대로 읽고 싶어지네요. 그리고 또 한 번 읽을 땐, 첫 줄을 읽으면 그 자리에서 단숨에 모두 읽을 것 같다는 확신이 들었습니다. 물 먹는 솜처럼 빨아들여요."

유태일 감독은 흡족하게 고개를 끄덕였다.

"고맙군. 내가 쓸 때 느꼈던 것과 같은 감정을 느껴줘서."

이도원은 그 말이 들리지 않았다.

눈앞에 시나리오가 고스란히 펼쳐졌다.

글자를 눈으로 어루만질 때마다 감정이 밀물처럼 가슴속으로 들어왔다.

"하."

이도원은 탄성했다. 그는 그제야 주인공의 이름이 소개되는 부분에 도달해서야 현실로 돌아올 수 있었다. 몰입이 깨진 것이 아니라 그 이름 때문이었다.

"이거 뭐예요? 이도원, 차지은?"

유태일 감독이 턱을 괴고 눈을 반짝이며 고개를 끄덕였다. 그 표정을 보며 이도원은 혹시나 해서 물었다.

"임시죠?"

"아니."

유태일 감독은 웃는 낯 그대로 대답했다.

"그대로 갈 거다. 시놉시스를 구상할 때부터 너희 둘을 정해놓고 썼어. 너희 둘 열애설을 보자마자 머릿속에 흐름이 그려졌거든."

이도원은 시놉시스를 테이블에 올려놓고 말했다.

"논란이 될 텐데요."

"나야 나쁠 것 없지."

유태일 감독이 뻔뻔하게 대답했다.

"관객들도 즐거워할 거야. 열애설은 루머로 밝혀졌고, 너희 둘은 배우로서 최고의 영화를 함께 만들고 싶은 열망이 있잖아? 뭐, 촬영하다 정말 사랑이 싹트면 그것도 좋고."

배우라면 도저히 거절할 수가 없는 제안이었다. 배역을 정해놓고 쓰인 시놉시스다. 더구나 완벽한 작품이다.

'배우의 연기를 완벽하게 만들어주는 기술이 연출과 편집이라면, 배우를 완전하게 만들어주는 건 시나리오다. 이걸 어떻게 거절해?'

이도원은 시놉시스를 다시 펼쳐보며 말했다.

"대표님이 반대하시겠지만 설득해보죠."

유태일 감독이 빙긋 웃으며 고개를 끄덕였다.

"탁월한 결정이다."

그때 아예 샤워를 하고 수수한 메이크업까지 한 유상은이 집에서 나왔다. 그녀가 가까이 오자 싱그러운 풀 냄새를 녹이는 풋풋한 향기가 실려 왔다. 하지만 그건 어디나 이도원의 감상일 뿐, 유태일 감독은 비염 때문에 코가 막혔는지 눈살을 찌푸렸다.

"여자인 척 하지마라, 웃기지도 않으니까."

유상은은 주먹을 들어 보이며 이를 악물고 웃었다.

"하하, 오빠. 적당히 하지?"

유태일 감독은 대답도 않고 고개만 저었다.

그에게서 신경을 끈 유상은이 이도원에게 말했다.

"저, 진짜 팬이에요."

이도원은 이럴 때마다 난처했다. 가끔 촬영장이나 사내에서도 다가오는 이들이 있었는데, 팬이라고 밝히면 대답할 말이 하나뿐이었다.

"감사합니다. 싸인이라도?"

"아뇨, 그건 됐고……."

유상은이 몽롱한 눈빛으로 옆에 딱 달라붙어 앉으며 손을 내밀었다.

"악수해 주세요, 포옹이면 더 좋고요."

유태일 감독이 유상은이 앉은 의자를 발로 툭 쳤다.

"너나 적당히 해. 어른들 일 얘기 하시는데 창피하다, 창피해. 도원이가 이 집안을 뭐로 보겠니?"

이도원은 지금까지 본 적 없는 유태일 감독의 모습이 낯설었다. 하지만 나쁜 기분은 아니었다.

'영화와 관련해선 그렇게나 진지하고 날카롭던 사람이… 역시 가족이란.'

마음이 따뜻하면서도 한구석으로는 죄책감이 들었다.

이도원은 짧게나마, 타임 슬립이라는 미명 아래 가족보다 연기만을 쫓아왔던 것이 아닐까 돌아보았다. 하지만 언제까지고 감상에 젖을 상황은 아니었기에 준비해 온 선물을 먼저 내밀었다.

"유 감독님이 곧 동생 분 생일이라고 하셔서요."

"어쩜!"

유상은이 탄성을 내질렀다. 그녀는 꽃은 품에 안고 향수를 보며 감탄했다.

"제가 쓰는 향수예요!"

이도원이 어색하게 웃었다.

"직접 고른 건 아니고 점원이 골라주더라고요."

로맨틱과는 거리가 먼 대사였지만 유상은의 눈에는 그저 숫기 없는 상남자쯤으로 보일 뿐이었다.

"역시 오빠 최고예요."

유태일 감독이 사이를 비집고 들어왔다.

"야야, 그만 됐고. 마침 잘 됐네."

그는 애초부터 계획한 일이면서 아닌 척 시놉시스와 함께 뽑아온 대본 한 장을 이도원에게 건네고, 나머지 한 장을 유상은에게 건네주었다.

"오랜만에 도원이 연기 좀 보자. 상은이는 그냥 말만 맞춰 줘."

"나도 잘하거든?"

유상은은 헛기침을 하며 목을 가다듬었다.

반면 대본을 받은 이도원은 그 순간 분위기가 달라졌다. 진지한 얼굴로 눈을 슥 감았다 뜨더니, 잠시 후 고개를 끄덕였다.

그 모습을 기대감에 찬 눈으로 지켜보던 유태일 감독이 짧게 신호했다.

"액션."

그 순간 이도원의 눈앞에 펼쳐진 광경이 뒤바뀌었다.

선선한 밤하늘은 뜨거운 해살이 내리쬐는 한여름 오후가 됐고, 긴장한 표정으로 대본을 들고 앉아 있는 유상은은 풋풋한 미소를 머금은 차지은이 되었다.

이내 이도원의 입이 열렸다.

"난 아주 평범한 사람이에요. 별… 남다른 인생도 아니죠."

이도원이 허리를 앞으로 숙이며 새카만 두 눈을 반짝였다.

"하지만 그쪽을 생각하는 시간만큼은 제가 특별하다는 기분이 들어요. 신기한 일이죠. 그래서 자꾸만 같이 있고 싶고, 대화도 하고 싶어요."

이도원은 미소를 한가득 입에 물고 물었다.

"어떤 남자를 좋아해요? 유머러스한 남자? 지적인 남자? 문학적인 남자? 강한 남자? 아니면 양처럼 순한 남자? 뭐든 말만 해요. 말만 하면 다 될 수 있으니까."

유상은은 불현듯 그의 눈빛에 빨려 들어가는 느낌이 들었다. 가슴이 콩닥콩닥 뛰었다. 막상 연기를 하면 오그라들 줄 알았는데 너무나 자연스러웠다. 평소 스크린이나 TV로 접했을 때와는 달리 새로운 이도원을 발견한 기분이었다.

'연기하는 모습은 더 멋있네.'

그녀는 정신을 반쯤 빼고 대본을 읽었다.

"전부터 느꼈지만 황당한 분이네요."

이도원이 씩 웃으며 받아쳤다.

"그렇게도 될 수 있죠."

유상은이 고개를 저으며 대본대로 대사를 쳤다.

"우린 아직 서로를 잘 모르잖아요? 저도 뭐… 그쪽이 싫은 건 아니지만, 그렇다고 이런 일을 서두르고 싶진 않아요."

이도원은 고개를 끄덕였다. 그는 다소 익살맞았던 방금 전과 달리 침착하고 부드러워진 목소리로 말했다.

"알겠어요. 하지만 이것만은 알아둬요. 뭔가가 좋아지면 푹 빠지는 법이죠. 자나 깨나 그 생각만 하게 돼요."

유상은이 물었다.

"그게 무슨 소리예요?"

이도원이 푸근한 웃음을 보였다.

"앞으로 하루하루 그쪽 생각만 할 것 같다는 소리죠."

지켜보던 유태일 감독이 짧게 사인을 보냈다.

"컷."

말한 유태일 감독은 절로 고개를 끄덕였다.

방금 장면은 감정 씬이 크지 않은 구간이었다. 통상적으로 이런 부분만으로 배우의 역량을 시험해 볼 수는 없다. 그저 배역에 배우가 녹아드는지, 또 호소력이 짙은지 느끼는 정도였다. 그건 어렵지 않게 알 수 있었다.

'몰입했어.'

유태일 감독은 순간적으로 몰입했다. 또한 유상은의 표정만 봐도 어렵지 않게 답을 얻을 수 있었다. 그녀는 완전히 이도원의 연기에 매료돼 있었다.

"조금만 더 길었으면 좋았을 텐데… 아쉽다."

유상은이 구시렁거렸다.

썩 편안한 연기를 펼쳤다고 자각한 이도원은 유태일 감독의 평가를 기다렸다. 그에 곰곰이 생각하던 유태일 감독이 말했다.

"역시 아무리 생각해도 너밖에 없어. 저예산 영화라 스케줄은 얼마든 맞춰줄 수 있으니까 함께하자."

*　　　*　　　*

저녁 식사를 마치고 유태일 감독의 집을 나선 이도원은 택시를 타고 어머니와 누나가 있는 송파구 가락동의 본가로 향했다.

가는 동안 차창으로 네온사인이 맺혔다. 그 불빛을 보며 이도원은 가족들의 얼굴을 떠올렸다. 얼마 전 스캔들과 스폰서 의혹 때문에 마음고생이 이만저만이 아니었을 어머니를 생각하니 마음이 아렸다.

'그러고 보니, 어머니 생신도 얼마 남지 않았네.'

그동안 가족 행사를 못 챙겨주었던 건 아니었지만 바쁜 스케줄로 인해 함께 시간을 보내진 못했다. 문득 마음 한구석이 답답해지며 미안한 마음이 파도처럼 밀려왔다. 이도원은 먼저 어머니에게 전화를 걸었다.

―아들!

"엄마. 저 오늘 집에 가려고요."

―지금 시간에?

깜짝 놀란 어머니가 물었다.

―뭐 해놓은 음식도 없는데…….

"밥 먹었어요. 누나는 집에 있죠?"

―응, 집에 있어. 얼마나 걸리니?

열 시가 넘은 시간.

이도원은 손목시계를 보며 대답했다.

"이십 분 정도요."

머지않아 택시가 아파트 단지에 들어섰다. 이도원은 택시를 가족들이 살고 있는 동 앞에 세운 뒤 계산하고 내렸다.

"조심히 들어가세요."

차 문을 닫은 이도원은 엘리베이터를 타고 올라가 현관문을 두드렸다. 그 소리에 누나 이다원이 달려 나와 문을 열었다.

"불효자! 얼굴 한 번 안 비추고, 진짜 오랜만이다?"

이도원이 피식 웃으며 물었다.

"엄마는?"

"부엌에. 부랴부랴 너 먹일 음식 준비 중이셔."

고개를 끄덕인 이도원은 집 안으로 들어가자마자 부엌으로 갔다. 어머니가 고기를 굽는 동시에 찌개를 만들고 있었다. 어머니는 몸을 돌리는 순간 이도원을 발견하고 만면에 미소를 띠었다.

"왔어? 옷 갈아입고 좀 앉아라. 자고 갈 거지?"

"네, 그래야죠."

여자 둘이 사는데 이도원이 입을 만한 옷이 있을 리가… 있었다.

이다원이 사이즈가 제법 큰 남자 잠옷을 내왔다.

이도원은 잠옷을 살펴보며 농담조로 물었다.

"누나 그새 결혼했어? 집에 웬 남자 옷?"

"너 오면 입히려고 엄마가 사둔 거야."

그제야 사정을 알게 된 이도원은 방으로 들어가 잠옷으로 갈아입고 나왔다. 분명 집을 산 뒤로 몇 번 오지 않았는데도 새집 같지가 않고, 늘 살던 집보다 정겨웠다.

'여긴 엄마랑 누나가 있으니까.'

가족이 있는 것만으로 내 집 같은 안정감이 든다. 반대로 가족들이 나간 집은 어딘가 휑하고 싸늘했다.

고개를 저으며 상념을 떨친 이도원은 밝은 표정으로 부엌으로 가서 식탁에 앉았다.

어머니가 반 공기 정도 밥을 내주며 말했다.

"밥 먹었어도 맛 좀 봐. 사람이 집 밥을 안 먹으면 입맛 버린다."

이도원은 고개를 끄덕이고 수저를 들었다. 울컥 뜨거운 덩어리가 속에서부터 올라왔다. 집에 없는 아들 잠옷까지 준비한 어머니. 아울러 그 말투에서 느껴진 것이다.

'항상 날 생각하고 계시는구나. 난…….'

연기한다고, 촬영한다고 많은 시간을 잊고 지냈다.

"죄송해요."

이도원은 먹먹해져선 모기 목소리로 말했다. 어머니는 그저 빙그레 웃을 뿐이었다. 이다원은 모자를 지켜보며 흐뭇한 미소를 그렸다.

'에휴. 그나저나 이놈의 과제.'

심지어 지금도 책을 손에서 놓지 못하는 그녀였다. 그때 갑자기 어머니의 화살이 이다원을 향했다.

"밥상머리에서 책 보지 말랬지? 넌 오랜만에 동생이 왔는데."

"예, 예."

이다원은 책을 덮고 이도원에게 물었다.

"그나저나 그거 진짜야?"

이도원이 그녀를 보며 되물었다.

"뭐가?"

"차지은이랑 사귀는 거."

이다원은 눈을 게슴츠레 뜨고 말을 이었다.

"하긴 그럴 리가 없지. 걔가 널 뭘 보고 만나겠어? 재벌 집 딸에, 그렇게 예쁜데."

"도원이가 뭐 어때서 그러니?"

어머니의 말에 이다원은 검지를 흔들었다.

"엄마야 그렇겠지만 객관적으로 생각해 봐요. 엄마가 차지은 부모님이면 기겁해서 뜯어 말렸을 걸?"

이도원이 피식 웃으며 대답했다.

"걱정 마세요. 그런 거 아니니까."

이도원은 가족들과 좀 더 시간을 가진 뒤 빈방으로 가서 몸을 누였다. 말이 빈방이지 침대와 가구들을 들여놓은 걸로 볼 때 이도원이 왔을 때를 위해 준비한 방이었다. 그 증거로 책장에는 이도원의 어렸을 적 사진들이 놓여 있었다. 이도원은 그 앞을 거닐며 미소 지었다.

한참 사진들을 들여다보던 이도원은 침대에 누워 중얼거렸다.

"전혀 내색하지 않으시네."

스폰서니 스캔들이니 한동안 인터넷이 떠들썩했다. 이도원이 시기적절하게 막지 못했다면 자칫 한방에 얼굴도 들고 다니기 힘들 정도로 이미지가 망가질 수 있을 만한 사건이었다.

반면 이미 이도원은 금전적으로 여유로운 상황이었다. 연기는 연극과 뮤지컬만 해도 충분히 먹고 살 수 있었다. 따라서 어머니는 말리고 싶었을 것이다. 그리고 지금도 걱정하고 있을 터였다. 그럼에도 조금도 내색하지 않고 아무렇지 않은 척 이도원을 대해주었다. 이도원이 생각에 잠겨 있는 그때, 어머니가 노크를 하고 들어왔다. 불을 끄려는 어머니에게 이도원이 불쑥 물었다.

"왜 말리지 않으세요?"

불이 꺼지고, 어머니가 침묵 끝에 입을 열었다.

"내가 하지 말라고 해서 안 할 수 있는 일이었다면, 문제가 생겼을 때 네가 먼저 그만두었을 거라고 생각한다."

믿음.

마음이 따뜻했다. 이윽고, 졸음이 쏟아졌다.

이도원은 다음 날 백 프로덕션으로 출근했다.

한편 이상백은 계열사인 백 엔터테인먼트 창업 건으로 바쁜 나날을 보내고 있었다. 그렇지만 이도원의 향후 행보가 더 중요했기에 시간을 쪼개 회의 시간을 가졌다. 먼저 이상백이 말했다.

"그래, 유태일 감독과 만나본 건 어떻게 됐냐?"

"역시나 이번 영화도 하고 싶습니다."

짧게 대답한 이도원이 덧붙였다.

"아예 배역에 저를 정해놓고 시나리오를 썼더라고요."

"널 섭외하기 위한 공략일 수도 있다."

"시나리오 자체도 최곱니다."

이도원이 말을 이었다.

"많은 부분을 자비로 촬영하는 저예산 영화라서 스케줄도 최대한 배우들 여건에 맞게 조정해 준다고 합니다. 그러면 뮤지컬을 준비하면서 촬영할 수 있습니다."

이상백은 곰곰이 생각하며 중얼거렸다.

"시나리오도 좋고 연출도 좋다. 더구나 뮤지컬과 동시에 진행할 스케줄이 된다? 확실히 이런 조건의 영화는 받기 힘들지."

그는 이도원을 잘 아는 사람답게 이어서 물었다.

"완벽한 조건이었다면 자신 있게 결정하고 통보했겠지. 조심스럽게 말한 이유는 무언가 마음에 걸리는 부분이 있어서 그런 게 아니냐?"

이도원은 고개를 끄덕였다.

"배역 이름이 배우 이름 그대로 들어갑니다."

"그게 문제가 된다면 설마……."

금방 머리를 굴린 이상백이 눈살을 찌푸렸다.

"상대역이 차지은은 아니겠지?"

"맞습니다."

"스캔들 터진지 얼마나 됐다고, 그런데도 하겠다고?"

"예, 하고 싶습니다."

"장르는?"

이도원이 시익 웃었다.

"당연히 멜로죠."

이상백은 고개를 저으며 두 손을 들었다.

"쉬지 않고 활동하는 건 좋다. 하지만 이건 그런 문제가 아니야. 다시 스캔들이 터질 거다."

"저는 조금 다른 각도로 생각했습니다."

이도원이 또박또박 생각을 풀어놓기 시작했다.

"별생각 안하고 보면 분명 조심스러운 부분이죠. 하지만 조금만 깊게 생각해보면 나쁠 게 없습니다. 어차피 유명세는 양날의 칼이고, 쓰기 나름이 아닙니까?"

이상백이 고개를 끄덕이며 계속 해보라는 신호를 보냈다. 그리고 이도원은 계속했다.

"이번에 겪은 논란을 잘 드는 칼로 만들어서 올바로 휘두를 겁니다. 이슈가 나면 영화에 날개를 달아주게 되겠죠. 제 생각에는 당당한 행동이 최고의 해명이 될 수도 있습니다. 더군다나 스캔들이 난 배우 두 사람이 남녀 주인공으로 멜로를 찍는다. 관객들은 이 사실만으로도 흥미로워할 겁니다. 관객들에게 최고의 즐거움을 선사하는 일이야말로, 배우의 존재 목적 아닐까요?"

그가 덧붙였다.

"스포트라이트를 피해서 숨지 않고, 즐기는 것. 그게 제가 할 수 있는 최고의 선택이라고 생각합니다."

이도원의 말은 틀린 구석이 없었다.

그러나 이상백은 영 찜찜했다. 이도원은 지금까지도 충분히 순탄한 오름세를 기록하고 있고, 잠깐 사건에 휘말려 주춤했다지만 조심만 하면 현재의 궤도를 유지할 수 있는 상황이었다. 구태여 무리수를 둬가며 새로운 도전을 할 필요가 없는 것이다.

"굳이 외줄을 타려는 건 좋은 생각이 아니야. 무사히 외줄을 건너는 데 성공하면 뜨거운 박수를 받을 수 있겠지만, 떨어지면 지옥이다."

그 말에 이도원이 눈 하나 깜짝하지 않고 대답했다.

"일개 배우가 대한민국 연예계를 주름잡는 대형 기획사 레드엔터테인먼트에 한 방 먹인 것만으로도 벌써 외줄 위에 올라간 것 아닙니까? 이미 돌아갈 곳은 없습니다. 이번 영화를 촬영하게 되면 다시금 사건이 재조명될 테고, 레드엔터테인먼트에게도 연타를 넣을 수 있게 되겠죠."

그에 이상백이 물었다.

"레드엔터에서 과연 이번 영화에 차지은을 참여시킬까? 이번 기회를 이용해 다른 꼼수를 쓸 게 빤하다."

"참여시킬 수밖에 없을 겁니다."

이도원은 확신하며 덧붙였다.

"영화 촬영 시즌과 차지은의 계약 만료일이 겹칩니다. 레드엔터가 허락하든 말든 차지은은 이번 영화를 찍게 될 거라는 뜻이죠. 그렇다면 내보내기 전 최대한 계약금을 받아내는 쪽을 선택할 겁니다."

이상백은 소파의 팔걸이를 두드리더니 큰 결심을 한 듯 고개를 끄덕였다.

"좋다, 네가 원하는 대로 해봐. 어차피 작품 선택권은 네게 주었으니까 난 지켜보기로 하마. 단, 이번에 문제가 생긴다면 회사의 판단에 따라줬으면 한다. 지금까진 네가 스스로 모든 일을 해치웠지만… 언제나 네 뒤에는 백 프로덕션이 있다는 것만은 잊지 마라."

이도원은 미소 지었다. 그 역시 혼자 힘으로 극복해내기 어려운 일에 직면하면 고집부리지 않고 의지할 생각이었다. 말하자면 백 프로덕션은 그때를 위한 든든한 버팀목이었다. 그런 생각을 하자 마음이 푸근해진 이도원이 흔쾌히 대답했다.

"물론입니다."

2022년 6월 5일 일요일.

서울시 강남구 청담동의 〈백 프로덕션〉 대본 리딩 현장.

다름 아닌 이도원의 회사였기에 그는 가장 먼저 도착해 메일로 받은 대본을 읽고 있었다. 리딩 시간 삼십 분 전인 오전 11시

30분, 마침내 유태일 감독이 들어왔다.

"안녕하세요."

이도원을 본 유태일 감독이 말했다.

"오랜만에 제대로 된 이도원표 연기를 보겠군."

그는 씨익 웃으며 자리에 앉았다.

이도원은 여배우가 누구로 배정됐는지 구태여 묻지 않았다. 그는 차지은이 섭외됐으리란 것을 마음속으로 확신하고 있었다. 그리고 역시나 조연들과 비슷한 시간에 차지은이 들어섰다.

"와, 오빠! 오랜만이에요."

차지은은 냉큼 이도원의 옆자리에 앉았다.

따로 지정석이 없었기 때문에 조연들은 알아서 자리를 찾아 갔다. 그들 대부분이 연극 판에서 섭외한 신인 급으로, 이도원과 차지은을 보고 신기하게 여기는 눈치였다.

한 자리를 빼고 좌석이 모두 들어차자 유태일 감독은 손목시계를 확인하며 중얼거렸다.

"항상 가장 먼저 오시는데……."

이도원이 그 목소리를 듣고 대본을 보았다. 아직 이도원의 '할아버지' 역할을 할 배우가 도착하지 않은 상태였다. 공석의 배역을 파악한 이도원이 물었다.

"누구신데요?"

'할아버지' 역할이었기 때문에 보나마나 까마득한 대선배일 수밖에 없다. 그러나 비중이 적기 때문에 유명 배우일 확률은 적었다.

'들어도 모르려나.'

한편 유태일 감독이 대답했다.

"널 꽤 보고 싶어 하시더라고. 이런 자투리 배역으로는 절대 모실 수 없는 분이지. 개런티도 거의 카메오 급으로 모셨고."

그는 아리송하게 알려주었다.

이도원이 재차 물으려 할 때 리딩 룸 문이 열렸다.

"늦어서 미안합니다."

듣는 순간 압도되는 묵직한 저음의 목소리.

'할아버지' 역할의 배우는 바로 안유성이었다. 그를 본 모든 배우가 얼얼한 표정을 짓고 일어나 인사를 했다.

그때 유태일 감독이 이도원에게 얼굴을 내밀며 목소리를 낮췄다.

"이제는 당신의 개런티나 유명세보다 영화계의 미래를 짊어질 보석같은 후학을 지켜보는 일이 더 중하시다고… 내게 먼저 연락을 주셨다."

＊　　　　＊　　　　＊

"선생님, 안녕하세요."

이도원은 고개를 꾸벅 숙였다.

안유성은 등장만으로도 리딩 룸 안의 공기를 무겁게 만들었다. 그가 보고 있다는 사실 하나로도 자리의 모든 배우가 바짝 긴장한 것이다. 그건 차지은 역시 마찬가지였다. 그녀는 딱딱하게 경직된 표정으로 안유성의 눈치를 살폈다. 유일하게 단 한 사람, 이도원만큼은 흥미진진한 미소를 그리고 있었다.

'심장이 쫄깃하네.'

배우들을 한눈에 쓸어본 유태일 감독은 빙긋 웃었다. 그는 오케스트라 단원들을 구성한 지휘자처럼 말했다.

"전 이곳에 계신 분들이 이번 영화를 성공으로 이끌 거라고 믿어 의심치 않습니다. 어렵게 모신 분들이고, 그래서 더욱 우리 모두에게 의미 있는 영화가 될 것입니다. 아직 제목 미정으로 대본이 배부돼서 당황스러우시겠지만… 리딩을 보고 크랭크인하기 전 확정할 생각입니다."

그는 바로 말을 이었다.

"그럼 시작하죠. 리딩은 첫 씬부터 순서대로 진행하겠습니다. 워낙 급하게 진행된 리딩이기 때문에 대본을 확인하면서 감정 잡을 시간을 십 분 드리겠습니다."

이도원은 왠지 유태일 감독이 일부러 대본 배부와 리딩 사이의 틈을 적게 두었을 것이라는 느낌이 들었다.

90년대 멜로의 향이 짙은 영화라서 구성 자체는 단순했다. 즉, 대사와 배우들의 연기로 끌어가야 하는 영화란 의미였다. 그러자면 배우들이 가진 연기력을 최대한 살리는 쪽으로 연출을 해야 하고, 이번 기회를 통해 배우 개개인 본연의 능력을 최대한 끌어내려는 의도에서 촉박하게 일정을 잡았다는 추측을 했다.

'보통 치밀한 분이 아니니 충분히 그럴 만하다.'

이도원은 내심 고개를 끄덕이며 대본을 보았다.

주인공 '이도원'은 치매를 앓는 할아버지와 둘이 살고 있으며 낮에는 보건소의 물리치료사다, 또한 저녁에는 마을 사람들을 대상으로 구청해서 진행하는 심리 치료 봉사 활동을 하고 있다.

여주인공 '차지은'은 마을복지회관 소속으로 노인복지프로그

램을 진행하고 있는 마을의 사회복지사이다. 겉으로는 누구보다 밝아 보이지만, 매일 밤잠을 설칠 만큼 심한 우울증을 앓고 있는 상태다.

두 사람은 우연한 계기로 만나게 되고 사랑의 감정을 느끼지만 주인공 '이도원'이 루게릭 병에 걸리게 된다. 남모르게 죽음을 준비하는 '이도원'과 남모르는 우울증으로 고생하고 있는 '차지은'은 서로를 치유한다.

주인공 '이도원'은 악조건 속에서도 긍정적인 모습을 잃지 않고, 결국 자신이 건강할 때 모습을 사진으로 남겨둔 채 소리 없이 '차지은' 곁을 떠난다.

또한 '차지은'은 '이도원'이 떠난 당시 괴로워하지만 세월이 지난 뒤 오히려 그 시절의 사랑과 아픔을 통해 성장하게 되었다는 것을 깨닫는다.

결국 모든 것은 잊혀지고, 아름다운 잔재만이 남아 추억이 된다는 것을 이 영화는 말하고 있다. 이 영화가 특별한 점은 이 모든 상황들을 누구에게나 일어날 법하게 느껴지도록 아주 일상적인 모습으로 담아내고 있다는 것이다. 이야기는 화려하지도, 무겁지도 않게 담담하게 진행된다.

'유태일 감독은 정말 미쳤어.'

이미 처음부터 끝까지 두 번이나 읽었던 대본인데도 볼 때마다 새로웠다. 시나리오만큼만 연기와 연출이 뒤따라준다면 슬픈 내용에도 불구하고 여러 번 봐도 또 보고 싶은 영화가 되리라는 확신이 들었다.

'이건 인생작이다.'

이도원은 확신했고, 유태일 감독이 입을 열었다.

"영화 도입부 도원이의 내레이션부터 시작합니다. 준비되시면 1—1 시작해 주세요."

이도원은 눈앞에 펴놓은 대본에서 눈을 뗐다.

이미 머릿속에 모든 내용과 대사들이 나열되고 있었다. 뿐만 아니라 뇌리에 맺힌 내용과 대사들은 가슴으로 와서 스며들었다.

이도원은 눈을 감고 자신을 시나리오 속으로 밀어 넣었다. 주변의 풍경이 바뀌며 극중 '이도원'과 완전히 일치된 순간, 그의 입이 열렸다.

"학창 시절, 나는 통학버스 차창에 기대어 항상 생각했다. 이대로 버스를 타고 이 세상에서 사라져 버리길. 눈을 감으면 돌아가신 어머니, 아버지가 계신 곳에서 다시 눈뜨길 꿈꿨었다."

안유성이 미소 짓고, 차지은은 고개를 내저었다.

물 흐르듯 리딩 룸 안을 떠다니는 목소리가 심금을 울리는 것이다. 한편 이도원의 연기를 직접 본 적 없는 다른 배우들은 눈을 치켜떴다.

'단순한 내레이션 수준이 아니잖아?'

유태일 감독은 날카로운 눈빛을 내며 내심 생각했다.

'역시 괴물이야. 매번 볼 때마다 다른 사람처럼 느는군.'

다른 배우들이 더딘 것이 아니다. 이도원이 비정상적으로 빠르게 성장하고 있을 뿐이었다.

그때 이도원이 다음 장면의 대사를 쳤다.

"할아버지, 식사해요. 잘 드셔야 오래 사시지."

안유성은 〈투사〉에서 보여줬던 왕의 근엄한 모습은 온데간데

없이, 비뚤어진 눈빛과 고집스러운 말투로 칭얼댔다.

"싫어! 엄마 어디 갔어? 엄마 오면 먹을 거야!"

이도원은 이런 상황이 아주 익숙한 듯 얼굴에 미소 짓고 맞장 구를 치며 대답했다.

"조금만 있어봐, 할아버지. 할아버지는 그래도 나보다 빨리 엄 마를 만날 수 있으니 얼마나 좋아? 엄마랑 곧 만날 수 있을 거예 요. 밥 잘 드시고 건강한 얼굴로 만나지 않겠어?"

이도원은 깊은 눈빛과 밝은 음성으로 담담하게 말했다.

아무렇지 않은 척 내는 목소리 안에는 엄마에 대한 그리움과 할아버지에 대한 안타까움, 식사를 거부하는 모습을 바라보는 속상함 같은 복합적인 감정이 꾹꾹 눌러 담은 밥공기처럼 가득 했다. 그럼에도 겉으로는 넘치지는 않는다. 표현하지 않고 마음 으로 다가오는 연기. 귀로 들리진 않지만 보는 이들의 가슴으로 느껴지는 연기였다.

'하, 대사는 아주 자연스럽고 감정은 세심해.'

유태일 감독은 절로 감탄했다. 리딩 룸 안의 다른 배우들 역 시 송곳처럼 찔러오는 감정 변화에 당황한 표정이었다. 그러나 안유성은 역할에 대한 몰입을 늦추지 않고 이도원에게 반응하며 호흡했다.

"밥 먹으면 엄마 만날 수 있어?"

안유성은 눈을 동그랗게 뜨고 쩝쩝 소리를 내며 밥 먹는 시늉 을 하더니 불쑥 표정이 굳었다. 이내 그는 밥알을 씹던 것을 멈 추고 천천히 턱을 움직이며 주르륵 눈물을 흘렸다. 안유성이 손 을 떨며 텅 빈 동공으로 이도원을 보며 말했다.

"내가… 내가 또 정신을 잃었었구나. 미안하다, 내가……."

안유성의 호흡이 흐트러졌고, 이도원이 서둘러 말했다.

"아니에요, 아니야, 할아버지. 괜찮아."

이도원은 침착하게 웃으며 말했다.

"혹시라도 이상한 생각하지 마? 집에서 나갈 땐 꼭 명찰하는 것 잊지 말고."

안유성은 눈물을 흘리며 여러 차례 고개를 끄덕였다.

거기까지 본 유태일 감독은 흡족한 미소를 띠고 말했다.

"선생님과 도원이 모두 느낌 좋습니다. 자, 다음."

유태일 감독의 주관 하에 리딩이 계속됐다.

이도원이 일하는 보건소에서 임직원 무료 검진 신청서를 작성하는 모습을 건너뛰고, 극중 이도원과 차지은이 만나는 장면으로 넘어갔다.

"의료 지원사업 협조 요청 차원에서 나왔습니다."

차지은이 웃는 얼굴로 밝게 말했다.

두 사람이 처음 만나는 씬이었다.

이도원은 마을 이장의 물리치료를 하는 중이다. 그는 차지은을 힐끗 보며 말했다.

"여기 와서 좀 잡아줘요."

차지은이 어색하게 웃으면서 대답했다.

"아니, 전 의료 지원사업 협조 요청 차원에서……."

"알겠으니까 이것 좀."

이도원의 말에 차지은이 다가가서 노인을 잡아주는 장면이었으나, 움직임은 섞지 않고 대사만 오갔다.

잠시 사이를 두고 차지은이 이도원을 힐끔거리며 말했다.

"싸인만 해주시면 되는데… 저, 업무 중에 나온 거라 빨리 가봐야 하는데……."

이도원을 들은 척도 않고 볼일을 봤다.

대본의 다음 씬으로 넘어간 이도원이 말했다.

"그러니까 왜 오셨다고요?"

그는 빙긋 웃으며 요리조리 뜯어보는 시선을 보냈다.

그 눈길을 받은 차지은은 순간적으로 속이 울렁거렸다.

'심쿵.'

그녀는 차마 자제하지 못하고 고개를 흔들며 짧은 상념을 털어내는 움직임을 보였다. 당연히 대본과는 맞지 않는 행동이었다.

유태일 감독이 말했다.

"컷, 다시."

차지은이 애써 평정심을 되찾으며 다음 대사를 쳤다.

"아, 네. 마을 회관에서 진행하는 의료 지원사업 협조 요청 차원에서 나왔습니다!"

이도원이 손을 뻗으며 말했다.

"공문으로 발송하시지, 직접 오셨네요? 사업 진행 계획서 주세요."

"여기요."

차지은이 냉큼 서류 봉투를 내밀었다.

이도원은 문서를 받고 읽어본 뒤 싸인을 해서 돌려주며 물었다.

"오늘 저녁 식사 함께하실래요?"

도발적인 눈빛과 말투에 차지은이 당황했다.

'연기를 하는 건지, 실제인지.'

그녀는 속으로 생각하며 마음을 달랬다. 몸은 연기를 하고 있는데, 마음은 콩밭에 가 있었다.

'원래 데이트 신청할 때 저렇게 하나?'

그 상대가 자신이었으면…….

'하늘을 나는 기분일 텐데.'

이러니 연기가 똑바로 될 리가 없었다.

그 묘한 흐름을 파악한 유태일 감독이 말했다.

"잠깐 휴식하겠습니다. 지은 씨는 잠깐 남아요."

나머지 배우들 모두 자리를 비켜주었다. 잇따라 리딩 룸 안에 차지은과 유태일 감독만 남았다. 둘이 되자 유태일 감독이 먼저 입을 열었다.

"물론 아니겠지만 혹시나 해서 물어보마."

"네, 감독님."

그녀를 빤히 바라보던 유태일 감독이 물었다.

"혹시 도원이를 좋아하니?"

차지은은 대답하지 못했다. 내숭을 떤다거나 숨기기 위해서가 아니었다. 말 그대로 대답할 수가 없었다.

"잘 모르겠어요."

어쩐지 귀엽기도 한 대답을 들은 유태일 감독이 푸근한 미소를 지었다.

"앞으로 알게 되면 꼭 이야기해 줘야 한다. 감독은 작품에 참여하는 배우들에 대해 자세히 알면 알수록 좋다. 알아야만 하지. 심지어 안 선생님조차 작품을 선택하신 후 내게 모든 고민을 털어놓으셨다."

그 말에 차지은은 고개를 끄덕였다. 그녀의 복잡한 표정을 빤히 보던 유태일 감독이 배려를 담아 말했다.

"잠시 마음을 달래고, 생각도 좀 정리해 보고, 시작하자. 난 화장실 다녀오마."

한편 밖의 상황도 어딘가 묘했다.

다른 배우들은 이도원과 안유성에게 감히 다가가지 못하고 있었다. 한 명은 근래 최고 주가를 달리는 젊은 스타였고, 또 한 명은 꿈에서도 우러러 보던 대배우기 때문이다.

정작 두 사람은 친근한 사이처럼 대화를 나누고 있었다.

"정말 오랜만이군."

이도원은 고개를 살짝 숙이며 대답했다.

"예, 선생님. 지난번에 무대 인사를 함께하지 못해서 죄송했습니다."

안유성이 고개를 저었다.

"그동안 무슨 일이 있었는지 소문으로 들었네. 헛소문인 줄 진즉부터 알았고, 잘 해결될 것도 알았지."

이도원이 미소를 지으며 답했다.

"감사합니다."

"정말이야."

안유성은 진심이 느껴지는 목소리로 말을 이었다.

"잠깐 오해를 살 수는 있지만 진실은 언젠가 밝혀지는 법이니까. 자네가 서둘렀든, 가만히 두었든 결국에는 올바른 방향으로 해결됐을 게야."

이도원은 그 말에 동의하진 못했지만, 그런 세상이었으면 좋겠다는 바람이 잠시 들었다. 그때 안유성이 전혀 예상치 못한 말을 건넸다.

"내 말이 자네게 어떤 영향을 불러올지 알 수 없지만, 이번 작품이 나의 유작이네."

안유성은 아무렇지 않은 얼굴로 지나가듯 말했다. 반면 이도원은 눈을 크게 치떴다. 순간적으로 헉 소리가 튀어나올 만큼 놀랐다.

배우로서 은퇴한다는 건가? 아니면 정말…….

"그게 무슨……."

안유성이 미미한 웃음기를 드리우고 대답했다.

"얼마 전 간암 판정을 받았지."

*　　　　*　　　　*

이도원은 머릿속이 혼란스러워졌다.

'간암?'

본인의 유작이란 말을 남일 이야기 하듯 말하는 안유성의 모습이 쉬이 납득가지 않았다. 이도원은 가장 평범한 반응을 보였다.

"그럼 병원에 가서 치료를 받으셔야 하는 것 아니에요?"

"치료받기에는 너무 늦었다고 하더군."

안유성이 웃으며 대답했다.

"죽기 전에 좋은 작품을 만난 건 배우로서 큰 행운이지. 물론 이런 말로 자네에게 부담을 지우고 싶진 않네."

"그럼 왜······."

제게 그런 말씀을 하십니까? 이도원은 뒷말을 삼키며 안유성을 보았다.

그를 마주 본 안유성이 대답했다.

"앞으로 함께 촬영하게 될 텐데, 알고 임하는 쪽이 낫지 않겠나?"

그건 그랬다.

만약 촬영이 끝나고 안유성의 유작임을 알았다면 섭섭한 마음이 들었을 것이다. 좀 더 열심히 할 걸, 좀 더 잘할 걸 하면서. 그러나 이제는 유작인 줄 몰랐다는 변명을 할 수 없게 되었다. 최선 이상을 해내고, 완벽을 뛰어넘어야 한다. 그것만이 안유성에게 최고의 선물을 안겨주는 길이었다. 의미심장한 이도원의 표정을 읽은 안유성이 피식 웃으며 말했다.

"이십 대는 죽음에 대해 알기에 너무 어리지. 하지만 죽어가는 사람을 바로 눈앞에서 바라보며 호흡을 맞추게 되면 조금이나마 도움이 될 게야."

안유성은 듣기만 해도 섬뜩한 말을 서슴지 않고 했다. 연기에 대한 열정과 집착이 만들어낸 결과 같았다. 그러나 상식적이지는 않았다. 어쩌면 병마로 인해 이상증세를 보이는 걸지도 몰랐다. 지금까지는 사뭇 다른 안유성의 모습을 접한 이도원은 심장의 열기가 일시에 연소되는 듯 서늘한 느낌을 받았다.

"···감독님은 알고 계시나요?"

"물론이네."

안유성은 고개를 끄덕이고 덧붙였다.

"마지막 무대를 가장 훌륭하게 만들어줄 재량이 있는 감독이

지. 최고의 시나리오에 대한 예우로 최선을 다할 생각이야."

이도원은 안유성과 가까운 사이는 아니었지만, 죽음에 관해 믿기지도 않을뿐더러 기분이 묘했다. 그는 여러모로 복잡한 속내를 감추고 말했다.

"저 또한 부족하지 않도록 최선을 다하겠습니다."

"내가 본 적 없는 연기를 보여주게."

그렇게 말한 안유성은 리딩 룸 문을 열고 들어갔다.

이도원은 기대를 받자 어떤 흥분에 사로잡혔다. 이번 작품이 그의 인생에 특별한 영화가 되리라는 확신이 들었기 때문이다.

'나도 미친놈이다. 좋아할 일이 아닌데……'

머지않아 배우들이 모두 착석하자 리딩이 재개됐다. 이윽고 유태일 감독이 말했다.

"중단했던 부분부터 이어서 계속하겠습니다."

그는 차지은에게 눈으로 신호를 보내며 자신감을 불어넣었다. 이제부터는 그녀 자신만의 싸움이었다.

차지은은 눈을 감고 호흡을 고른 뒤 입을 열었다.

"…아뇨. 오늘은 일찍 집에 들어가야 해서요."

이도원은 고개를 끄덕이며 씩 웃었다.

"알겠습니다, 식사는 다음에 하죠. 또 볼 텐데요."

초면인데 너무나 자연스럽게 행동하며 데이트 신청까지 한다. 혹시나 하는 마음에 고개를 갸웃거린 차지은이 물었다.

"혹시 우리가 만난 적이 있던가요?"

이도원이 모호하게 대답했다.

"전생을 거슬러 오르다 보면 이 세상 모든 사람은 구면이라고 하더라고요."

차지은은 고개를 절레절레 저었다.

두 사람이 처음 만나고, 차지은은 이도원을 이상한 사람이라고 생각한다. 그 장면이 지나가고 이도원이 내레이션을 넣었다.

"이별해도 아쉬워할 필요는 없다. 우린 모두 구면이고, 또 다른 곳에서 만나게 될 테니까."

유태일 감독이 고개를 주억거렸다.

꽤 흡족한 표정이었다.

'두 사람이 호흡을 맞추는 것만으로 그림이 될까 걱정했는데… 예상보다 더 완벽해.'

〈우리의 심장〉 때와는 또 달랐다. 두 사람은 학생이던 그때보다 성숙했고, 남매가 아닌 연인으로 등장해도 손색이 없었다. 의상과 조명으로 잘만 손질하면 영화 분위기를 거의 완벽하게 살릴 수 있을 것만 같았다.

유태일 감독은 머릿속으로 견적을 냈다.

'좀 촌티 나게 입히면 아주 자연스럽고 평범해 보이겠어. 둘 다 톤이 비슷한 게, 색깔로 치면 흰색이다.'

배우들 중에는 간혹 꾸미면 꾸미는 대로 다양한 배역을 소화할 수 있는 얼굴이 있다. 그런 의미에서 차지은과 이도원은 개성 없는 듯해도 자세히 보면 누구보다 예쁘고 잘생긴 얼굴이었다. 뜯어볼수록 매력적인 두 사람을 빤히 보던 유태일 감독이 흡족한 미소를 그렸다.

'배우 얼굴이야.'

"다음, 조연들과 얽히는 씬."

이어지는 유태일 감독의 지시를 따라 이도원과 주변 인물들이 대사를 주고받고, 차지은과 주변 인물들이 대사를 주고받았다. 대부분이 낯선 얼굴의 신인들이었음에도 유태일 감독이 직접 연극 판에서 섭외한 배우들이다 보니 연기력이 남달랐다. 연극에 물들어 살짝 어색하던 부분도 대사 한두 마디만에 지워졌다.

'실력파들이다.'

이도원은 단번에 그들의 수준을 알아보았다. 실력이 있음에도 지금까지 이름을 날리지 못한 데에는 나름의 이유들이 있겠지만 확실한 건 그들 모두 노련한 연기를 보여주는 좋은 배우라는 사실이었다.

리딩 시간은 세 시간을 향하고 있었다. 점점 심신이 지칠 시간, 유태일 감독이 안유성에게 근심 어린 표정을 보냈다.

'계속하지.'

안유성이 가벼운 미소를 그리며 표정으로 말했다. 다소 창백해진 얼굴과는 상반된 반응이었다. 유태일 감독은 그 의지를 꺾지 않았다.

"다음, 도원이랑 안 선생님, 지은이 들어갑니다."

세 사람이 마을 회관에서 조우하는 장면이었다. 치매로 정신이 오락가락하는 안유성이 차지은에 의해 마을 회관으로 인도되고, 소식을 들은 이도원이 달려오는 씬이었다. 먼저 안유성이 풀린 동공으로 해맑게 웃으며 대사를 쳤다.

"엄마!"

뜻밖의 부름에도 차지은은 생글생글 웃으며 자연스럽게 받아주었다.

"네, 할아버지. 여기가 어딘지 아시겠어요?"

크고 부드럽게 묻는 목소리가 노인을 상대하는 사회복지사를 잘 나타내고 있었다. 그녀는 이어 말했다.

"할아버지. 손자 분이 오고 있는 중이니까, 조금만 기다리세요. 아셨죠?"

안유성은 만면에 즐거운 웃음을 띠며 고개를 끄덕였다.

그때 이도원이 등장하며 대사를 쳤다.

"할아버지!"

이도원은 차지은을 향해 살짝 고개를 숙여보였다. 일순 나타났던 초조한 얼굴색을 지우며, 그는 안유성에게 따뜻한 얼굴로 다가갔다.

"할아버지, 몸은 좀 괜찮아?"

안유성이 고개를 갸웃하며 되물었다.

"누구세요?"

"나예요, 도원이. 왜 그래 또……."

이도원은 고개를 숙이더니 코로 숨을 빨아들였다. 답답한 심정을 참는 듯 보이기도, 슬픔을 참아내는 것처럼 보이기도 했다. 아니면 둘 다일까?

이도원이 고개를 들며 말했다.

"왜 여기 이러고 있어요? 집에 가자, 할아버지."

그가 대본을 잡은 반대 손을 뻗어 잡아끄는 시늉을 했다. 그 타이밍에 안유성이 소리를 버럭 지르며 들어왔다.

"싫어! 나 엄마랑 있을 거야!"

그는 차지은을 바라보며 소란을 피웠다.

"엄마! 이 아저씨 누구야?"

안유성의 돌발 행동에 차지은은 그를 달래며 말했다.

"할아버지, 진정하세요. 할아버지."

그 광경을 보고 있는 이도원의 표정이 참혹하게 일그러졌다. 그는 무어라 형언하기 힘든 감정을 얼굴 위로 그리고 눈빛으로 꺼냈다. 그러자 감정이 입체적으로 전달됐다.

'표정연기……'

지켜보던 유태일 감독은 심장이 쿵 떨어지는 느낌을 받았다. 몰입해서 시나리오를 쓰며 혼자만 들락거리던 골방의 문을 이도 원이 다른 이들에게도 활짝 열어준 듯했다. 그는 유태일 감독의 가슴속에만 머물던 감정을 선명하게 보여주고 있었다.

이어서 이도원의 답답한 외침이 터졌다.

"할아버지!"

그는 얼굴을 일그러뜨린 채 안유성을 바라보며 말했다.

"그러지마, 할아버지. 우리 집에 가자."

안유성이 마주 소리를 질렀다.

"싫어! 여기 있을 거야! 엄마……."

이도원이 안유성을 껴안으며 어깨로 입을 막는 장면이었다. 움직임은 생략했지만 이도원의 머릿속에서는 이런 상황이 급박하게 전개되고 있었다.

"괜찮아, 괜찮아. 할아버지."

이도원은 구겼던 표정을 펴며 멍한 눈빛으로 중얼거렸다. 자신에게 말하는 건지, 할아버지에게 말하는 건지 알 수 없는 위로를 던지며 눈앞에 훤한 안유성의 어깨 너머로 차지은을 바라보았다.

"오늘 일은 기억에서 지워주세요."

차지은은 대답할 말을 찾지 못하며 난감한 얼굴을 했다. 그런 그녀를 보며 유태일 감독은 소리를 살짝 무릎을 쳤다.

'그래, 잘 따라가고 있다.'

이도원과 안유성, 차지은의 연기가 삼박자를 완벽히 이뤄야만 자연스러운 장면이 나온다. 그런 상황에서 차지은은 다른 두 사람의 호흡에 잘 따라가고 있었다. 비록 무난하게 분위기를 맞추는 정도였지만, 이도원과 안유성의 압도적인 연기력을 감안했을 때 기대 이상의 성과를 보여주고 있는 셈이었다. 차지은이 좋은 연기를 보여줄수록 이도원도 몰입하기가 편했다.

그는 대사를 이어갔다.

"아마 할아버지가 정신을 차리면 많이 창피해할 겁니다."

감정을 한껏 죽이려 애쓴 목소리였다.

칼칼한 쉰 소리가 그걸 나타냈다.

아주 세심하게 관객의 마음을 파고든다.

작은 부분 하나도 그냥 지나치지 않는 이도원의 연기를 본 유태일 감독은 고개를 저었다.

'뭐 하나도 버릴 구석이 없다.'

다른 배우들도 입을 반쯤 열고 세 배우의 열연을 보고 있었다. 그들은 이미 리딩에 참여한 배우가 아닌, 한 명의 관객의 시선으로 몰입하고 있는 자신을 발견할 수 있었다.

'안 선생님은 그렇다 쳐도, 이도원이 정말 괴물은 괴물이구나.'

한 배우가 생각했고 대부분의 생각도 감탄을 벗어나지 않았다.

리딩 룸 안은 한차례 태풍이 지나간 듯했다.

마을 회관에서의 장면이 마무리되자 유태일 감독이 다음 씬으로 넘어갔다.

"조연들, 활약해 주세요."

유태일 감독의 지시에 해당 씬에 출연하는 배우들은 한층 열연을 보여주었다. 세 사람의 연기를 보고 자극을 받은 것이다. 그저 리딩이니까 적당히 하면 된다는 생각은 머릿속을 떠났고, 대신 실전보다 더한 긴장감을 갖게 됐다.

'이런 시너지 효과라니… 기대 이상이군.'

유태일 감독은 남모르게 흡족한 미소를 그렸다.

다섯 시간 가까이 진행된 리딩이 끝났다.

연기를 하는 동안 누구보다 활력이 넘치던 안유성은 피로가 몰려오는지 창백한 얼굴이 되었다. 주름도 짙어진 듯했다. 따라서 그는 가장 먼저 리딩 룸을 떠났다. 배우들과 함께 안유성을 복도까지 배웅한 유태일 감독이 이도원과 차지은에게 말했다.

"둘 다 시간 괜찮으면 오랜만에 식사할까?"

듣던 중 반가운 소리였다.

슬슬 뱃속에서 꼬르륵 아우성을 치려던 찰나였다.

이도원이 냉큼 웃으며 대답했다.

"좋습니다."

차지은 역시 배를 잡고 배시시 웃었다.

"저도 좋아요. 그렇잖아도 배고파서 혼났어요."

식사 자리가 급하게 결정된 세 사람은 배우들과 인사를 나누며 백 프로덕션을 나섰다. 밖으로 나가자 유태일 감독이 이도원에게 말했다.

"홈그라운드니까 맛 집으로 안내해 줘봐."

"제가 청담동 네비게이션이긴 하죠."

추임새를 넣은 이도원은 별다른 스케줄이 없을 때 오준식과 종종 가는 국밥집을 떠올리고 물었다.

"두 분, 순댓국 괜찮으세요?"

다행히 두 사람 모두 고개를 끄덕였다. 가까운 거리였기에 세 사람은 도보를 이용했다.

국밥집 안으로 들어서자마자, 전화가 걸려온 차지은이 잠시 자리를 비웠다. 때마침 기회가 생긴 이도원은 조심스레 물었다.

"안 선생님… 소식 알고 계시죠?"

유태일 감독은 고개를 끄덕였다.

"나도 뜻밖이었어. 삶의 끝에서 병원 대신 현장을 선택하신 건 안 선생님답다고 생각했지만, 많은 감독들과 친분이 있는 안 선생님께서 굳이 내 작품을 선택하실 줄은 전혀 예상하지 못했거든."

그는 높낮이 없는 음성으로 말했다.

사실 이도원이나 유태일 감독이나 안유성과 깊은 친분이 있던 사이가 아니었다. 따라서 안유성이 위중한 병을 앓고 있다는 소식에도 애석한 감정이 들 뿐 받아들이는 것 자체가 힘들진 않왔다. 유태일 감독 역시 담담한 얼굴을 하고 있었다.

"어쨌든 〈우리의 심장〉 이후로 드림팀이 모였군. 스태프들도 그때 그대로니까 촬영하기에는 여러모로 편할 거야. 난 안 선생님께서 만족할 만한 작품을 만들고 싶고, 두 주인공 모두 제 역할을 톡톡히 해 줄 거라고 믿어 의심치 않는다."

이도원은 고개를 끄덕였다.

"꼭 그렇게 될 겁니다."

그사이 차지은이 돌아왔다. 그녀의 등장에 유태일 감독과 이도원 모두 안유성에 관한 내용을 더 언급하지 않았다. 무엇보다 본인이 알리기도 전에 밝히는 건 예의에 어긋나는 일이었다.

유태일 감독은 자연스레 화제를 돌리며 분위기를 환기했다.

"실력이 많이 늘었더구나."

차지은이 배시시 웃으며 대답했다.

"도원 오빠에 비하면 아직 한참 부족하죠."

감히 안유성을 상대로 들진 못했다. 그녀는 아쉬운 듯 입맛을 다시며 말을 이었다.

"안 선생님께서 절 몰라보시더라고요. 좀 서운했지 뭐예요? 그래도 아역 때 시트콤도 함께하고, 손녀처럼 예뻐해 주셨는데……"

차지은의 말을 들은 유태일 감독과 이도원은 같은 생각을 했다.

'안 선생님의 일이 알려지면 충격을 받겠어.'

4장

실력과 능력

그때 음식이 나왔다.

세 사람은 별말 없이 식사를 했다. 유태일 감독이나 이도원은 안유성 생각에 마음이 불편했고, 차지은은 두 사람이 조용하니 입을 닫은 것이다.

국밥을 깨끗이 비운 유태일 감독이 본론으로 들어갔다.

"그나저나 지은이는 촬영 스케줄 도중에 레드엔터와 계약 만료가 된다고?"

차지은이 고개를 끄덕이며 대답했다.

"네, 여기 도원 오빠 제안을 받고 백 프로덕션으로 옮기려고 마음을 정해둔 상태예요."

유태일 감독은 은은한 미소를 지었다.

"두 사람이 한솥밥을 먹게 됐구나."

이도원은 백 프로덕션이 머지않아 발표할 백 엔터테이먼트 창립과 공동대표 취임에 대해 말해야 하나 고민했지만 그만두기로 했다. 아직 공론화 된 사항은 아무것도 없었기 때문이다.

'아직 확정된 것도 아니니……'

이도원은 괜스레 설레발을 쳐봐야 좋을 게 없다는 생각이었다.

그 순간 유태일 감독이 물어왔다.

"그래서… 레드엔터와의 분쟁은 잘 해결된 건가?"

"일단락은 됐습니다. 앞으로 부딪히는 건 어쩔 수 없겠지만요."

이도원의 대답을 들은 차지은이 한숨을 푹 쉬었다.

"오빠가 고생하네요."

그 말에 이도원은 대수롭지 않게 미소 지었다.

"박아현도 내일 일자로 계약이 풀린다. 회사를 옮긴 건 다음 주에나 발표할 예정이야. 두 사람이 아는 사이라고 했지?"

차지은은 고개를 끄덕였다.

"아현 언니랑 잘 알죠. 드라마도 같이 했었고."

그때 유태일 감독이 이도원에게 물어왔다.

"박아현은 저번 영화 끝나고 광고 쪽에서만 활동한다고 들었는데… 회사를 옮기느라 잠잠했던 거였군. 〈악마의 재능〉 때부터 진행하던 얘기가 잘됐나 봐?"

"네, 감독님 도움이 컸습니다."

이도원은 씩 웃으며 다시 차지은을 보았다.

"그러니까 레드엔터 쪽은 너무 걱정할 필요 없어. 아직 엔터 사업만으로는 대적할 수 없지만 투자 사업을 포함하면 크게 뒤지지 않는다."

고개를 끄덕인 유태일 감독이 거들었다.

"감독들 사이에서도 백 프로덕션은 꽤 괜찮은 투자사다. 이번 영화도 백 프로덕션의 도움이 컸지."

현역 감독 중 최고의 주가를 올리고 있는 유태일 감독의 말은 큰 신뢰를 줄 수 있었다.

이도원이 고개를 살짝 숙이며 감사 인사를 대신했다. 그는 차지은에게로 다시 시선을 돌렸다.

"직접 투자를 진행하기 때문에 투자사들과도 돈독한 관계를 유지하고 있을뿐더러 정보력도 대형 기획사 못지않지. 폭 넓게 작품을 선택할 수 있다는 뜻이야. 난 백 프로덕션이 좋은 보금자리가 될 거라고 확신한다."

유태일 감독은 청산유수로 말하는 이도원의 모습이 흥미로웠다.

'아주 영업을 하는구먼. 하지만 백 프로덕션 소속 배우가 백 프로덕션 자랑을 하는데, 백날 설명해도 누가 믿어?'

그렇게 생각했는데…….

멀리도 아니고, 바로 여기 믿는 사람이 있다. 차지은은 벌써 반쯤 홀린 표정이었다.

"자세한 건 계약 때 다시 듣겠지만, 오빠만 봐도 알죠."

세 사람이 놓치고 있는 사실이 하나 있었다. 차지은은 원래 허술한 성격이 아니었다. 다만 백 프로덕션이 조성할 환경에 홀리기 이전에, 이도원에게 홀렸다는 말이 더 정확한 것이다.

유태일 감독 세 번째 작품 〈바람〉 촬영 당일 서울특별시 성북구 성북동.

차지은은 화장대 앞에 앉았다.

배우들은 현장에 가면 다양한 메이크업을 받는다. 따라서 평소에는 화장을 신경 써서 하지 않는다. 그래도 피부 관리나, 필요하면 시술도 받기 때문에 맨 얼굴도 화장한 것 못지않게 청초한 상태를 유지한다.

"휴, 오랜만이네."

차지은은 먼저 입술을 칠했다.

이 정도는 평소에도 한다.

거울을 보자 눈썹이 눈에 걸렸다.

눈썹을 그리고 나자 이제는 쉐딩이 하고 싶다.

충분히 예쁜 얼굴로도 더 예뻐지고 싶은 여자의 본능을 되찾은 차지은은 섬세하게 손을 놀렸다.

평소 여성스러운 성격도 못 되는데다 항상 스케줄에 치이기 때문에 직접 세심하게 화장을 하는 건 오랜만이었다. 현장에 도착하면 어차피 전부 지우고 새로 해야겠지만, 도착하자마자 맨 얼굴에 가까운 상태로 이도원과 마주하고 싶지 않은 것이다.

그때 벨이 울렸다.

"여보세요."

차지은이 받자 매니저가 다급한 목소리를 냈다.

"빨리 나와, 지금도 늦은 거 몰라?"

"죄송해요, 지금 나갈게요!"

그녀는 화장대 거울을 보며 뾰로통한 표정을 지어보였다. 화장이 만족스럽지 않았지만 시간을 더 지체할 수는 없기에 겉옷을 걸치고 으리으리한 저택 현관을 나섰다. 넓은 정원을 지나 대문 밖으로 나가자 흰색 밴 앞에서 매니저가 전전긍긍하는 표정으로 기다리고 있었다.

"죄송해요."

차지은이 고개를 꾸벅 숙여 보이고 밴에 올라탔다.

매니저가 시동을 걸며 백미러로 그녀의 얼굴을 보았다.

"화장했어?"

"아, 아네요."

차지은은 서둘러 후드를 뒤집어쓰며 대본으로 얼굴을 가렸다. 화장하다 늦은 것을 알려봐야 좋을 게 없었기 때문이다. 그녀를 유심히 뜯어보던 매니저는 고개를 가로젓고 운전을 했다.

'역시 불편해.'

차지은은 입술을 깨물었다.

아역 때부터 오랜 시간 함께한 매니저였다. 그러나 차지은이 백 프로덕션으로 이적을 결심하면서 마음의 거리가 생겼다. 매니저로서는 대기업을 버리고 중소기업으로 이직할 수는 없는 입장이었다. 더구나 근래 차지은의 독단적인 행동으로 고스란히 욕을 들어먹었기에 감정도 좋지 않았다. 어색한 분위기 속에 이동한 밴은 한 시간 후 경기도 광주에 소재한 촬영지에 도착했다.

'서울 인근에도 이런 곳이 있네.'

차문을 열자 시골 냄새가 훅 풍겨왔다.

촬영차들이 보였고 한쪽에 이도원이 앉아 있었다.

그때 헤드레스트를 끼고 뒤돌아본 매니저가 말했다.

"얼굴 화장 신경 쓸 시간에 연습을 더 해라."

차지은은 미간을 찌푸렸다.

'이제 안 볼 사이라 이거지? 괜히 시비야.'

그녀는 내색하지 않고 대답했다.

"알겠어요."

밴에서 내린 차지은은 이도원에게로 갔다.

"오빠, 저 왔어요."

이도원은 대본 너머로 차지은을 힐금 보고 고개를 끄덕였다.

"그래, 대본 한번 맞춰볼까?"

그는 차지은이 모처럼 꾸민 얼굴 따위에는 전혀 관심 없는 태도였다.

'그럼 그렇지.'

차지은은 내심 생각했지만 밝게 웃으며 대답했다.

"네!"

차지은은 대본을 들고 이도원 곁에 냉큼 앉았다.

이도원이 손목시계를 보며 말했다.

"촬영 시간이 지체되지 않았다면 늦었겠네. 될 수 있으면 촬영은 늦지 마."

그가 나무라자 차지은은 서운한 마음이 샘솟았다.

"네, 네. 차가 막혔어요."

이도원은 피식 웃으며 대답했다.

"핑계대지 말고. 시작하자."

그 뒤 두 사람은 대사를 주고받으며 간단한 호흡을 맞춰보았다. 오늘 촬영할 장면은 두 사람이 처음 만나는 씬이었다. 촬영 장비가 모두 보건소로 들어가고, 안으로부터 유태일 감독이 나왔다. 그를 발견한 차지은이 벌떡 일어나 고개를 꾸벅 숙였다.

"안녕하세요, 감독님."

유태일 감독은 활짝 웃으며 손을 흔들고는 이도원에게 말했다.

"배우 들어가세요."

그 지시에 따라 이도원은 복지관 안으로 들어갔다. 촌구석의 작은 보건소 외관은 퀴퀴한 느낌이었다. 그와 상반되게 스태프들이 세팅해 놓은 안쪽의 인테리어는 깔끔했다. 이도원은 실내를 둘러보며 속으로 생각했다.

'소품은 캐릭터를 나타낸다. 깔끔하고 알뜰한 성격이야.'

극중 '이도원' 역할을 하기 위해 이도원은 머릿속에 캐릭터를 그렸다. 시나리오를 읽으며 떠올렸던 이미지에 살을 붙이고 사소한 습관, 버릇, 말투 등을 점검했다.

현장에 들어서자마자 집중하는 이도원을 보며 유태일 감독이 남모르게 웃었다.

'뭐 하나 대충 놓치는 법이 없군.'

이어서 그가 물었다.

"도원이 준비됐니?"

이도원이 보건소 중앙에 위치한 책상에 기대어 서며 질문했다.

"이쯤이 좋지 않을까요?"

유태일은 고개를 끄덕이고 손짓했다. 그러자, 이도원에게 물리치료를 받는 역할의 단역 배우가 투입됐다. 단역 배우는 나이가 지긋한 할아버지였다.

이런 분들이 있다.

특히 노인들 중에는 생업이 따로 있으면서 현장이 좋아 평생을 현장에서 떠나지 못하는 배우들이 있었다. 심지어 생활전선에서 은퇴한 뒤에도 현장에는 꼬박꼬박 출근하는 배우들이었다. 오만 원, 십만 원 받으면서 젊은이들도 하기 힘든 촬영을 해내는 이들은, 단 한순간 화면에 나오더라도 만족했다. 푸대접을 받으며 고생을 바가지로 해도 오로지 촬영이 즐겁고 현장이 즐거운 것이다.

'이런 분들이야말로 진짜 배우지.'

대부분 연륜이 있고 욕심을 버려서 연기도 자연스럽다. 이도원은 살짝 고개를 숙이며 미소를 지었다.

"잘 부탁드립니다."

"아이쿠, 나야말로 잘 부탁드리죠. 유명한 배우님 아닙니까?"

노년의 배우가 사람 좋은 웃음을 보이며 쾌활하게 말했다. 나이가 들어도 에너지가 넘치는 그를 보자 이도원은 마음 한구석이 찌릿했다.

'어르신들도 이렇게 열정이 넘치시는데, 과연 나는 내가 가진 모든 열정과 에너지를 불태우고 있나?'

자문하고 반성했다.

이도원은 눈을 슥 감으며 욕심을 땅에 내려두었다. 대본을 잊었다. 그는 연기를 잘하려고 하지 않았다. 눈앞의 상대에게 에너지를 쏟는 데에 집중하고자 했다.

마침내 유태일 감독의 사인이 떨어졌다.

"카메라 롤."

카메라가 돈다. 심장이 두근두근 뛴다.

유태일 감독이 다시 말했다.

"배우들, 레디?"

이도원이 눈을 떴다.

"액션!"

노인은 의자에 앉아 살짝 굽어진 등허리를 카메라에 드러냈다. 그 앞 책상에 기대어 선 이도원이 팔짱을 풀며 노인의 발치에 가서 쪼그려 앉았다.

"다리 쭉 펴보세요."

이도원은 이 순간을 위해 한동안 물리치료사들이 읽는 전문서적을 읽고 직접 물리치료를 받으러 다녔다.

카메라에 잡힐지, 잡히지 않을지 몰라도 이도원은 그때 보고 배운 대로 노인의 다리를 매만졌다.

"어휴, 선생님. 시원하구먼."

노인이 감탄했다. 대본에 없는 대사였지만 진심이 우러나오는 말투와 음성은 상황을 자연스럽게 풀어주는 좋은 애드리브가 되었다.

감독이 배우가 연기를 할 때 개인적인 판단을 막는 이유는 돋보이려고 과한 애드리브를 치기 때문이다. 이런 경우 오히려 긍정적인 영향을 낸다. 이도원은 그 영향에 순응해 가벼운 미소를 그리며 대답했다.

"하하, 할아버지. 제가 서울에 있을 때 별명이 얼음 왕자였어요. 왜 얼음 왕자냐… 얼음찜질을 하는 것처럼 아프지 않게끔 시원한 물리치료를 해드리기 때문에요."

"얼씨구?"

노인이 추임새를 맞추었다.

이 역시 두 배우의 애드리브였다. 보고 있던 유태일 감독과 스태프들의 입가로 웃음이 걸렸다.

'역시.'

이도원은 적절하게 애드리브를 멈추며 대사의 흐름대로 몸을 실었다.

"할아버지. 또 내가 알려준 스트레칭 제대로 안 했죠? 근육이 뭉쳤네, 근육이 뭉쳤어."

"미안해요, 선생님. 하하하. 내가 글쎄, 밭일은 게을리 안 해도 선생님이 알려주는 스트레스인지 뭐시긴지는 영 안 하게 되오."

노인의 재치 있는 말에 푸근한 미소를 드리운 이도원이 고개를 끄덕였다. 그리고 이어서 문이 열리는 소리와 함께 차지은이 등장했다.

유태일 감독이 사인을 보냈다.

"컷."

그는 세 사람에게 말했다.

"느낌 좋습니다. 바스트 샷 따고 다음으로 넘어가겠습니다."

*   *   *

이도원과 노년의 배우는 어깨 위로 바스트 샷을 따고, 얼굴을 클로즈업하는 순으로 촬영을 했다. 그 후 문이 열리는 장면만 따로 찍었다.

다음은 차지은의 등장 씬부터였다.

이어서 유태일 감독이 지시를 내렸다.

"풀 샷부터 갑니다. 배우들 위치해 주세요. 카메라 롤."

카메라가 보건소 물리치료실 안의 전경을 담았다.

이내 차지은이 문 앞에 섰다. 노인이 일전 그 자리에 그대로 앉고, 이도원 역시 노인의 발치로 가서 몸을 숙였다. 배우들이 모두 원위치하자 유태일 감독이 사인을 내렸다.

"레디, 액션."

차지은을 발견한 이도원이 몸을 스르륵 일으키며 물었다.

"어떻게 오셨죠?"

"아, 네……. 의료 지원사업 협조 요청 차원에서 나왔습니다."

고개를 끄덕이던 이도원이 불쑥 생각난 듯 말했다.

"잠깐 와서 할아버지 좀 잡아줘요."

"예? 아니, 전 의료 지원사업 협조 요청 차원에서……."

"알겠으니까 잠시 좀."

차지은이 황당한 표정으로 묻자 이도원이 씩 웃었다.

"어서요."

그녀는 얼결에 노인의 등을 잡아 주었다.

이도원은 노인의 다리를 쭉 펴고 무릎과 가슴으로 지탱하며 손으로 꾹꾹 눌렀다.

"아야!"

노인이 고통스러운 반응을 보였지만 이도원은 차분한 목소리로 말했다.

"조금만 참으세요, 할아버지."

그때 차지은이 이도원을 힐끔거리며 말했다.

"그게요, 싸인만 해주시면 되는데……. 제가 업무 중에 나온 거라 어서 들어가 봐야 하거든요?"

이도원은 들은 척도 하지 않고 물리치료를 계속했다. 비록 연기였지만 차지은은 왠지 서운한 마음이 들었다. 물론 표정 위로는 섭섭한 감정 대신 황당한 기분을 표현했다. 뭐야? 하는 표정이 제법 잘 살았다.

유태일 감독은 고개를 끄덕이며 사인을 보냈다.

"컷, 오케이. 한번 와서 보세요."

배우 셋은 모니터링을 했다.

연기 호흡도 괜찮고, 제법 완성도 높은 장면이 나왔다.

물론 아직 연출에서 필요한 소스가 모두 버무려지지 않은 상태였기에 추가 촬영이 필요했다.

"이견 없으시면 여러 구도에서 촬영하고 다음 씬으로 넘어가겠습니다."

배우들이 동의하자 촬영이 속개됐다.

각기 다른 구도에서 같은 장면을 촬영한 뒤 씬이 넘어갔다. 이제 이도원과 차지은이 제대로 된 만남을 갖는 장면이었다.

노년의 단역 배우가 인사를 하고 먼저 빠졌다.

이내 이도원과 차지은이 마주 섰다.

유태일 감독이 사인을 보냈다.

"카메라 롤."

카메라가 돌자 이도원이 몰입했다.

집중하는 그의 모습에 차지은은 심장이 떨렸다.

'역시 도원 오빠 연기할 때가 제일 섹시해.'

문제는 그녀였다. 몰입에 지장을 받지 않도록 끊임없이 마음을 다스려야만 했다. 그쯤 되자 차지은은 이도원을 볼 때마다 확신하고 있었다.

'아무래도 난… 오빠를 좋아하는 듯.'

정작 이 사실을 모르는 이도원은 조금 불만이었다.

그는 뮤지컬이나 리딩을 하며 차지은의 역량을 어느 정도 파악한 상태였다. 차지은의 마음이 아예 콩밭으로 가 있다는 사실까지 눈치챌 수는 없었지만, 온전히 집중하지 못하는 게 은근히 보였다. 그러나 이도원은 섣불리 나무라지 않고 조금 더 지켜보기로 했다.

두 배우가 동상이몽에 빠져 있는 이때, 유태일 감독이 지시를 내렸다.

"배우들 레디, 액션!"

그 순간 이도원의 입가에는 천진난만한 미소가 걸렸고 두 눈이 반짝였다. 그는 때 묻지 않은 어린아이와 같은 표정으로 물었다.

"그래서, 왜 오셨다고요?"

차지은은 리딩 때에 이어 또 한 번 심장이 쿵 떨어졌다. 그녀는 순간적으로 속이 울렁거렸으나 마음을 다잡으며 배역에 몰입했다.

"아, 네. 마을 회관에서 진행하는 의료 지원사업 협조 요청 차원에서 나왔습니다!"

이도원은 그녀를 빤히 보다가 손을 뻗었다.

"공문으로 발송하시지, 직접 오셨네요? 사업 진행 계획서 주세요."

"여기요."

차지은이 공문이 담긴 서류 봉투를 내밀었다.

이도원은 봉투를 열어 사업 진행 계획서를 꺼내 읽었다. 그가 문서를 읽을 동안 정적이 흘렀고, 음향감독이 매미 울음소리를 넣었다.

차지은은 괜히 주위를 두리번거리며 서 있었다. 서류를 모두 읽고 나서 책상 위에 둔 이도원이 물었다.

"오늘 저녁 식사, 시간 어때요?"

데이트 신청 방법은 픽업 아티스트를 연상시켰지만 말투는 어색했다. 이성 관계를 만들기 위해 힘쓸 여유가 없었던 캐릭터의 모습을 반영한 것이다. 리딩 때보다 캐릭터의 환경을 더 뚜렷하게 조성한 이도원의 세심한 연기가 돋보였다.

차지은은 심박 수가 올라가며 얼굴이 붉어졌다. 이는 지금까지와는 달리 오히려 긍정적인 작용을 했다. 그녀는 아주 자연스럽게 당황하며 대답했다.

"…아뇨, 오늘은 집에 들어가야 해서요."

이도원은 아쉬운 듯 고개를 끄덕였다. 솔직하고 온순한 성품이 얼굴 위로 드러나는 표정연기였다.

"알겠습니다. 식사는 다음으로 미루죠."

친근한 데이트 신청을 받은 차지은이 문을 열고 나가려다 말고 몸을 돌리며 물었다.

"혹시 우리가 만난 적이 있던가요?"

이도원은 뜻밖의 질문에 조금 놀란 표정을 짓더니, 은은한 미소를 드리우며 아리송하게 대답했다.

"전생을 거슬러 오르다 보면 이 세상 모든 사람은 구면이라고 하더라고요."

차지은은 고개를 저었다.

'이상한 사람이네.'

그런데 그 속마음을 전달하기에는 눈빛과 표정이 약했다. 턱을 괴고 진지한 표정으로 모니터를 바라보던 유태일 감독이 일단 컷했다.

"컷, 엔지."

그는 손짓해서 배우들을 불러들였다. 그리고 이도원 앞에서 차지은에게 대놓고 말했다.

"마음이 딴 데 가 있어. 왜 그러지?"

일전까지는 애매했는데 대사가 늘고 장면의 중심으로 들어오자 티가 났다. 그건 유태일 감독뿐 아니라 이도원도 느끼고 있던 참이었다.

"두 분 말씀 나누세요."

이도원은 거들지 않고 자리를 피해주었다. 배우를 컨트롤하는 일은 오로지 감독의 몫이었기 때문이다.

이도원이 모니터 앞을 떠나자 차지은을 빤히 바라보던 유태일 감독이 피식 웃었다. 갑자기 무거운 분위기를 풀어버린 그가 물었다.

"도원이 좋아하지?"

차지은은 입술을 깨물며 얼굴을 붉혔다. 그 모습을 본 유태일 감독이 덧붙였다.

"난 알아야 된다. 이미 마음속으로 네 감정을 확신하고 있지만 직접 확인하는 것뿐이야. 혼자 판단하면 오해가 될 테니까 말이다. 솔직하게 말해줘야 소통하기가 편해."

잠시 뒤, 그녀가 결심한 듯 대답했다.

"…네."

유태일 감독은 확신하고 있었다는 말처럼 별로 놀라지 않고 대답했다.

"좋아. 하지만 촬영은 공동 작업이니까 지장이 있어선 안 돼. 두 사람이 좋은 관계를 맺든, 동료로 남든 서둘러 감정을 정리하길 바란다. 짝사랑을 하면 상대의 반응에 따라 하루에도 몇 번씩 조울증이 찾아오지. 지금 같은 어중간한 감정으로는 영향을 안 받을 수가 없어."

다소 가혹한 말이었지만 영화를 위해서는 필요한 결단이었다. 차라리 관계가 정립이 되면 어떤 쪽으로 결정이 나든 미치는 영향이 덜할 것이다. 기쁨이든 슬픔이든 한 가지 감정만 통제하면 되니까. 그러나 애매한 감정은 지속적인 영향을 주며 집중력을 저하시키게 마련이다. 이대로 연기를 할지, 혼자 감정을 정리할지, 상대와 대화를 시도할지 선택은 본인의 몫이지만 작품을 위해서라면 용기가 필요한 때였다.

차지은은 다소 어두워진 얼굴로 고개를 끄덕였다.

"알겠습니다, 정리할게요."

차지은은 지금 설렘을 즐길 수 없는 처지라는 것을 잘 알고 있었다. 걱정하던 일이 조금 먼저 일어난 것일 뿐 대수로울 건 없었다. 그녀는 배우 이전에 사람이었지만, 오래전부터 여자이기 전에 배우로서 살아왔다. 어떤 방법으로 감정을 정리할지는 그녀의 선택에 달려 있었다. 분명한 건 마음을 굳게 먹어야 한다는 사실이었다.

그녀의 표정 변화를 바라보던 유태일 감독은 내심 안도했다.

'다행이군.'

유태일 감독은 이도원과 차지은, 두 사람에게 시간을 주기로 했다.

그는 손목시계를 바라보며 말했다.

"삼십 분 주지."

차지은은 고개를 끄덕이고 이도원에게 다가갔다. 대본 위로 그림자가 지자 이도원이 고개를 들었다.

"무슨 일이야?"

차지은은 더 깊어지기 전에 서둘러 관계 정립을 하기로 마음먹었다. 연기를 하는 시점에서 통제가 안 되는 감정을 스스로도 느꼈기 때문이다.

'내 감정으로 인해 모두에게 피해를 줄 수는 없어.'

차지은은 촬영 내내 몰입하지 못할 바에는 자신의 마음을 표현하는 쪽을 선택했다.

"오빠."

이도원의 시선을 받은 차지은은 심장이 펄떡거렸다. 머리가 하얘지고 속이 울렁거렸다. 그럼에도 겉으로 표하지 않고 담담하게 말했다.

"좋아해요."

뜻밖의 말에 이도원은 놀란 얼굴을 했다. 그러나 이내 얼굴색을 되찾으며 대답했다.

"잠깐 앉아."

그는 차지은의 손목을 덥석 잡아 곁에다 앉히고 오해가 생기지 않도록 덧붙였다.

"그렇게 실연당한 여주인공 표정으로 우두커니 서 있으면 스태프들이 다 쳐다보잖아."

차지은은 말없이 얼굴을 떨구고 이도원의 대답을 기다렸다. 이도원은 고개를 저으며 대본을 손에서 놓고 말했다.

"우선 고맙다, 네 감정은 존중해."

차지은은 뒷말을 듣기가 무서워졌다. 여러 말을 부연한다는 건 거절의 의미였기 때문이다. 하지만 그녀는 자신의 짐작을 애써 부정하며 그대로 앉아 이도원의 음성을 들을 수밖에 없었다.

이도원이 부드러운 어조로 이어갔다.

"…하지만 난 지금 누굴 만날 시기가 아니야. 나는 아직 내 앞날과, 내 가족을 생각하는 것조차도 소홀할 만큼 부족한 사람이다. 네 마음에 보답할 자신이 없어. 내 대답은 너 아닌 다른 상대라도 똑같았을 거야."

이도원은 동요하지 않는 목소리로 말했다.

'오빠… 아무렇지 않네.'

차지은은 자신의 고백에도 전혀 흔들리지 않는 목소리가 원망스러웠다. 그렇다고 탓할 수도 없었다. 억울한 마음에 갑자기 눈물이 쏟아졌다.

이도원은 굳이 울고 있는 그녀를 위로하지 않았다.

'정리할 시간을 줘야겠지.'

이도원은 고개를 돌리며 일어났다. 그는 자리를 피해주며 멀찍이 떨어진 의자에 가서 앉았다.

'마음이 불편하네.'

이도원이 고백에 대한 답을 바로 준 데에는 나름의 이유가 있었다. 차지은 본인의 감정도 정리되지 않은 상태에서 캐릭터의 감정이 들어올 리 만무했기 때문이다. 안유성의 유작이 될지도 모르는 이번 작품을 사사로운 감정으로 망치고 싶지 않았다. 한편 근처에서 오늘 촬영 분을 모니터링하던 유태일 감독이 불쑥 물었다.

"괜찮겠나?"

그 말에 이도원은 고개를 끄덕였다.

"금방 회복할 겁니다."

이도원이 지금까지 지켜봐온 차지은은 강인한 심지를 가지고 있었다. 유태일 감독 또한 차지은의 강점을 알고 있기에 선택을 종용했을 것이다. 그러나 그 역시 마음은 편치 않은지 회의적으로 말했다.

"그렇겠지. 우리도 참… 웃기지 않나? 영화가 뭐라고 감독이 남의 연애사에 간섭해 이래라저래라 하고, 간섭 받은 여배우는 개인 감정을 정리하려고 고백을 해버리고, 또 고백 받은 대상은 한술 더 떠서 그 자리에서 후회할 수도 있는 거절을 하는 건지."

이도원은 쓰게 웃었다.

두 사람의 남녀가 연인이 되기까지 마음뿐 아니라 상황과 시기도 적절히 맞아떨어져야만 한다. 그런 의미에서, 이도원은 무분별하게 관계를 만들면 반드시 탈이 난다고 여기는 주의였다.

'난 배우다.'

그는 마음을 다잡았다.

인연이란 인력으로 되는 일이 아니고, 두 사람이 인연이라면 언젠가 또 기회가 올 것이다. 다만, 그게 지금은 아니었다.

           *   *   *

　사람의 감정이란 거대한 파도와 같다. 지금 차지은의 마음을
집어삼킨 파도의 정체는 이도원을 향한 호감이었다. 비 오는 날
의 창문을 내다보듯 흐릿한 시야에 분주한 촬영 현장이 들어왔
다.

　'하… 뻥 차였네. 내가 축구공도 아니고.'

　차지은은 허탈한 웃음과 함께 눈물을 닦았다. 두 사람 관계
는 일단락됐지만 인연마저 끝난 건 아니었다. 따라서 차지은도
마음을 접을 생각이 없었다.

　'내 마음을 다 보여주지도 못했는데, 포기할 수는 없지.'

　씩씩한 표정으로 돌아온 차지은을 멀리서 응시하던 이도원은
눈을 감으며 고개를 저었다. 두 사람을 번갈아보던 유태일 감독
이 담담하게 촬영을 속개했다.

　"엔지 장면 다시 갑니다."

　이도원과 차지은이 카메라가 비추는 영역으로 들어섰다.

　뜻밖에도 먼저 입을 연 건 차지은이었다.

　"전 연기에 집중할 거예요."

　이도원이 말없이 그녀를 마주 봤다.

　차지은은 전혀 민망한 기색 없이 말을 이었다.

　"오빠가 저를 그저 동생으로 생각하는 건 확실히 알았어요.
하지만 제 마음까지 접으라고 하진 마세요."

　이도원은 그럴 자격이 없었다. 물론 그럴 마음도 없었다.

"좋은 연기 기대할게."

대답한 이도원이 유태일 감독이 있는 방향으로 고개를 끄덕였다.

이윽고 촬영이 시작됐고 유태일 감독의 사인과 함께 두 사람이 엔지가 났던 장면을 반복했다. 여전히 이도원은 나무랄 데 없는 연기를 보여주었다. 달라진 건 차지은이었다. 그녀는 인물에 완벽히 몰입했다. 달뜬 감정이 엿보이던 전과 달리 이도원을 생전 처음 봤고, 난데없는 데이트 신청에 황당해 하는 표정이 살았다.

'아주 좋아.'

이도원은 내심 미소 지었다. 연기가 끝나고 이도원이 말했다.

"봐, 할 수 있으면서."

달라진 건 차지은의 감정이 아니었다. 차지은의 연기였다. 그 말인즉 이도원에 대한 호감을 갖고도 얼마든 인물에 집중할 수 있다는 뜻이 된다.

이도원이 덧붙여 말했다.

"전까지 날 의식하느라 정신을 안 차리고 연기를 한 거야."

길을 가다 넘어지면 정신이 번쩍 들듯이, 차지은은 고백을 거절당하고 정신이 번쩍 든 것이다. 말하자면 이도원의 거절이 그녀에게 충격요법으로 적용한 셈이었다. 하지만……

"그걸 위로라고 해요?"

차지은은 기가 막힌 듯 물었다.

그 반응에 이도원은 멋쩍은 표정을 지었다. 유태일 감독이나 그 역시 이성을 향한 설렘이 어떤 감정인지 알고 있었다. 이전까지의 차지은이 타인의 어떤 충고나 지적도 들리지 않는 상태라는 것도 알고 있었다. 본인 스스로 마음가짐이 달라지지 않으면 시간이 얼마나 주어지건 공사 구분 없이 감정을 질질 끌다가 끝나고 말 거라는 판단을 했었다. 반면 차지은은 그걸 배려라고 생각하지 않았다.

"됐어요, 저를 위해 거절한 척하지 마세요."

그녀의 당당한 태도에 이도원은 불쑥 죄인이라도 된 기분이 들었다.

"그런 뜻은 아니었다."

말마따나 차지은을 위한 거절은 아니었다. 이도원의 감정이 차지은과 같지 않았고, 그래서 거절한 것뿐. 잠시 어색한 침묵이 감돌고, 망설이던 차지은이 말했다.

"그래도 감사해요. 오빠의 결정이 아니었으면 전 창피한 모습을 보였을 거예요. 이 많은 스태프들과 오빠에게도 피해를 줬겠죠."

이도원은 굳이 부정하지 않았다. 영화란 혼자 만드는 것이 아니었다. 수많은 스태프와 배우가 참여하고, 좋은 작품을 위해 매달린다. 차지은의 감정 하나로 인해 모두에게 피해가 간다면 그건 그녀에게도 좋지 않았다.

"어쨌든 앞으로 잘 부탁드립니다, 동료 배우님."

차지은은 가시 돋친 미소와 함께 악수를 청했다.

피식 웃은 이도원이 그녀의 손을 잡고 흔들며 대답했다.

"그래, 멋진 작품 하나 건지자고."

유태일 감독은 흐뭇한 미소를 그렸다.

'도박이었는데… 다행이군.'

그때 검은색 에쿠스 한 대가 현장으로 들어섰다.

차 문을 열고 모습을 드러낸 이는 바로 안유성이었다.

"안녕하세요, 선생님."

스태프들이 너도나도 인사를 했다.

안유성은 인사를 받아주며 모니터가 있는 곳으로 왔다.

그에 유태일 감독이 일어나 고개를 살짝 숙였다.

"안 선생님, 오셨습니까."

안유성은 그새 많이 핼쑥해져 있었다.

암에 걸린 사람은 빼빼 말라 죽어간다. 그리고 안유성이 그러한 과정을 온몸으로 보여주고 있었다. 그럼에도 그는 활기를 잃지 않고 직접 운전을 하고 연기를 한다.

"아, 유 감독. 내가 좀 일찍 왔군."

유태일 감독이 빙긋 웃으며 고개를 저었다.

"아닙니다, 애들이 잘해줘서 예정보다 금방 끝났습니다. 딱 맞게 도착하셨어요."

안유성이 마주 고개를 끄덕였다.

그때 분장팀이 안유성에게로 다가와서 메이크업을 했다. 그리고 마침 촬영을 끝낸 이도원과 차지은이 모니터로 와서 인사를 꾸벅 했다.

"안녕하세요, 선생님."

"선생님, 안녕하세요."

안유성은 고개를 끄덕이고 빙그레 웃었다.

"멀리서 봐도, 가까이서 봐도 선남선녀야."

그는 별뜻 없이 한 말이었지만 이도원과 차지은은 방금 전 고백이 생각나서 얼굴이 붉게 달아올랐다. 그런 반응을 수십 년 연예계 바닥에 있던 안유성이 놓칠 리 없었다.

"뭔가 있었나 보군."

유태일 감독이 시익 웃으며 말했다.

"좋을 때죠."

짓궂게 놀리는 유태일 감독을 안유성이 꾸짖었다.

"내가 보기에 자네도 좋을 때야. 누가 누구보고 좋을 때래? 그나저나 유 감독은 장가 안 가나?"

유태일 감독이 뜨끔해서 대답했다.

"여자가 있어야 가죠. 선생님이 한 명 소개해 주십시오."

안유성은 함박웃음을 그리며 물었다.

"내가 연락하는 가장 어린 처자가 마흔여섯 인가, 일곱인가 하는데 유 감독 연상 좋아하나? 아직 결혼도 두 번밖에 안 한 새색시야."

이도원과 차지은, 장비를 만지던 스태프들이 웃음을 터뜨렸다. 오로지 유태일 감독만 억지웃음을 지으며 고개를 저었다.

"괜찮습니다, 선생님."

그때 차지은이 까치발을 들며 이도원의 귓가에 대고 속삭였다.

"저번에 비해 많이 마르신 것 같네요. 어디 편찮으신가가 봐요."

작은 소리였기에 안유성에게까지 닿진 않았다.

이도원은 마음이 싸해져서 고개를 끄덕였다.

'확실히 많이 여위셨어.'

안유성은 하루가 다르게 여위어가고 있었다. 오죽하면 얼마 전 대본 리딩 때와 달라졌다는 것을 한눈에 알아볼 수 있을 정도였다. 그 말은 안유성의 상태가 날로 악화되고 있다는 의미기도 했다.

이도원이 무의식중에 근심 어린 표정을 드러내자 유태일 감독이 헛기침을 하며 사람들의 시선을 끌었다.

"그럼 콘티 설명하겠습니다."

조금 큰 소리에 이도원은 표정을 고쳤다.

이어서 유태일 감독의 콘티 설명이 쭉 이어졌다.

이번 장면에선 차지은이 빠지고 안유성이 들어온다. 이도원과 합을 맞추게 되는데, 그들이 할아버지와 손자의 정을 나누는 장면이었다. 먼저 '할아버지' 역할의 안유성이 치매로부터 잠시 의식을 회복한다. 그 틈에 이도원이 안유성과 대화를 나눈다. 이때 두 사람이 얼싸안고 오열하는 장면이 감정의 정점이었다.

"안 선생님은 여러 번 비슷한 역할을 하셨고, 특히 도원이가 잘 끌고 가야 돼."

유태일 감독의 당부를 들은 이도원이 고개를 끄덕였다.

이도원은 다소 굳은 표정이었다. 그는 아버지도, 할아버지도 일찍 돌아가셨기에 부정 비슷한 감정을 느껴본 적이 없었다. 그나마 비슷한 마음을 품은 상대라면 이상백이 그런 사람이었는데, 아무리 흡사해도 부정과 같을 수는 없었다.

'얼추 같은 정도로는 안 돼.'

이도원이 스스로 느껴본 적 없는 감정을 연기한다면 결코 이도원만의 연기를 할 수 없을 터였다. 흉내 내는 정도로는 껍데기만 있는 연기가 되어버리고 만다.

〈악마의 재능〉에서 살인범 연기를 했을 때나 〈우리의 심장〉

에서 오빠 역할을 했을 때와는 달랐다. 작은 감정을 확대시키는 것과 전혀 모르는 감정에 접근하는 건 완전히 다른 문제였다.

'아버지의 정……'

떠올리려 해도 이도원의 마음속은 텅 비어 있었다.

"잠시 시간을 주십시오."

이도원이 요청했다.

처음 보는 모습에 유태일 감독이 고개를 갸웃했다.

'자신감이 없어?'

유태일 감독이 봐왔던 이도원은 언제나 자신감이 넘쳤다. 그런데 지금 난색을 표하고 있었다. 의문이 든 유태일 감독은 고개를 끄덕이며 콘티를 보았다.

'연인 간 러브 씬만큼이나 흔한 장면인데, 왜지?'

유태일 감독이 안유성을 보며 물었다.

"선생님, 괜찮으시겠습니까?"

안유성은 고개를 끄덕였다.

"그건 유 감독의 판단이지, 난 괜찮네."

배우들이 흩어졌다. 이도원이 등을 돌리는 순간 유태일 감독이 불렀다.

"잠깐, 도원이는 얘기 좀 하자."

그에 이도원이 돌아서서 대답했다.

"네, 감독님."

그를 빤히 바라보던 유태일 감독은 고민 끝에 조심스럽게 물었다.

"왜 그래? 처음 보는 표정인데."

이도원은 고개를 저었다.

"아닙니다. 잠깐 어지러워서요. 십 분 정도 쉬면 괜찮아질 거예요. 저 때문에 대기 시간이 길어져서 죄송합니다."

유태일 감독은 긴 한숨을 내쉬었다.

"같은 작품을 만드는 시간만큼은 감독과 배우가 한 몸이 돼야 한다. 네가 굳이 말하고 싶지 않다면 따져 묻진 않겠지만… 지금까지 승승장구하며 만들어진 높은 자존심이 네게 독이 될 수도 있다는 점을 명심해라."

이도원은 고개를 끄덕였다.

말하려 해도, 그는 자신의 문제를 밝히는 데 미숙했다. 어디서부터 말해야 할지, 무슨 말을 해야 할지도 떠오르지 않았다. 모든 상황들을 술술 처리하던 모습은 사라지고 어리숙한 표정만 남았다.

그 순간 유태일 감독은 난데없이 소름이 돋았다.

'그래, 이게 스물셋. 아직 어린 이십 대 초반의 모습이지.'

지금껏 이도원이 보여준 모습들 때문에 나이를 잊고 있었다. 그는 항상 완벽하려 했고, 완전체에 가까운 모습만 보였다. 하지만 배우란 '완전한 인간'이 아니었다. 누구보다 쉽게 동화되고 불완전한 인간만이 다양한 역할들을 소화할 수 있다. 그걸 감추기 위해 화려함과 유명세로 무장할 뿐이다.

유태일 감독은 이 순간 이도원의 불완전한 부분을 끌어내야 한다고 느꼈다. 하지만 방법을 몰랐다. 그는 심리학자도, 정신과 의사도 아니었다.

'감독이 배우를 다루는 법.'

유태일 감독은 고민했다. 그리고 결정했다.

"촬영하자."

이도원의 표정에 균열이 생겼다.

그를 똑바로 마주 보며 유태일 감독이 덧붙였다.

"오래 기다린다고 해결될 문제는 아닌 것 같다."

그것으로 더는 아무 말도 하지 않고 모니터로 고개를 돌렸다. 상황은 결정됐고 이도원은 따르는 수밖에 없었다. 망설이며 카메라가 있는 곳으로 가는 이도원의 뒷모습을 지켜보며 유태일 감독은 회심의 미소를 지었다.

'안 선생님께 맡겨야지.'

상대 배우는 벽이 아니다. 연기를 주고받고, 호흡을 주고받는다. 그로인해 배우는 몰입한다. 자신이 가진 것 이상의 연기를 보여준다.

'지금까지 이도원은 혼자 연기를 했다. 상대가 반응하도록 유도하고 길잡이가 되어주었을지언정, 정작 자신은 반응하는 연기를 펼치지 못했어.'

유태일 감독은 확신했다. 그리고 이도원이 불안정한 지금이야말로 가장 좋은 연기를 만들 수 있는 적기라고 판단했다. 상대역이 안유성이라는 최고의 길잡이였기 때문이다.

*   *   *

이도원과 안유성은 복지관 바로 옆에 위치한 허름한 집 안으로 들어갔다. 이미 스태프들에 의해 촬영 준비가 모두 끝난 상태였다.

잇따라 모니터가 이동했고 유태일 감독이 두 배우를 바라보았다. 이도원은 복잡한 표정으로, 안유성은 담담한 얼굴로 간이 식탁에 마주 앉아 있었다.

"촬영 들어갑니다. 배우들 레디."

이도원은 집중하기 위해 눈을 감았다 떴다. 그때 유태일 감독이 신호를 보냈다.

"액션."

이윽고 이도원이 첫 대사를 뱉었다.

"할아버지, 오늘 우리 마을 회관에서 봤던 여자 어땠어요?"

이도원은 안유성의 숟가락을 들어 잘게 갈은 죽을 뜨며 물었다. 안유성은 멍한 눈으로 수저를 바라보며 도리질을 쳤다.

"나 안 먹을래. 엄마 보고 싶어. 엄마……."

들고 있던 숟가락을 내려놓은 이도원은 고개를 저었다. 그는 이내 안유성을 달래기 시작했다.

"할아버지, 밥 먹고 엄마 보러 가요. 응? 할아버지."

그때서야 안유성은 죽을 받아먹기 시작했다.

"꼭꼭 씹어 삼켜야죠. 그렇지."

죽이 반은 입에 남고 반은 입가로 흘렀다. 옷을 버렸고 이도원은 그때마다 휴지로 닦아주며 죽을 떴다. 그는 일상인 듯 태연하게 말을 이었다.

"내가 그 여자를 서울에서 본 적이 있거든? 확실하진 않은데… 내가 일했던 복지관에서 근무하던 사회복지사 같아요. 서울 살 땐 할아버지도 건강하고 참 좋았는데… 할아버지가 제일 힘들 거야. 그래도 난 할아버지를 보내줄 수가 없어요. 할아버지는 내 하나뿐인 가족이잖아."

긴 독백이었다.

이도원은 호흡을 조절하며 훌륭하게 소화했다.

그 순간 죽을 받아먹던 안유성의 눈에서 눈물이 주르륵 흘렀다. 초점이 잡힌 동공으로 바라보며 눈물짓는 모습에, 이도원의 숟가락질도 멈추었다.

"설마… 할아버지, 돌아온 거예요?"

안유성이 말없이 고개를 끄덕였다. 말을 뱉지 못하고 억눌린 호흡으로 끅끅 흐느껴 울었다. 이도원은 숟가락을 내려놓고 안유성에게로 다가가 그를 안았다.

"괜찮아, 괜찮아……."

안유성은 둑이 터진 듯 엉엉 울기 시작했다. 이도원 역시 눈물을 주룩주룩 흘렸다. 그때 유태일 감독이 컷 사인을 보냈다.

"엔지."

두 배우가 눈물을 닦았다. 분장팀이 다가와서 눈물 자국을 완전히 지웠다. 그 과정에서 안유성은 희미하게 웃으며 말했다.

"집중은 되는데, 몰입이 안 되나 보구나."

이도원이 놀란 표정으로 고개를 들었다. 안유성은 말을 이었다.

"내가 전에 말한 적이 있었지? 우리가 하는 연기는 사람 사는 이야기인데, 자네 연기에는 그게 빠져 있다고. 평소에 자기중심적인 성격인가?"

"네… 선생님."

"보기 드문 경우로군. 자기중심적인 배우는 적정선 이상 연기가 늘기 힘든데 말이야."

이도원은 말없이 안유성을 바라봤다. 설명을 요구하는 눈빛에 안유성이 대답했다.

"상대 배우에게 주의를 기울이지 않는 배우가 어떻게 연기를 하겠나? 실수를 해도 되니까 이번에는 자네 자신한테 집중하지 말고, 나한테만 집중해 보게."

이도원은 순응하기로 마음먹고, 고개를 끄덕이며 대답했다.

"알겠습니다."

"자네 자신이 전혀 모르는 감정이라도 상황과 배역에 완전히 몰입하면 얻을 수 있네. 우리가 연기를 할 때 진실된 감정이 나오지 않는다면, 그건 연기하는 순간 배역 그 자체가 되지 못한 걸세. 난 〈투사〉의 막바지 촬영 때 배역이 된 자네의 모습을 본 적이 있어."

이도원은 〈투사〉 촬영 때를 떠올렸다.

짚이는 것이 있었다. 그 당시 안유성의 경지를 쫓는답시고 쪽 대본이 아닌 대본 전체를 심도 있게 읽어가며 모든 인물에 몰입을 했던 적이 있었다.

'지금 그럴만한 시간이 없다면 상대역에 집중하면 된다.'

어차피 이도원 자신의 배역은 뼈에 새길 만큼 속속들이 분석하고 일체화시켰다. 굳이 애쓰지 않아도 감독의 사인이 떨어지면 저절로 몰입이 됐다. 따라서 이제부터는 자신을 버리고 상대인 안유성에게 집중해 볼 작정이었다.

상황을 지켜보던 유태일 감독이 말했다.

"준비되셨으면 다시 촬영 들어가겠습니다."

그 말에 따라 이도원과 안유성은 이전 그대로 자세를 바꾸었다. 두 배우가 모든 준비를 마치자 유태일 감독이 사인을 보냈다.

"레디, 액션!"

대사는 머릿속으로 떠올리고 치는 순간, 읽는 것이 되어버린다. 따라서 배우들은 촬영 전 대사를 완전히 자기 것으로 만든다. 그건 이도원 역시 마찬가지였고, 입에서 자연스러운 대사가 흘러나왔다. 다만 온 신경을 안유성에게 집중했다. 우리가 대화를 나눌 때 상대방에게 모든 정신을 쏟듯이 이도원도 그랬다.

대사가 오가고 안유성이 치매 기운을 벗어나 잠시 정신이 돌아왔다. 별말 없이 고개를 끄덕인 안유성이 흐느꼈다.

순간 텅 비었던 이도원의 가슴속으로 뭉클한 감정이 훅 들어왔다. 이도원의 심장이 덜컥 내려앉았다.

"아……."

참고 참아서 가슴속에 딱딱하게 뭉쳐버린 덩어리가 입술을 비집고 가늘게 새어나왔다. 설움과 기쁨이 범벅된 감정은 안유성이 언제 다시 정신 줄을 놓을지 모른다는 불안감으로 뻗어나갔다. 그 끝에서, 이도원은 들고 있던 숟가락을 놓쳤다.

달그락!

안유성의 주름살, 눈물, 전신의 떨림을 통해 뿜어진 감정이 이도원을 흠뻑 적셨고, 이도원은 자리에서 일어나 끌리듯 안유성에게로 다가갔다.

"할아버지……!"

이도원은 안유성을 껴안았다. 그는 엉엉 울음을 터뜨리는 안유성의 어깨에 얼굴을 파묻고 조용히 말했다.

"제발… 다시 떠나지마. 제발… 제발."

감정이 해일처럼 현장을 휩쓸었던 한 장면이었다. 유태일 감독
과 스태프들의 심장이 쪼그라들 지경이었다.

유태일 감독은 엄지와 중지로 딱! 소리를 내며 외쳤다.

"컷! 오케이!"

안유성이 빙그레 웃으며 품에 안긴 이도원의 등을 두드렸다.
이도원은 그때까지도 감정의 잔재가 남아 흐느끼고 있었다.

"자, 가서 모니터링하자."

안유성의 말을 듣고 나서야 품 안에서 벗어난 이도원이 고개
를 끄덕였다. 선배와 후배, 한 길을 가는 두 배우가 나란히 모니
터로 다가오고 있었다.

'이 장면을 카메라에 담았어야 했는데.'

다행히 그런 생각을 품은 건 유태일 감독만이 아니었다. 스틸
컷을 촬영하는 현장 막내가 카메라 플래시를 터뜨렸다.

"최곱니다."

현장 막내는 카메라에서 눈을 떼며 엄지를 세웠다.

마티니(Martini : 그날의 마지막 샷)는 여러모로 베스트 컷이었다.

〈바람〉의 다음 촬영이 일주일 간 미루어졌다. 안유성의 병세
가 악화돼 잠시 촬영이 중단된 것이다. 다른 장면부터 작업을 해
도 됐지만 유태일 감독은 굳이 그러지 않고 배우들에게 휴식을
주었다. 때마침 이도원과 차지은도 브로드웨이에 진출할 뮤지컬
〈영웅〉 단체 연습이 잡혔기 때문이다.

이도원은 불편한 표정으로 밴 안에 있었다. 한없이 무거운 분위기로 앉아 있는 그를 보며 오준식이 물었다.

"안 선생님 때문에 그러지?"

이도원은 고개를 끄덕였다.

안유성과는 〈투사〉 때보다 〈바람〉에서 더 가까워졌다. 리딩을 제외하면, 단 한 씬 연기 호흡을 맞춘 것에 불과했지만 배역 자체가 '할아버지와 손자' 관계였다. 그 감정을 고스란히 주고받다 보니 마음의 거리는 쉽게 단축됐다. 작품에서 한 번 '가족'으로 호흡을 맞춘 배우들끼리는 마치 실제 가족인양 각별한 정이 들게 마련이다.

'괜찮으실까?'

이도원은 답답한 마음으로 창밖을 내다봤다.

'괜찮으실 리가 없지.'

연기 자체가 무리가 될 수밖에 없다. 웃음 치료 목적의 가벼운 오락극도 아니고, 촬영 현장에서 감정 폭이 큰 연기를 해내는 건 건강한 사람도 진이 빠지는 일이었다.

"안 선생님 입원해 계신 곳이 어디라고 했지?"

이도원의 물음에 오준식은 고개를 저었다.

"나야 모르지."

"차 좀 세워봐."

이도원이 말하자 오준식이 대로변에 차를 댔다. 그러자 이도원은 전화를 걸어 안유성이 입원한 병원을 알아보았다. 비록 밴은 연습실로 가는 길이었지만, 오늘은 정규 연습이 아닌 자유 연습이었다.

이도원이 전화를 끊고 말했다.

"오늘은 연습 쉬고 안 선생님 병문안 가는 걸로 하자."

오준식은 걱정스러운 얼굴로 중얼거렸다.

"아직 영어 발음도 안 돼서 다른 단원들에게 피해를 주고 있는 것 같던데, 연습을 빠지면 공연은……."

오준식이 끝을 흐리며 말을 돌렸다.

"…잘 될 거야! 그래! 사람 사는 게 그런 게 아니지! 연습을 해도 사람 사는 도리는 지키고 해야지. 암."

심각한 이도원의 표정을 본 것이다. 오준식은 다시 운전대를 잡았다.

"차 돌리겠습니다."

이도원은 고개를 끄덕이며 생각에 잠겼다. 사람 사는 것처럼 살라는 안유성의 한마디가 뇌리에서 떠나지를 않았다.

'너무 앞만 보고 달려왔나.'

밴은 안유성이 입원한 병원으로 갔다. 병실 밖에는 이미 많은 사람들이 다녀간 듯 선물들이 가득했다. 그리고 뜻밖의 얼굴도 와 있었다.

"오빠 무조건 연습 나갔을 줄 알았는데… 그래서 같이 오자고 안 했어요."

이도원을 발견한 차지은이 놀란 표정으로 말했다. 이도원은 쓰게 웃었다.

'내가 그렇게 보였나?'

그는 내색하지 않고 물었다.

"놀랐겠다, 몰랐었지?"

차지은은 고개를 끄덕였다. 그녀가 조금쯤 원망스러운 표정으로 탓했다.

"그래도 언질정도는 해주지 그랬어요?"

"안 선생님이 비밀로 하길 원하실 수도 있으니까."

"그래도요……."

끝을 흐린 차지은이 말을 돌렸다.

"빈손으로 온 거예요? 하긴, 오빠가 선물이죠, 뭐."

차지은은 어색하게 웃으며 말을 이었다.

"들어가 보세요. 아마 선생님도 좋아하실 거예요."

이도원은 고개를 끄덕이고 병실 문 앞에 서자 막상 문고리를 돌리기가 망설여졌다. 그 상태를 눈치챈 차지은이 물었다.

"같이 들어갈까요?"

그녀는 이도원의 대답을 듣지도 않고 문고리를 돌렸다. 문이 열리자 안유성이 누워 있었다. 의외로 아무 의료기기도 달고 있지 않았다.

"누가 왔나 좀 보세요, 선생님!"

차지은이 밝게 말하며 이도원에게 속삭였다.

"걱정하던 것보단 괜찮으시죠?"

이도원은 고개를 끄덕이고 안유성에게 다가갔다. 안유성이 침대에서 상체를 일으키며 미소 지었다.

"지은이가 넌 절대 안 올 거라고 하던데……."

이도원이 차지은을 흘겨봤다. 차지은은 혀를 쏙 내밀며 고개를 돌렸다. 그녀는 주섬주섬 병실을 정리하고는 말했다.

"그럼 전 이만 자리를 피해드리겠습니다! 두 분 말씀 나누세요."

안유성이 고개를 끄덕이자 차지은이 병실을 떠났다. 이도원은 침대 곁에 어색하게 앉았다. 어떤 말을 해야 하나 싶어서 아무 말도 하지 않았다. 괜찮냐고 안부를 묻기에는 살이 쪽 빠진 모습이 병세를 말해 주고 있었다. 이도원이 침묵을 지키자, 안유성이 먼저 입을 열었다.

"브로드웨이에 갈 뮤지컬을 준비하고 있다고?"

"예, 선생님."

"곧 넓은 세계로 나가겠구나."

"그러고 싶습니다."

이도원을 투명한 눈빛으로 빤히 보던 안유성은 고개를 끄덕였다.

"좋지, 젊은이의 야망은 언제나 아름다운 법이야. 열정과 노력이 뒷받침되는 자네라면 충분히 이룰 수도 있을 테고."

안유성은 침대에 기대며 말했다.

"내가 입원한 곳은 국내 제일이라는 병원의 일등실이지. 지난 며칠 간 이곳에 내놓으라하는 유명 인사들이 왔다갔네. 그중에는 성공한 감독과 배우, 기획사 대표도 있었지. 내가 헛살지는 않았다는 생각이 들더군. 하지만 날 찾아올 가족은 한 명도 없어."

빙그레 웃은 안유성이 물었다.

"어떻게 생각하나? 야망은 시간과 노력만 있으면 이룰 수 있지만, 세상에는 시간과 노력으로 살 수 없는 것들도 많다는 것을 말이야. 나는 자네가 그 귀한 것들을 놓치지 않길 바라네."

이도원은 잠시 숙였던 고개를 들며 물었다.

"하필 왜 제게 이런 충고를 하세요?"

늘 궁금했던 점이고 마침내 용기를 내어 물었다.

그에 안유성이 밤하늘의 별처럼 눈을 반짝이며 대답했다.

"자네는 곧 최고의 자리에 올라갈 테니까. 막상 자넬 보고 남들이 최고라고 부르기 시작하면 얻는 것보단 잃는 것들이 많아지겠지. 그 허울을 지키려고 많은 세월을 허비한 사람으로서… 자네가 그렇게 되길 원치 않네. 최고의 배우는 없어. 최고의 순간이 있을 뿐."

＊　　　　＊　　　　＊

병원에서 연습실로 가는 길 이도원은 깊은 생각에 잠겼다.

안유성은 말했다.

'최고의 배우란 없다. 최고의 순간이 있을 뿐.'

이도원은 안유성을 생각하며 〈바람〉에서 촬영했던 장면을 떠올렸다. 안유성 덕분에 극복을 해냈지만 공감할 수 없는 감정과 직면했던 그 순간.

'아버지라.'

기억에는 없는 얼굴이었다.

물론 어머니는 언제나 아버지를 그리워했다. 잠자던 중 새벽에 괴이한 신음이 들려오면, 이도원이 안방으로 찾아가 깨우고는 했다. 그때마다 어머니는 눈물을 닦으며 꿈에서 아버지를 만났다고 했다. 그런 어머니의 모습을 떠올리자 이도원은 가슴 한구석이 찌릿했다.

'그러고 보면 아버지 기일에도 어머니만 아버지를 추억했지, 누나나 나는 아버지에 대해 조금의 감정도 느끼지 못했어.'

남매가 옹알이를 하던 때 돌아가셨으니 감정이 남았을 리 만무했다. 이도원은 지갑을 꺼내 주민등록증 뒷면에 붙여둔 사진을 보았다. 그곳에도 아버지는 없었다. 이도원은 싱숭생숭한 기분으로 오준식에게 불쑥 물었다.

"너도 할머니, 동생들과 산다고 했지?"

"응? 응."

오준식이 대답하자 이도원이 재차 물었다.

"부모님에 대한 기억은 있어?"

"있지, 왜?"

"난 아버지에 관한 기억이 하나도 없거든. 그래서 부자(父子)간의 감정을 잘 모르겠다."

이도원의 말을 들은 오준식이 곰곰이 생각하다 물었다.

"사진은 본 적 있고?"

"몇 번."

"넌 어머니가 아버지 역할을 대신 하셨으니까 모자간의 정과 비슷하지 않을까? 아버지 사진을 찾아봐. 그럼 뭔가 떠오르는 게 있을 거야. 아무리 오랜 시간이 지나고 기억에서 희미해져도 감정은 남아 있더라고. 사진을 볼 때마다 느껴지는 묘한 기분이 있어."

이도원은 고개를 끄덕였다.

'안 선생님의 호흡을 받아들이는 것만으로는 부족해. 부정의 빈자리가 내게 미친 영향은 분명히 있다.'

이도원은 자아성찰을 해보았다.

'어려서부터 엄만 일을 나가셨어. 언젠가부터 세상을 혼자 살

아가야 한다는 생각을 하게 됐지. 그때부터 점차 나 자신을 제외한 모든 것들에 무관심해졌다.'

지금도 자신의 성공만을 위해 달리고 있다. 그 외에 것들은 이도원에게 부수적인 부분에 불과했다.

다시 한 번 안유성의 말이 떠올랐다.

'최고의 배우란 없다. 최고의 순간이 있을 뿐.'

이도원은 무언가 잘못 흘러가고 있다는 것을 깨달았다.

'내가 원하는 건 배우로서의 성공인가? 아니면 연기를 하는 순간인가?'

처음에는 소리를 되찾고 연기를 마음껏 할 수 있다는 사실만으로도 만족스러웠다. 하지만 유명세를 얻고 활동을 시작하면서 언젠가부터 연기하는 즐거움보다 영화가 흥행할 것인가에 대해 더 신경을 쓰게 됐다.

정한 길로 정신없이 달리다 보니 뜻하던 곳과 전혀 다른 장소에 와 있는 기분이 들었다. 이도원은 지금이 다시 출발점으로 돌아가야 할 시점이라고 느꼈다.

'이대로는 안 돼. 내가 배우가 되고 싶었던 건 연기를 하고 싶어서다. 그러니까 연기를 하고 싶은 건 열정이다. 하지만 최고의 배우가 되고 싶은 건, 마음의 독일뿐이야.'

이도원이 깊은 생각에 잠겨 있는 것 같아 오준식은 방해하지 않았다. 그리고 한 시간이 좀 안 돼서 밴은 대학로 연습실에 도착했다. 이도원은 생각을 정리하며 차 문을 열고 내렸다.

"오늘은 먼저 들어가."

건조한 목소리로 오준식에게 말한 이도원은 연습실 안으로

들어갔다. 엘리베이터에서 내리자 열띤 열기가 문밖까지 훅 밀려
왔다.

"이거야."

이도원은 저도 모르게 중얼거렸다.

그때 뒤에서 누군가 등을 툭 밀었다.

"뭐가 이거야? 연습도 빼먹고 놀다 와서는."

이도원이 뒤돌아보자 신용운이 서 있었다.

"아, 선생님."

대답하는 이도원의 두 눈을 빤히 바라보던 신용운이 피식 웃
었다.

"눈이 반짝이는 게 놀다 온 것만은 아닌가 보구나. 어서 들어
가서 연습해라. 다들 기다리고 있을 테니까."

"예."

이도원은 짧게 대답했다.

안으로부터 영어로 된 노랫말이 흘러나왔다. 이제 몇 달 후면
이곳으로부터 일만 킬로가 넘게 떨어진, 전혀 다른 문화와 언어
를 가진 곳에서 연기를 펼치게 된다. 브로드웨이로 진출하는 건
이도원에게는 새로운 도전이었다.

이도원은 네 시간을 쉴 틈 없이 연습했다. 웜업부터 움직임,
노래 연습까지 마치자 땀이 폭포처럼 쏟아졌다. 잠시도 쉬지 않
는 그의 모습을 보며 단원들은 절로 고개를 저었다. 그중 가장
흐뭇해하는 건 이도원과 더블 캐스팅으로 공연할 정태화였다.

'전혀 뺀질대지를 않는군.'

처음에는 단원들 대부분이 이도원에 관한 선입견을 갖고 있었다. 이도원은 전문적인 뮤지컬 배우도 아닐뿐더러 한창 주가를 올리고 있는 상황이었다. 다른 단원들은 그런 이도원이 뮤지컬까지 영역을 넓히려 하자 불편하고 탐탁찮았다. 그런데 직접 연습에 참여하는 태도를 보고 나서 오해를 풀 수 있었다. 이도원은 단원들 중 누구보다 열심히 참여했으며 배우려는 자세로 임했다.

차지은은 땀 흘리는 그를 보며 남몰래 미소 지었다.

'이기적인 구석이 있긴 해도, 역시 멋져.'

그때 이도원이 그녀에게로 고개를 돌리며 말했다.

"영어 알려줘."

차지은은 영어를 잘했다. 그래서 가끔 이도원에게 조언을 했는데, 그때부터 줄곧 만날 때마다 일대일 과외를 요청하고 있었다.

"…네."

같은 단원인데다 이도원을 좋아하는 차지은은 거절하지 못했다. 오히려 연습 시간을 줄여서라도 이도원에게 영어 과외를 해주었다.

"실력이 부쩍부쩍 늘긴 하는데 그래도 기초부터 하기에는 시간이 부족해요. 왜 굳이 기초부터 하려는 거예요?"

뮤지컬에 나오는 노래나 대사만 집중적으로 파고들어서 완전한 자신의 것으로 만들면 충분히 좋은 연기를 보여줄 수 있다. 그리고 실제로 대부분의 단원들이 그렇게 하고 있었다. 그런데 이도원은 꼭 기초부터 다잡겠다고 고집을 부렸다. 이도원은 그 부분에 대해 설명했다.

"어설퍼 보이기 싫어."

이도원이 생각하는 배우란 결과물을 보이는 직업이었다. 배우는 관객에게 최고의 연기를 선물해야 한다. 과정이 어떻든 중요한 건 그것이다.

"그래서 너한테 일대일 과외도 받는 거고."

이도원이 차지은의 눈을 똑바로 쳐다봤다. 반짝이는 눈빛에는 열정이 가득했고, 의지를 굽힐 생각은 털끝만큼도 없다는 확고한 결심이 전해졌다.

작게 한숨을 내쉰 차지은은 고개를 끄덕였다.

"진짜 열심히 해야 돼요."

두 사람은 딱 붙어 앉아 두 시간 동안 영어 공부를 했다. 이도원은 한쪽 귀에 이어폰을 꽂고 영어를 들으며, 눈으로는 영어 지문을 훑었다. 온힘을 다해 집중하는 이도원을 차지은이 곁에서 힐끗거렸다.

'나보고 어떡하라고?'

차지은은 절로 그런 의문이 들었다. 자신의 마음을 거절하고 당당하게 과외를 해달라고 요청하는 것도, 자꾸만 함께 있는 시간이 늘어나는 것도 기쁨 반, 부담 반이었다. 그럼에도 그녀는 매번 거절하지 못했다.

그날 영어 공부를 마친 이도원이 불쑥 물었다.

"아까 연기하는 것 보니까 조급해 보이던데… 요즘 고민 없어?"

차지은은 뜨끔했다.

그녀는 요새 들어 마음이 급했다. 영화도, 뮤지컬도 이도원과 함께하다 보니 그의 연기력에 보조를 맞추고 싶었고 그런 심리가 연기를 할 때마다 표출됐다. 이런 문제점을 솔직히 고백하기로 마음먹은 차지은이 입술을 깨물며 대답했다.

"자꾸 마음이 급해요. 연기를 하고나면 늘 엉망인 것 같고 전혀 만족스럽지가 않아요."

곰곰이 생각하던 이도원이 손목시계를 보더니 물었다.

"시간도 적당하고… 오늘 밤낚시 갈래?"

뜻밖의 제안을 받은 차지은은 당황한 표정으로 되물었다.

"밤낚시요?"

그녀는 속으로 생각했다.

'영화보잔 것도 아니고, 술 한잔 하자는 것도 아니고, 갑자기 무슨 낚시……'

낚시는 취향이 극명하게 갈린다. 낚시를 좋아하는 남자는 많아도, 낚시에 취미가 있는 여자를 찾아보긴 힘들다. 그건 차지은도 마찬가지였다. 하지만 한 번도 가보지 않았다면 좋은지 싫은지는 알 수 없는 일. 그녀는 이도원과 함께하는 모든 것들이 싫지 않았다.

"저 장비 이런 거 아무것도 없는데……"

이도원이 씨익 웃으며 대답했다.

"낚시터 가면 빌려주더라고. 나도 몇 번 안 가봤어. 생각할 게 있을 때마다 가면 마음도 차분해지고 좋더라."

이도원은 이상백과 낚시터를 다녀온 뒤 두어 번 더 갔던 적이 있었다. 낚시터를 자주 찾진 못했지만 요즘처럼 생각이 많아질 땐 마음을 비우고 자신을 돌아볼 수 있는 계기가 되어주었다.

이도원의 제안을 받은 차지은은 결국 고개를 끄덕였다.

"알겠어요, 엄마한테는 촬영한다고 뻥 쳐야겠네요."

다 큰 처자가 남자와 단둘이 밤을 샌다는데 환영할 부모는 없었다. 하지만 상대가 상대이니만큼 차지은은 큰 결심을 했고, 이도원은 굳이 말리지 않았다.

낚시터는 그때 그 자리에 있었다.

밤낚시였기에 이도원과 차지은은 눈에 띄는 걸 피할 수 있었다. 운전은 면허가 없는 이도원 대신 차도 있고 면허도 있는 차지은이 담당했으며 장비를 빌리거나 먹을 것을 살 땐 이도원 혼자 내려서 움직였다. 사람들의 눈을 피해 두 유명인이 함께하기에는 좋은 취미 같았다.

'영 불편하네. 면허 따야지.'

이도원은 속으로 구시렁거리며 자리를 펴고 차지은과 나란히 앉았다. 반면 차지은은 앉자마자 하품이 쏟아졌다.

'이게 뭐야?'

속에선 불만이 치밀었다.

이도원은 피식 웃으며 목소리를 낮추고 말했다.

"낚시하는 법 알려줄게."

그는 몇 번 낚시를 왔을 때도 정작 물고기는 낚지 못했다. 주구장창 생각만 하다 돌아갔다. 이론만 알지 실전은 영 꽝인 것이다. 물론 그런 사실을 모르는 차지은은 이도원의 설명을 집중해서 들으며 그대로 따라했다.

그리고 머지않아 붕어를 한 마리 낚았다.

"어?"

이도원은 절로 당황한 음성을 뱉었다.

그 뒤에도 차지은은 십 분에 한 마리 꼴로 붕어를 낚았다. 이도원의 찌는 미끼로 뭐를 걸든 감감무소식이었다.

"오빠 낚시 진짜 못 하네요."

차지은이 눈을 가늘게 뜨고 놀렸다.

이도원은 당황한 내색을 하지 않고 등을 편히 기대며 거드름을 피웠다.

"낚시는 고기를 낚는 게 아니야, 마음의 여유를 낚는 거지."

어쨌든 차지은은 의외로 재능이 있어 지루하지 않게 됐다. 그녀는 이도원을 바라보며 물었다.

"오빠. 계속 궁금했는데, 왜 제 고백을 거절한 거예요?"

차지은에게 대시를 하는 동종업계 배우며 가수들은 줄 세워서 연병장 두 바퀴였다. 그녀가 바보가 아닌 이상 자신의 인기를 모를 리 없었다.

그 질문에 이도원은 머쓱하게 대답했다.

"난 누군가를 생각하고 챙기기에는 마음의 여유가 없거든. 요즘은 쉽게들 만나고 헤어지지만 난 연애가 쉬운 거라고 생각하지 않아. 어떤 것보다 많은 감정과 시간이 들어가는 일이지."

이도원은 타임 슬립 전을 떠올렸다.

인기가 없던 건 아니었지만 이도원은 언제나 연기만을 생각하며 연인에게는 뒷전이었다. 때문에 매번 이별했고, 그 당시의 일은 지금도 어떤 벽으로 작용했다. 그 같은 심리를 구구절절 설명해줄 수도 없는 상황에 처한 이도원은 이어지는 차지은의 말을 듣기만 했다.

"오빠, 연애는 일이 아니에요. 이성적인 게 아니라고요. 저도 저 싫다는 사람을 집요하게 물고 늘어지고 싶은 생각 없어요. 하지만 제가 받은 거절이 오빠 스스로 가진 트라우마나 방어 본능 때문이라면 좀 억울할 뿐이죠."

이도원이 머쓱하게 웃으며 말을 돌렸다.

"그 문제는 나중에 이야기하자. 그나저나 네 고민이나 말해봐. 아까 마음이 조급하다고 했던 것."

"다른 이야기가 아니에요. 오빠 영향도 있다고요."

대답한 차지은은 담담하게 말을 이었다.

"제 감정 때문인지, 원래 그런 건지는 모르겠어요. 오빠가 연기하는 걸 보면 저도 어서 그 수준까지 올라가서 호흡을 맞추고 싶어요. 오빤 하루가 다르게 발전하는데 전 계속 제자리인 것 같고, 제 마음과는 반대로 가는 기분이에요."

이도원은 묵묵히 고개를 끄덕였다. 대답이 없자 차지은이 재차 말했다.

"오빠가 도와줄 수 없는 부분이죠. 저 스스로 극복해야 될 문제예요. 오빠가 항상 그러듯이."

"내가?"

"남의 도움 안 받잖아요."

이도원은 할 말을 잃었다. 결과적으로 도움을 받았지만 그녀의 말대로 스스로 나서서 요청한 적은 없었다. 누군가에게 의지한 적도 없었다. 항상 혼자 생각하고, 혼자 판단하고, 혼자 움직였다.

그때 차지은이 쐐기를 박았다.

"세상 혼자 사는 사람 같아요."

*   *   *

차지은의 일침을 들은 이도원은 한참이나 생각에 잠겼다. 새벽 세 시가 넘어갈 무렵 이도원은 따뜻한 믹스커피 한 잔을 타서 차지은에게 내밀었다.

차지은이 받아 후루룩 마셨다.

그 모습을 빤히 보던 이도원이 중얼거렸다.

"아직 밤은 쌀쌀하네."

"네, 제가 추위를 많이 타서 그런지도……."

하긴, 추위를 많이 타지 않는 이도원은 별로 춥지 않았다. 고개를 끄덕인 이도원이 조심스럽게 말을 건넸다.

"사람이 바뀌는 게 가장 어렵다고들 하지."

"그렇죠."

차지은이 눈을 동그랗게 뜨고 대답했다.

"오빠가 바뀌라는 건……."

"아니."

이도원이 말을 자르며 덧붙였다.

"난 연기에 완전히 빠져 있었다. 난 지금껏 앞만 보고 달렸지. 하지만 깨달았어. 내가 쫓고 있었던 게 신기루였다는 걸."

이도원은 묵묵히 생각에 잠겼다.

그를 보며 차지은은 입을 다물었다. 혼자 생각할 시간이 필요해보였기 때문이다. 이도원이 상념에 빠져 있는 동안, 차지은은 저수지를 바라보았다.

'생각보다 나쁘지 않네.'

처음에는 지루할 거라고만 생각했었다. 그런데 의외로 분위기가 마음에 들었다. 정적이 감도는 저수지는 철저히 혼자된 기분을 선사했다.

어스름하게 날이 밝아왔다. 이도원은 옆을 보았다. 차지은이 새근새근 잠이 들어 있었다.

'앉아서 잘도 자네.'

이도원은 피식 웃으며 그녀를 깨우지 않았다.

'마음의 여유, 상대를 배려하는 연기.'

성공을 위해 달리기보다 순간을 즐기는 것.

이도원은 맑게 개는 하늘을 보았다.

영화 〈바람〉의 촬영이 다시 시작되었다.

경기도 촬영 현장과 대학로 연습실을 오가며 생활하던 와중, 이도원은 짬을 내서 차수희가 있는 미래정신과의원을 방문했다. 전에는 빈손이었지만 이제는 과일 바구니를 들고 찾았다.

"뭘 이런 걸 다."

차수희가 빙긋 웃으며 말했다.

이도원은 병원 내부를 둘러보며 대답했다.

"인테리어가 좀 바뀌었네요? 지난번 사건 때도 도움을 받았고, 꼭 감사하단 말씀을 드리고 싶었어요."

"네가 오빠 때문에 억울한 상황에 처했고, 당연히 해야 될 일을 했을 뿐인데 그렇게 말해주니 고맙네."

차수희는 오히려 미안한 표정을 지었다. 이도원은 차수희와 차지은 자매와 장남인 차기열 회장을 나란히 떠올려보았다.

'분위기가 참 달라.'

이도원은 속으로 생각하며 말했다.

"오늘은 상담 받으러 왔습니다."

"오랜만의 상담인데?"

이도원이 가볍게 웃으며 대답했다.

"자주 상담 해주셨잖아요."

"하긴, 그러긴 했어. 처음 봤을 땐 고등학생이었는데 벌써 군대도 갔다 오고… 나만 나이를 먹는 것 같은데, 너나 지은이를 보면 정말 세월이 빠르긴 하다."

"저도 지은이 보면 그런 생각해요. 처음 봤을 땐 중학생이었는데 이제 어엿한 숙녀라니까요?"

"애어른 같은 건 여전하네."

대답한 차수희가 물었다.

"내가 올 해 서른둘이니까… 도원이가 몇 살이지?"

"스물셋이요."

이번에는 서로 놀랐다. 이도원은 이십 대 후반이었던 차수희가 벌써 서른을 넘은지 두 해나 되었다는 게 놀라웠고, 차수희는 열일곱 살이었던 이도원이 벌써 스물셋이 됐다는 데 놀랐다. 그도 그럴 것이 첫 만남 이후 벌써 육 년이란 시간이 흐른 것이다.

세월 이야기를 하면 무조건 나이 많은 쪽이 손해다. 고개를 저은 차수희가 말을 돌렸다.

"그래, 오늘은 어떤 문제야?"

이도원이 고민 끝에 대답했다.

"자기중심적인 성격을 좀 고치고 싶어서요."

"중요한 건 네 천성이 무엇인지에 대해 아는 거야. 환경적인 변화든, 천성이든 성격 자체를 완전히 고칠 수는 없겠지만… 네 본모습으로 돌아가서 네가 느끼는 문제점들에 대해 하나씩 돌아보다 보면 내재돼 있던 새로운 면모를 발견할 수 있을 거야."

"제 본모습을 돌아본다고요?"

"응. 모든 심리 치료의 기본은 상대의 말을 듣는 거야. 넌 나한테 편하게 속에 있는 말을 모두 하면 돼. 네게 솔직해져야 너 스스로 방향성을 제시할 수 있어. 난 네 스스로 방향성을 찾을 수 있도록 살짝 밀고 당겨주는 정도에 불과하지."

이도원은 흥미가 생겼다.

차수희가 말을 이었다.

"네 앞에 내가 앉아 있다고 의식하지 말고, 날 공기같이 여기고 모든 걸 털어놔. 산 정상에서 시원하게 소리 지르듯이. 내 눈치를 살필 필요도, 존댓말을 할 필요도 없어."

의자에 등을 묻은 차수희가 편하게 기다렸다.

째깍째깍 초침이 움직이는 소리가 들려왔다. 이도원은 지금 순간 관객 앞에서 연기를 시작할 때보다 더 망설여졌다.

'왜 이러지?'

보이지 않는 청 테이프로 입을 틀어막은 듯 선뜻 목소리가 나지 않았다. 입을 열었다 닫기를 여러 번, 거의 삼십 분이 다 될 즈음 겨우 이도원의 목소리가 흘러나왔다.

"어렸을 때부터 난 어머니, 누나와 함께 살았죠……."

경기도 광주 〈바람〉 촬영지.

이도원은 떨리는 마음으로 현장에 도착했다.

떨리는 이유는 간단했다. 오늘 촬영에는 차지은과 애틋한 장면이 들어가는 씬이 있었고, 그 뒤에는 안유성과 함께하는 마지막 촬영이 기다리고 있었다.

차문을 열고 내리자 차지은과 안유성이 이야기를 나누는 모습이 보였다.

'왜 선생님께서 벌써 오셨지?'

아직 안유성과 들어가는 씬까지는 시간이 많이 남아 있었다. 그럼에도 안유성은 먼저 와서 구경을 하고 있는 것이다.

"음……."

안유성과 거리가 좁혀질수록 이도원은 헛바람을 집어삼켰다. 안유성은 차마 두 눈 뜨고 볼 수 없을 정도로 뼈만 남은 모습이었다. 그는 말할 힘도 남아 있질 않은지 이도원을 보며 손을 흔들었다.

차지은은 애써 밝은 표정과 말투로 말했다.

"오빠, 이쪽이에요!"

잠깐 걸음을 멈췄던 이도원이 다가갔다.

안유성은 창백한 얼굴이었다. 해골 같은 모습을 한 채, 쉿소리가 나는 목소리로 이도원을 반겨주었다.

"조금 늦었구나."

"예, 선생님."

이도원은 마음이 먹먹해졌다. 그동안 차수희에게 치료를 받으며 점차 감성이 자극된 상태였다. 이도원은 눈시울이 뜨거워지려는 걸 참으며 고개를 떨어뜨렸다.

안유성은 현장으로 시선을 돌리며 물었다.

"오늘은 두 사람이 애틋한 연기를 한다지? 기대되는 장면이야."

머지않아 촬영장이 정리됐고 유태일 감독이 다가왔다. 그는 안유성을 보며 고개를 가볍게 숙여보이고는 안타까운 감정을 내색하지 않고 말했다.

"배우들 준비해 주세요."

그들을 지나친 유태일 감독이 모니터로 가서 앉았다.

이도원과 차지은은 안유성에게 인사를 하고 카메라가 향한 곳으로 갔다. 두 배우가 마을 회관 앞 벤치에 나란히 앉자 유태일 감독이 촬영 지시를 내렸다.

"카메라 롤."

카메라가 작동하고 이도원과 차지은이 시선을 주고받았다. 준비가 끝나자 이도원이 고개를 끄덕였고, 유태일 감독이 신호를 보냈다.

"레디, 액션."

차지은은 조금 떨어진 아름드리나무를 보다가 눈을 감았다. 바람이 불어와 차지은의 앞머리를 넘겨주었다. 턱을 조금 치켜들고 바람을 쐬며 그녀가 속삭이듯 말했다.

"질문이 있어요."

차지은의 모습은 청초하고 아름다웠다. 그녀가 자아내는 분위기를 고스란히 받아들인 이도원은 가슴속에 작은 불씨를 지폈다. 그건 '애정'이라는 불씨였다. 이도원이 애틋한 눈빛으로 바라보자 차지은이 물었다.

"왜 하필 나예요?"

이도원은 미소 지으며 대답했다.

"그쪽을 처음 봤을 때 너무 예뻐서 이 세상사람 같지 않았어요. 하지만 그게 다는 아니에요. 난 평생 허전하게 채워지지 않는 구석이 있었어요. 그런데 그걸 그쪽이 채워줬어요."

"내가요?"

차지은이 풋풋한 웃음을 터뜨리며 물었다.

"아직 날 잘 모르잖아요?"

차지은의 표정과 목소리를 들으며 현장의 모두는 알 수 있었다. 나이 때문일 수도 있겠지만 지금까지 그녀는 가족이나 청소년 드라마를 주로 촬영했다. 누군가의 딸, 여동생, 친구⋯⋯. 하지만 그녀에게 가장 꼭 맞는 옷은 멜로였다. 아무것도 모르는 듯 백치미가 엿보이는 표정은 맑고 단단한 목소리에 녹아들어 청순한 이미지로 만들었다. 단숨에 〈바람〉의 '차지은'이란 배역과 완벽히 일치했다. 심지어 상대역인 이도원조차 차지은의 연기에 이끌려 녹아들었다.

"지금 확신했어요. 그쪽은 같이 있는 것만으로 내 가슴에는 열정을, 마음에는 평화를 줘요."

'지금 확신했어요'라는 대사는 이도원의 애드리브였다. 작은 차이였지만 그 덕분에 더욱 진실된 느낌을 전달했고, 흐름도 훨씬 자연스러워졌다. 이도원은 차지은과 상황에 완전히 몰입하고 있었다. 그는 〈바람〉의 '이도원'으로 분했다.

차지은은 이도원의 연기가 한겨울 추위 속에 쐬는 따뜻한 온수처럼 몸을 감싸는 걸 느끼며 궁금한 표정을 지었다. 그녀는 이미 알고 있으면서 확인하고 싶은 마음으로 물었다.

"이렇게 함께 있으면 되는데, 우리가 꼭 교제할 필요는 없잖아요?"

날 한번 설득해 봐요.

차지은의 미소가 말하고 있었다. 이도원은 눈부시게 아름다운 한 장면을 보듯이 반짝이는 눈으로 대답했다.

"당신한테 얻은 걸 나도 보답하고 싶거든요."

두 사람의 모습과 목소리를 담고 있던 스태프들은 절로 미소를 지었다. 그들이 담은 장면을 모니터를 통해 바라보던 유태일 감독 역시 미소 띤 입술로 손가락을 물었다.

"이건 베스트 씬이다."

유태일 감독은 컷 사인도 보내지 않고 말했다.

"영화의 가장 아름다운 장면을 가장 아름답게 표현했네."

엔지고 오케이고 딱히 사인이 따로 필요치 않았다. 그 감탄 한 마디로 모든 게 설명이 됐다. 스태프들도 저마다 한마디씩 뱉었다.

"케미 봐, 미쳤다."

"두 사람, 진짜 사귀는 거 아니야?"

"그러게, 이 정도는 아니었잖아?"

"배우들! 최고였습니다."

이도원과 차지은은 서로를 마주 보며 씨익 웃었다.

"오빠 좀 하던데요? 멜로도, 사랑도 난 몰라 하더니."

이도원이 피식 웃으며 거드름을 피웠다.

"내가 아무리 몰라도, 애기인 너보다 모를까?"

무려 이십 년을 거슬러온 이도원으로서는 차지은이 애기같이 보일 수 있었다. 물론 현실에 적응하면서 체감하는 감정은 그렇지 않았지만…….

'선생님과의 상담이 큰 도움이 됐어.'

이도원은 인정할 수밖에 없었다.

그동안 차수희에게 마음을 털어놓으며 이도원은 자신의 감정에 솔직해졌다. 배역의 감정을 끌어다 쓰던 전과 달리 이번 장면은 자신의 애틋한 감정을 꽃피우며 차지은과 호흡을 주고받았던 것이다.

어렴풋이 그 감정을 느낀 차지은이 말했다.

"오빠 연애도 잘 할 거예요."

이도원은 피식 웃으며 고개를 끄덕였다.

"고맙다."

두 사람은 벤치에서 일어나 모니터로 갔다. 장면은 생각대로 잘 나왔다. 유태일 감독이 엄지를 세웠다.

"아주 좋았어."

이도원과 차지은은 동시에 웃었다.

카메라 두 대가 동원됐기 때문에 두 주인공의 바스트 샷은 이미 촬영이 마무리된 상태였다. 따라서 추가적인 풀 샷은 두 주인공의 모션만 담아냈다.

이어지는 씬은 이도원이 시한부 선고를 받고 소식 없이 사라진 뒤, 차지은 혼자 이도원과 왔던 곳을 되짚어나가는 장면이었다.

차지은은 벤치에 앉아 눈물을 흘렸다. 이번에도 처연한 모습이 잘 드러났다.

'확실히 달라.'

이도원은 모니터를 보며 연신 감탄했다. 직접 연기 호흡을 맞출 땐 배역에 몰입하느라 미처 느끼지 못했던 것들이 보였다. 배경음과 연출적인 분위기가 없는 상태임에도 불구하고 차지은은 홀로 모니터 안을 꽉 채우는 연기를 발하고 있었다.

차지은의 이런 성장에는 여러 요인이 있었다. 원래부터 멜로연기에 잘 맞는 배우기도 했을뿐더러, 본인 스스로 최근 깨달은 바가 많았고, 안유성의 병세까지 알게 되며 동기부여가 된 것이다.

이도원은 복잡적인 이유를 머릿속에 떠올리며 안유성을 바라봤다. 곧 있으면 이도원과 안유성의 샷이 시작될 터였다. 안유성을 빤히 바라보던 이도원은 현장으로 고개를 돌리며 입술을 깨물었다.

'모든 에너지를 쏟아붓자.'

5장

조화

벤치에서의 장면이 모두 끝나자 스태프들은 장비를 마을 회관 안으로 옮겼다.

다음은 노인복지사업 의료 지원을 나온 이도원이, 차지은이 듣는 거리에서 할머니와 대화를 나누는 장면이었다. 이도원은 이 대화를 통해 차지은을 향한 마음을 밝히게 된다.

"배우들 위치해 주세요."

지시에 따라 이도원과 '마을 회관 할머니' 역할의 단역 배우가 나란히 앉았다.

한편 차지은은 물리치료실과 창 하나를 사이에 두고 있는 마을 회관 카페로 갔다.

마을 회관 자체가 좁기 때문에 창문을 통해 서로를 보고, 소리를 들을 수 있는 위치였다.

카메라 한 대는 이도원을 미디엄 클로즈업(MCU : 가슴 위를 잡는 샷)으로, 나머지 한 대는 좁은 카페 창문을 통해 보이는 차지은의 눈을 익스트림 클로즈업(ECU : 일부분을 극대화하여 보여주는 샷)으로 잡았다.

마침내 준비가 끝나자 유태일 감독이 촬영 시작을 알렸다.

"레디, 액션!"

'할머니' 역할의 단역 배우가 대사를 쳤다.

"그래서, 우리 물리치료사 선생님은 예쁜 애인 있나?"

이도원은 머쓱하게 웃으면서 말했다.

"없어요, 애인."

차지은의 눈매가 반쯤 실망으로, 반쯤은 기쁨으로 들어찼다. 이도원이 자신을 가리켜 애인이라고 하지 않는 데 대한 실망과, 다른 애인이 없다는 데 대한 기쁨이었다.

물론 표정만으로 복합적인 감정을 나타내기란 쉽지 않다. 따라서 차지은은 투명해지기로 했다. 자신의 마음을 꾸밈없이 드러내는 쪽을 선택했다. 이도원을 향한 차지은의 감정이 배역의 감정과 다를 바 없었기 때문이다. 그리고 그건 영리한 판단이었다.

'제법이야.'

모니터를 보던 유태일 감독이 입꼬리를 올렸다. 우려하던 것과 달리 차지은은 훌륭히 소화해낸 것이다. 그때 할머니가 이도원에게 말을 걸었다.

"그래? 왜 없어. 내가 하나 소개해 줄까?"

"아네요."

이제는 이도원의 차례였다. 그는 유들유들한 말투로 거절하며 대사를 이어나갔다.

"좋아하는 여잔 있어요."

"좋아하는 여자가 있어?"

할머니가 흥미롭다는 표정을 지으며 물었다.

이도원은 잠시 고민하는 얼굴로 차지은이 있는 방향을 바라보았다. 창문을 통해 그녀와 눈을 마주친 이도원이 어색한 웃음을 터뜨렸다. 그러나 시선만은 떼지 않고 할머니의 말에 대답했다.

"저는 사랑이 점점 물드는 거라고 생각했거든요? 근데 풍덩 빠지기도 하더라고요."

똑똑히 들은 차지은은 눈웃음을 감추지 못했다. 웃음을 참기 위해 입을 달싹였다. 감정에 솔직하기에는 부끄러운, 영락없는 소녀의 모습이었다. 이 상황을 전혀 모른 채 깔깔 웃은 할머니가 물었다.

"그 처자한테 말은 했고?"

이도원이 피식 웃더니 고개를 저었다. 그는 차지은에게서 시선을 떼고 할머니의 발목을 풀어주며 대답했다.

"그런데 제가 학창시절부터 문제가 좀 있어요. 꼭 절 안 좋아할 것 같은 여자들만 졸졸 쫓아다니더라고요. 그래서 망설이고 있죠, 뭐."

"뭘 고민이 그렇게 많아? 남자는 원래 죽을 때까지 철딱서니 없는 동물이야. 뭐든 저지르고 보는데, 선생님은 가만 보면 그런 공격성이 없어. 초식동물 같아."

"그래요?"

물은 이도원이 헛웃음을 터뜨리며 말했다.

"요즘 사람들은 음악을 들더라도 꼭 이어폰을 꽂고 듣죠. 사랑도 그렇게 해요. 저는 그런 게 싫거든요. 그래서 조심스러워요."

할머니가 눈을 가늘게 좁히며 물었다.

"상처받을까 봐 일부러 짝사랑을 즐기는 척, 혼자 폼 재고 있구먼?"

발목을 풀어주던 이도원의 손길이 멈췄다. 그는 다시 차지은의 사슴같은 눈망울이 머무는 창가로 시선을 돌렸다. 눈이 마주치자 이도원을 훔쳐보고 있던 차지은이 화들짝 놀라 몸을 돌렸다. 그녀의 모습이 벽에 가려 사라지기 무섭게 이도원은 목소리를 높여 말했다.

"에이, 그래도 역시… 평균 수명도 길어졌겠다, 철도 늦게 들어야 맞는 거겠죠? 오늘 저녁 아홉 시에 요 앞 아름드리나무 앞에서 기다릴 생각이에요. 얼마가 걸리든 올 때까지……."

이도원과 차지은.

두 배우의 호흡은 러브라인을 타면서부터 쭉 최고조에 달해 있었다.

유태일 감독은 더 볼 것 없다는 듯 신호를 보냈다.

"컷, 오케이. 배우들은 그대로 계세요. 추가 샷 좀 따겠습니다."

시간이 흐르고, 이번 장면도 무난하게 촬영이 끝났다.

유태일 감독은 건강이 안 좋은 안유성이 촬영할 장면을 앞으로 빼고자 했다. 조감독을 불러 지시를 내리려던 그때, 안유성이 말했다.

"내가 언제 촬영하든 난 두 사람이 촬영할 장면을 모두 볼 생

각이네. 유 감독도 내가 생전에 이 영화를 볼 수 있을지 없을지,
확신하지 못할 것 아닌가?"

직설적으로 말하는 안유성에게 유태일 감독은 어떤 대답도,
위로도 건네지 못했다. 그저 지시하던 내용을 철회하고, 계획대
로 일정을 진행하는 수밖에 없었다.

다음은 이도원과 차지은이 아름드리나무 아래서 만나는 장면
이었다. 해당 씬은 이도원이 시한부 판정을 받고, 차지은에게 고
백하려던 결심을 되돌리는 내용을 담고 있었다.

"준비되면 갈게요."

조감독이 말했다.

두 배우가 마주 선 모습을 모니터가 담아냈다.

'그림 좋군.'

유태일 감독은 남모르게 흡족한 미소를 지으며 지시를 내렸다.

"카메라 롤."

카메라가 돌아가고 이도원과 차지은이 시선을 주고받았다.

그 순간 유태일 감독의 신호가 떨어졌다.

"레디, 액션."

이도원은 경직된 얼굴이었다. 그는 아름드리나무 앞을 왔다갔
다 맴돌며 억지로 미소 짓고, 풀기를 반복했지만 어색하기만 했다.

"내가 죽는다고?"

중얼거린 이도원이 걸음을 멈추고 불쑥 웃음을 터뜨렸다. 그
는 믿기지 않는다는 반응을 보이며 한숨을 내쉬고 쪼그려 앉았
다. 땅을 내려다보며 힘없이 휘파람을 불었다. 이 모든 움직임은
콘티에 없는 이도원의 애드리브였다.

그때 땅에 그림자가 지더니 차지은이 다가왔다. 그녀는 등 뒤로 깍지를 낀 채 기대에 가득 찬 표정을 지우려 애쓰며 말을 걸었다.

"저기요."

들뜬 말투를 차마 숨기지 못했다. 말끝이 살짝 떨렸고, 스태프들은 소름이 쫙 돋았다. 반면 몰입해서 호흡을 주고받는 이도원에게는 감탄할 새가 없었다. 천천히 몸을 일으킨 이도원은 차지은을 보며 활짝 웃었다.

"왔어요?"

그가 묻자 차지은이 고개를 끄덕였다.

두 사람은 누가 먼저랄 것도 없이 나란히 서서 걸었다. 카메라가 따라붙으며 천천히 걷는 두 배우를 촬영했다. 말없이 다섯 걸음 쯤 갔을 때 이도원이 멈추며 몸을 돌렸다.

"지은 씨."

그 부름에 차지은은 걸음을 멈추고 뒤돌아봤다. 잠시 입을 달싹이던 이도원이 피식 웃으며 고개를 저었다.

"아녜요. 내가 오늘 할 얘기가 있었는데……."

이도원은 하늘을 올려다보며 떨리는 음성을 억눌렀다.

"날씨가 안 도와주네."

기대가 만개했던 차지은의 표정이 시들었다. 그녀는 굳은 얼굴로 이도원을 빤히 바라보다 물었다.

"그쪽이 줄곧 제 언저리를 돌고 있다는 거, 진즉에 알고 있었어요. 난 바보가 아니니까요. 그런데 왜요? 왜 아무 말도 안 해요?"

차지은의 목소리가 떨렸다. 눈동자로 뿌연 습막이 차올랐다.

그녀는 눈물을 그렁그렁 달고 외쳤다.

"장난하지 말아요! 비겁해……."

실망으로 물든 목소리였다.

그 말만을 남긴 채 차지은이 카메라 밖으로 떠났다. 남아 있던 이도원은 그녀가 사라진 방향을 망연히 바라보며 서 있었다. 완연하게 어두워진 밤하늘 아래 침묵이 깃들었다. 한참 동안 정적이 흐르고 나서야 유태일 감독이 컷 사인을 보냈다.

"컷, 오케이."

방금 씬까지, 대부분의 중요한 장면들을 모두 롱 테이크로 촬영했다.

물론 그 뒤에도 여러 구도에서 따로 촬영하며 소스를 확보했지만, 전례 없이 순탄한 촬영임에는 분명했다.

배우들도, 스태프들도 최고의 집중력을 유지했다.

"당장 필요 없는 장비들부터 옮기세요. 바로 다음 씬 들어갈 수 있게 세팅합시다."

유태일 감독은 여세를 몰아 촬영에 임했다.

필요한 장면을 모두 확보한 촬영팀은 마을 회관 옆, 허름한 집 안으로 이동했다.

먼저 와 있던 스태프들이 대부분의 준비를 끝내놓은 상태였다.

그리고 마침내, 유태일 감독이 지시를 내렸다.

"배우들 위치해 주세요."

안유성은 무거운 몸을 이끌고 화면 안으로 들어갔다.

한 걸음 한 걸음이 난공불락의 산을 넘듯이 벅찼다.

당장에라도 숨이 끊어질 것만 같았다. 그를 보는 사람들마저
도 조마조마해지는 모습이었다.

'저 몸으로 연기를 하실 수 있을까?'

현장에 있는 모든 사람의 뇌리를 스친 불안감이었다. 심지어
유태일 감독은 그동안 촬영 장면들을 엎고 다시 찍을 생각까지
했다. 안유성의 병세가 급격하게 악화되자 안정을 취하길 권했
던 것이다. 하지만 소용없었다.

'안 선생님.'

상대역인 이도원은 안유성을 마주 보는 것만으로 가슴이 먹
먹해졌다. 차마 그만두라고 말할 수 없는 입장이었기에 속은 안
타까움으로 타들어갔다. 정작 안유성은 카메라 앞에 서자 어느
때보다 평온한 얼굴로 웃었다.

"유 감독, 시작하지."

거리가 가까운 이도원에게만 간신히 들리는 목소리였다. 이도
원은 유태일 감독을 향해 고개를 끄덕였다.

"카메라 롤."

이번 장면은 극중에서 안유성이 연기하는 '할아버지'가 세상
을 떠나는 씬이었다.

이도원이 시한부 선고를 받고 고백을 실패한 다음 장면이기도
했다. 이어서 유태일 감독이 촬영 지시를 내렸다.

"레디, 액션."

안유성이 먼저, 정신이 돌아온 '할아버지'의 모습으로 대사를
쳤다.

"이제야… 네 짐을 좀 덜어줄 수 있겠구나."

말도 제대로 못 하던 안유성이 안정된 호흡으로 연기를 하고 있었다. 똑똑히 전해지는 음성을 들은 이도원이 입을 열었다.

대사가 시작되기도 전에 안유성이 손을 들어 신호를 보냈다. 그게 어떤 의미인지 눈치챈 유태일 감독이 촬영을 멈췄다.

"컷."

안유성은 뼈만 앙상하게 남은 손으로 이도원의 팔목을 잡으며 속삭였다.

"당신이 아프니까 엔지를 내지 말아야겠다. 그런 생각은 접어두게. 자네… 표정이 굳어 있어."

안유성은 이 순간마저도 상대를 배려하고 있었다. 이도원은 결국 고개를 돌리며 눈가를 훔쳤다. 울음을 참는 이도원을 본 안유성은 기다리라는 신호를 보냈다.

모든 스태프들이 침묵하는 가운데 얼마의 시간이 지났고, 겨우 진정한 이도원이 말했다.

"…준비됐습니다."

이도원은 유태일 감독이 있는 방향을 보며 고개를 끄덕였다. 잠시 말을 잇지 못하던 유태일 감독이 지시를 내렸다.

"준비되는 대로 가시면 됩니다."

담담한 목소리였다.

이윽고, 안유성이 연기를 시작했다.

"이제야… 네 짐을 좀 덜어줄 수 있겠구나."

이도원은 지금 이 순간 느끼는 감정을 숨기지 않았다. 목이 메었다. 이도원은 서두르지 않고 침묵 끝에 대답했다.

"할아버지, 이대로 떠나면 너무 하잖아. 지금까지 내가 했던 노력은 뭐가 돼요?"

대사를 치자마자 눈물이 터진 이도원이 팔로 눈을 가렸다. 팔 아래로 폭포수 같은 눈물이 낙하했다. 흐느끼는 소리가 한참이나 좁은 방 안을 채웠다. 편집이 있었기에 씬이 늘어지는 건 괜찮았다. 중요한 건 촬영이란 생각이 안 들 만큼 이도원의 슬픔이 '진짜'라는 점이었다.

이도원이 펑펑 우는 가운데 안유성이 입을 열었다.

"미안하다. 전에도, 지금도……."

중얼거린 안유성은 손을 뻗어 이도원의 목을 쓰다듬었다. 이도원은 이끌리듯 안유성의 손을 양손으로 잡았다.

"괜찮아, 할아버지. 괜찮아……."

대사에 짙은 감정이 실렸다. 이도원의 감정은 연기와 현실의 구분선을 완전히 허물었다.

"할아버지, 무서워하지 말아요."

이도원이 내보낸 감정이 안유성에게 연기처럼 스며들었다.

더 이상 이도원은 혼자 호흡하지 않았다. 희미하게 웃은 안유성이 반응했다.

"사람은 사람에게 남는단다. 내가 네 아비와 어미를 모두 잃었을 때… 죽고 싶었어. 하지만… 널 보며 살았다. 그리고 살다 보니… 먼저 간 사람이 사라진 것이 아니더구나……. 나 또한… 네 곁에 남을 게야……."

안유성은 속삭이며 이도원의 얼굴을 쓰다듬었다. 이도원은 안유성을 똑바로 쳐다 볼 수 없었다. 눈앞이 비 내리는 날의 창문처럼 흐릿했기 때문이다.

"나, 할아버지에게 말 못한 것들이 많이 있거든? 꼭 말할게. 말하고 싶어… 제발 죽지 마……."

안유성의 대답은 돌아오지 않았다. 그는 조용히 눈을 감고 점점 가늘어지는 호흡을 내뱉더니 숨을 멈췄다.

이도원은 안유성의 가슴에 얼굴을 파묻고 크게 오열했다. 도저히 얼굴을 들어 시신을 볼 용기가 나지 않는지 몸을 잔뜩 웅크리고 떨었다. 마음껏 퍼지던 울음이 잦아들 때쯤, 유태일 감독이 사인을 보냈다.

"컷, 오케이."

스태프들이 서둘러 다가갔다.

안유성이 연기를 하는 건지 확인하기 위해서였다.

"선생님!"

사람들이 우르르 몰려들자 안유성이 눈을 떴다.

"아직 안 죽었네."

안유성은 재치를 잃지 않고 희미하게 웃었다. 그리고 여전히 품 안에 얼굴을 묻고 있는 이도원의 등을 두드리며 말했다.

"무거워, 이 사람아."

이도원은 안도의 한숨을 내쉬었다. 마음 깊은 곳에 내재된 때 묻지 않은 '감정'이 느껴졌다.

*　　　*　　　*

영화 〈바람〉의 촬영을 모두 끝낸 안유성은 5주 동안 병원에서 지낸 뒤 7월 25일 결국 세상을 떠났다.

〈바람〉 작업에 참여한 스태프와 배우는 모두 모여 함께 문상을 갔다. 영정 사진 앞에 선 이도원은 사진 속 유쾌한 표정으로 웃고 있는 안유성을 바라보았다. 늦고 짧은 만남이었지만 영원히 잊지 못할 발자국을 새긴 사람이었다. 존경하는 배우, 진짜 배우라고 한다면, 이도원은 언제나 망설임 없이 안유성을 떠올릴 것이다.

'감사합니다.'

이도원은 향을 피웠다.

차지은은 울음을 멈추지 못하고 있었다. 유태일 감독은 오히려 담담한 표정이었다. 세 사람은 다른 스태프들보다 앞서 조의를 표하고 빈소를 나왔다. 세 사람 모두 한참 동안 말이 없었다.

식탁에 마주 앉아 가장 먼저 입을 연 건 유태일 감독이었다.

"많은 배우를 만난 건 아니지만, 안 선생님은 내가 본 최고의 배우셨다."

이도원이 고개를 끄덕이며 대답했다.

"저도 그렇습니다. 앞으로도 잊지 못할 거예요."

"영화 작업에 참여한 모든 사람들이 같은 생각이겠지. 안 선생님이 보여주신 투혼은 영원히 우리 마음속에 살아 숨 쉴 거야."

유태일 감독의 말을 들은 이도원은 고개를 살짝 숙이며 대답했다.

"감사합니다. 이번 영화에 초대해 주셔서."

차지은은 어느 정도 진정이 됐는지 두 사람을 보며 희미한 미소를 그렸다.

"선생님께서도 분명 기뻐하실 거예요. 끝까지 함께하셨으니까……."

잠시 숙연한 분위기가 내려앉았다. 침묵 끝에 유태일 감독이 입을 열었다.

"이번 영화의 모든 행사 일정은 취소됐다."

본격적으로 영화가 상영될 쯤에는 이도원과 차지은이 브로드웨이로 떠나게 될 터였다. 안유성까지 없으니 무대 인사 같은 이벤트는 무의미했다. 더욱이 행사를 다닐 분위기도 아니었다. 두 사람이 수긍하자 유태일 감독이 말을 이었다.

"함께 작업한 모두가 안 선생님의 흔적을 기리겠지만, 특히 주연 배우 두 사람은 그분의 모습을 잊으면 안 된다고 생각한다. 안 선생님이 유작으로 이번 영화를 선택하신 데에는 작품보다 두 사람의 존재가 크니까. 그러니 너희가 연기하는 장면에서 한시도 시선을 떼지 않으셨지."

"명심하겠습니다."

이도원이 대답했고 차지은 역시 고개를 끄덕였다.

"네, 감독님……. 아직도 선생님이 웃으시는 모습이 눈에 선해요."

말하면서 울컥한 차지은이 눈시울을 붉혔다. 이도원은 말없이 술잔을 채웠다. 약수 물처럼 떨어지는 술을 빤히 보던 유태일 감독이 말했다.

"난 운전해야 돼서 입만 대지. 데려다줄 테니까 두 사람은 마셔도 돼."

자리의 누구도 과음을 하고 싶은 생각은 없었다. 이도원과 차지은은 적당히 잔을 나누며 마셨다. 술잔이 두 번 정도 돌았을 때 차지은이 물었다.

"안 선생님이 저희에 대해 따로 하신 말씀은 없으셨어요?"

유태일 감독이 고개를 저었다.

"특별히… 아."

그때 불쑥 생각난 듯 말을 이었다.

"이런 이야기를 했었지. 내가 재능 있는 후배들을 위해 이번 작품을 선택하신 건지 물은 적이 있다. 안 선생님께서 연기의 기술은 가르칠 수 있지만, 연기 자체는 누구도 가르칠 수 없다며 한 명의 배우로서 순수한 열정과 호기심이라고 하셨지. 원래 연기자란 궁금한 건 못 참는다고. 좋은 작품을 좋은 배우와 함께 작업하고 싶은 열정은 누구도 못 말린다고 하셨어."

그 말을 들은 이도원과 차지은은 느끼는 바가 컸다. 그들이 기억하는 안유성은 자신의 일에 대해서만큼은 언제나 어린아이 같았다. 지금 이 순간이 삶의 전부인 것처럼 쏟아부었고, 늙지 않는 열정으로 임했다.

두 사람을 빤히 보던 유태일 감독이 제안했다.

"VIP시사회 일정은 잡혀 있다. 그때 가서 영화 한번 봐. VIP시사회 때 아니면 꼭 영화 시작할 때쯤 맞춰서 들어가야 하고, 편하게 영화도 못 보잖아."

이도원이 고개를 끄덕이며 대답했다.

"꼭 볼게요. 그러지 말고 오랜만에 셋이 같이 보시죠. 〈우리의 심장〉 때 부국제에서 봤던 것처럼요."

"맞아요."

차지은도 동조했다.

유태일 감독은 희미하게 웃으며 대답했다.

"그래, 그러자."

장례식이 끝나는 날에 맞춰서 영화 〈바람〉의 시사회가 시작됐다. 흥행보증수표 안유성의 유작이라는 사실부터 반응이 예사롭지 않았다. 스캔들이 터졌던 이도원, 차지은이 실명 그대로 출연한 멜로라는 점도 한몫했다.

그 결과 영화 〈바람〉은 개봉하기도 전에 뜨거운 관심을 불러일으켰다. 예매만 백 만 관객을 넘은 것이다. 한국 영화 역사상 전례 없는 성과를 본 각종 매체들은 영화 〈바람〉에 대해 불을 켜고 보도했다. 연출, 배우 모두 대박이란 말이 아깝지 않은 흥행보증수표들인데 그 뒷이야기도 한 편의 드라마였으니 보도할 소스는 차고 넘쳤다. 언론을 등에 업자 특별한 홍보 없이도 영화계 전체가 들썩였다.

─대한민국 영화계의 큰 별이 지다⋯ 대배우 '안유성'이 남긴 발자국

─영화 '바람' 예매율, 한국 영화의 종전 기록 갈아치우다

─이도원, 차지은, 안유성, 그리고 유태일 감독⋯ 전무후무한 영화 '바람'

─배우 안유성의 유작 '바람' VIP시사회, 드디어 베일을 벗는다

─영화 '바람' 무대 인사 전면 취소⋯ 영화 홍보 전무한 상태로 '예매율 1위'

이도원은 태블릿 화면을 껐다. 그는 검은 정장을 입고 영화관 후문으로 들어갔다. 이미 안에는 차지은과 유태일 감독이 검은

정장 차림으로 도착해 있었다.

이윽고 유태일 감독이 희미하게 웃으며 말했다.

"들어가자."

세 사람은 상영관 뒤쪽 객석에 나란히 앉았다. 이어서 가족이나 지인들, 소수의 관객들이 입장했다.

이윽고 실내 조명이 꺼지며 스크린에 불이 들어왔다. 영화 〈바람〉은 어떤 환영사나 광고 한 편 없이 조용한 분위기 속에서 시작되었다.

새들이 지저귀는 시골 풍경이 나타나자 흘겨 쓴 필체로 '바람'이라는 제목이 스크린에 맺혔다.

화면은 배경이 되는 동네의 구석구석을 조명했고, 그때마다 배우의 이름을 하나씩 알려주었다.

마침내 이도원의 내레이션이 흘러나왔다.

—학창시절, 나는 통학버스 차창에 기대어 항상 생각했다. 이대로 버스를 타고 이 세상에서 사라져 버리길. 눈을 감으면 돌아가신 어머니, 아버지가 계신 곳에서 다시 눈뜨길 꿈꿨었다.

듣기 좋은 중저음이 담담하게 관객들을 어루만졌다.

영화는 이도원의 일상에서 시작되었다. 관객들은 첫 장면부터 지금은 세상에 없는 안유성의 얼굴을 볼 수 있었다.

그립고 먹먹한 감정이 든 이도원은 입술을 매만졌다. 차지은은 어깨를 가늘게 떨며 울먹이고 있었다. 격한 반응을 보이는 두 사람과 달리 유태일 감독은 담담한 표정으로 스크린을 바라봤다.

'즐겁게 보십시오.'

유태일 감독이 속으로 되뇌었다.

머지않아 이도원과 차지은이 만나고, 사랑에 빠지는 장면이
이어졌다.

이도원은 시골의 흔한 총각처럼 편안한 인상과 연기를 보여주
었고, 차지은은 그야말로 예쁘고 청초한 모습으로 등장했다. 그
리고 기막힌 촬영 기법과 연출이 두 사람의 모습을 아름답게 꾸
몄다. 관객들은 절로 스크린에 빠져들며 미소 지었다.

'잔잔하게 시작된 영화는 폭풍처럼 휘몰아친다.'

이도원은 내심 다음 내용을 떠올렸다. 완성된 필름을 본 적이
없었기 때문에 절로 기대가 됐다.

곧 이도원이 시한부 판정을 받는 바람에 차지은에 대한 마음
을 감추는 장면이 나왔다.

벌써부터 객석에서 훌쩍이는 소리가 들려왔다.

이도원과 빼빼마른 안유성이 스크린에 나타났을 땐 전염이라
도 된 듯 관객 모두가 눈물을 흘렸다. 두 사람의 연기를 보며 훌
쩍거리던 소리가 흐느끼는 소리로 바뀌었다. 심지어 엉엉 우는
사람까지 있었다.

눈물바다로 변한 객석을 스크린 불빛이 드문드문 비추었다.

"저 못 보겠어요."

차지은이 스크린을 보며 속삭였다. 그녀는 눈썹에 이슬같은
눈물을 매단 채로 코가 빨개져서 입을 가리고 있었다. 여성 관
객들은 대부분 비슷한 반응을 보이고 있을 터였다.

'화면에 내가 나오는데도 이렇게 뭉클하다니.'

이도원은 눈물이 핑 돌았다.

스크린에서는 어느 봄날의 꿈처럼 사랑을 나누었던 두 사람

이 이별을 이야기 하고 있었다. 영화 시작부터 끝까지 두 사람은 포옹 한번 제대로 하지 않았지만, 어떤 멜로보다 찐한 감정을 선사했다. 훌륭한 연출과 연기가 일으킨 마법이었다.

이도원이 말없이 세상을 떠나고, 차지은은 남겨졌다.

스크린은 사랑했던 날을 차곡차곡 간직하는 차지은의 모습을 담담하게 담아냈다. 두 사람이 자주 갔던 마을 회관 앞 벤치를 바라보는 마지막 장면. 차지은의 목소리로 내레이션이 흘러나왔다.

─난 당신이 말했던 인연을 믿습니다. 전생을 거슬러 오르다 보면 이 세상 모든 사람이 구면인 것처럼, 우리도 언젠가는 또 만나게 될 겁니다. 나는 우리의 추억이 이어질 때까지 이 사랑을 잠시 보관해두려 합니다.

영화가 끝났음에도 객석을 떠나는 관객은 없었다.

울음소리가 하나 둘 늘어가는 박수 소리에 파묻혔다. 모두들 멍한 눈으로 스크린에서 눈을 떼지 못했다.

그사이 엔딩 크레딧이 모두 올라갔다. 그리고 촬영장의 스틸컷이 나왔다.

"이건……."

이도원이 중얼거렸다. 차지은은 그만 크게 울음을 터뜨렸다.

유태일 감독은 말없이 화면을 바라보며 생각했다.

'선물을 드리고 싶었습니다.'

세 사람은 관객들이 모두 상영관을 빠져나갈 때까지 객석을 벗어나지 않았다. 그러다 보니 관객들이 일어나며 말하는 소감을 고스란히 들을 수 있었다. 영화를 본 관객들의 반응은 폭발적이었다.

"진짜 오랜만에 한국 영화 보고 울었다."

"와, 멜로 명작 오랜만에 봤네요."

"지금도 멍해요."

"나 이 영화 열 번 볼 듯."

호평들이 두서없이 들려왔다. 슬며시 미소 지은 이도원이 말했다.

"엄마랑 누나가 좋아하겠네요."

차지은이 눈을 동그랗게 뜨고 물었다.

"초대하셨었어요? 인사하시죠. 전 가족들이 못 온다고 해서 초대 못 했거든요."

그녀가 유태일 감독에게도 물었다.

"감독님은요?"

유태일 감독이 빙긋 웃으며 대답했다.

"부모님은 일. 동생은 학원. 해서, 지인들만 초대했다."

이도원은 괜스레 불효자가 된 기분이었다. 그렇잖아도 인사를 하고 싶었는데, 두 사람이 조용히 있기에 얌전히 기다리고 있던 참이었다.

"전 그럼 가족들에게 가볼게요."

이도원이 마이를 챙겨 일어나며 말했다. 뒤따라 일어난 차지은이 살짝 부은 눈으로 어색하게 웃었다.

"저도 언니랑 저녁 먹기로 해서요. 일하느라 못 왔거든요."

유태일 감독은 피식 웃으며 두 사람에게 손을 내저었다.

"나도 오늘 왔던 투자자들이랑 약속 있다. 신경 쓰지 말고 가봐."

이도원과 차지은은 반쯤 고개를 갸웃하며 상영관을 나섰다.

유태일 감독에게 약속이 있다는 공지를 받은 적이 없었기 때문이다. 신경이 쓰이는지 차지은이 물었다.

"감독님, 저희 때문에 시간 비워두셨던 건 아니겠죠?"

"아무래도 그런 것 같은데……."

중얼거린 이도원이 걸음을 멈췄다.

"다 불러서 저녁 먹을까?"

그가 묻자 차지은이 뜨악한 표정으로 되물었다.

"오빠 식구들, 우리 언니, 감독님까지요?"

이도원은 고개를 끄덕였다.

"따지고 보면 직장 동료 또는 친구의 어머니, 누나, 언니, 뭐 그런 관계 아니겠어? 더구나 난 차수희 원장님이랑 친분도 있고."

곰곰이 생각하던 차지은은 고개를 끄덕였다.

"그것도 좋겠네요. 감독님한테 얘기하고 언니한테도 물어볼게요."

이도원은 고개를 끄덕이며 휴대폰 화면을 켰다.

"나도 우리 집 사람들한테 기다리라고 전해 둘게."

*　　　　*　　　　*

〈바람〉의 감독과 배우, 그리고 가족들이 한자리에 모이기로 했다. 이도원네 식구들은 유태일 감독 차를 얻어 타고 인근 한정식 집으로 갔다. 차수희가 올 때까지 기다렸다가 뒤늦게 출발한 차지은은 약속 장소로 오고 있는 중이었다. 먼저 모인 선발대 중에서 유태일 감독이 물꼬를 텄다.

"인사가 늦었습니다. 이번 영화를 연출한 유태일이라고 합니다."

"도원이에게 많이 들었어요. 은인과 같은 분이시라고요. 영화 너무 감명 깊게 보았습니다."

어머니가 웃으며 대답하자 유태일 감독이 겸양했다.

"아닙니다, 어머님. 오히려 제가 도움을 많이 받았습니다."

그때 창밖으로 고급 외제차 한 대가 들어섰다.

가장 먼저 발견한 유태일 감독이 빙그레 웃으며 알려주었다.

"여배우가 도착했군요."

그 말대로 자가용 보조석에는 차지은이 함께 타고 있었다.

옆에서 이다원이 속삭였다.

"영화 보니까 더 의심 가던데? 무슨 사이야?"

피식 웃은 이도원은 고개를 저으며 대답했다.

"그런 거 아니야."

자가용에서 내린 차지은이 가까워질수록, 이다원은 눈을 휘둥그레 떴다.

"와… 진짜 대박."

심지어 어머니도 한마디 거들었다.

"연예인이라 그런지 정말 예쁘다. 얼굴도 조막만하고……."

이도원은 쓰게 웃었다.

〈악마의 재능〉 시사회에서 박아현을 봤을 때의 반응과 확연히 달랐기 때문이다. 하긴, 두 사람은 같은 여배우라도 느낌이 많이 달랐다. 박아현은 예쁜 일반인 느낌이고, 차지은은 아예 주위의 시선을 잡아끄는 미모였다.

'차지은이 예쁘긴 예뻐.'

이도원이 실제로 만난 여배우도 많지 않았지만, 그중 최고를 꼽으라면 윤지민과 차지은이었다. 두 여배우는 서로 다른 느낌이면서도 우열을 가리기 힘든 미모를 소유하고 있었다.

한마디로 표현하면…….

'지은이는 좀 청초하지.'

천진난만하고 꾸밈없는 느낌은 뭇 사람들의 마음을 설레게 하기 충분했다. 이도원이 잠시 생각에 빠져 있는 사이 차지은과 차수희가 방 안으로 안내되어 들어왔다.

"안녕하세요."

차지은과 차수희가 인사를 했다. 차지은은 이도원의 식구들에게 등 뒤로 숨기고 있던 선물을 건넸다.

"오는 동안 급히 사서 마음에 드실지는 모르겠어요……."

이도원은 순간적으로 당황해 얼굴이 새빨개졌다. 설마 차지은이 선물까지 준비했을 줄은 미처 생각지 못했던 것이다. 마찬가지로 예상치 못한 선물을 받은 어머니와 이다원은 몸 둘 바를 몰랐다. 선물을 준 사람이 다름 아닌 차지은이라 감격은 더 컸다.

"아이고, 고마워요. 온 국민이 다 아는 국민 여동생에게 이런 선물을 다 받아보고… 믿기지 않네."

어머니가 말했고 이다원 역시 실감나지 않는 눈치였다.

"저도요, 하하."

두 사람의 선물은 바비아나라는 꽃이었다. 약품처리 후 작게 포장된 시들지 않는 생화로 방이나 거실에 두면 방향제 역할을 하는 유용한 선물이었다.

차지은이 말을 이었다.

"바비아나라는 꽃이에요. 꽃말이 '단란한 가족'이라고 해서 꼭 선물하고 싶었어요."

이도원은 어머니와 이다원의 표정을 보며 확신했다.

'모르긴 몰라도 우리 집 사람들한테 점수 따는 건 끝났네.'

아니나 다를까 어머니가 홀라당 넘어간 표정으로 이다원에게 속삭였다.

"어쩜 저렇게 예쁘니? 인상도 좋고, 붙임성도 좋고."

선물보다도 차지은의 첫인상이 한몫한 듯했다. 차수희 역시 붙임성이 있는 스타일이었고, 분위기는 금세 화기애애해졌다.

"영화 최고예요, 언니도 꼭 보세요!"

이다원이 차수희에게 말했다.

영화 〈바람〉에 대해 이런저런 이야기가 오가던 끝에 유태일 감독이 웃는 얼굴로 물었다.

"그나저나 요즘 쉬쉬하며 들려오는 소문이 있던데… 이번에 창립되는 백 엔터의 공동대표로 취임한다고?"

이도원은 살짝 당황했다. 유태일 감독은 다들 알고 있을 거라고 생각해서 꺼낸 말이었지만, 그 말이 폭탄 발언이 돼버렸다. 아무도 모르고 있는 눈치에 유태일 감독이 난색을 표했다.

"당연히 알고 계실 줄 알았는데……."

이도원이 머쓱한 표정으로 대답했다.

"소문이 빠르네요. 벌써부터 정보가 돌고 있다니……."

모두의 시선이 집중되자 그가 말을 이었다.

"다들 죄송해요. 굳이 숨기려 한 건 아니고 확실한 게 아무것도 없어서 말을 아꼈습니다. 회사에서 내정된 사항일 뿐, 지금도 본격적으로 진행된 건 아니에요. 곧 열리는 임시총회에서 결정

되면 공표하려고 했어요."

다들 고개를 끄덕였다. 회사 내부 정보였기에 충분히 이도원 혼자 까발리기 꺼림칙할 수도 있었다. 막말로 임시총회에서 통과되지 못하면 백지화될 사안이었기 때문이다.

그때 차수희가 물어왔다.

"임시총회 때 순조롭게 통과만 되면 도원이가 지은이의 기획사 사장님이 될 수도 있는 거네?"

"예, 그렇게 될 것 같아요."

이도원이 순순히 대답하자 차수희가 빙그레 웃으며 말했다.

"잘 부탁해. 안 그래도 이번에 기획사랑 문제를 겪으면서 많이 힘들어 했거든."

"언니도."

차지은이 그녀를 말리며 고개를 움츠렸다. 부끄러운 표정 속에 기대감에 부푼 감정이 언뜻 비쳤다.

'오빠가 백 엔터 대표로 취임할 수도 있다고?'

그녀는 동시에 이도원이 종잡을 수 없는 사람이란 생각을 했다. 어느 정도 발걸음을 맞췄다고 생각하고 옆을 보면, 어느새 또 저 멀리까지 가 있는 것이다.

이도원을 바라보는 느낌은 유태일 감독도 크게 다르지 않았다. 비록 분야는 조금 달랐지만 업종이 같으니만큼 어느 정도의 공감대가 적용할 수밖에 없었다.

'이러다 내가 섭외할 수 없는 위치까지 훨훨 날아가 버릴 것 같군.'

유태일 감독은 쓰게 웃었다. 그 자신도 고속 성장을 하고 있었지만, 이도원은 한층 더 빠른 성장세를 보이고 있었다.

반면 가족들의 생각은 같은 업계 사람들이 받는 느낌과는 조금 달랐다.

'미리 말 좀 해주지.'

어머니나 이다원이 하는 생각은 똑같았다. 이도원은 조금 미안한 표정으로 두 사람을 보았다.

'죄송해요.'

적어도 가족에게는 진즉 말을 했어야 됐다. 하지만 핑계를 대자면 하루하루 너무 바쁘고 일에 치여 지냈기 때문에 도무지 마주 앉아 진지하게 말할 겨를이 없었다. 그렇다고 이런 문제를 전화상으로 짧게 통보하기도 이상했다. 그렇게 미루다 보니 결국 남에게 소식을 듣게 만들었다. 눈치를 살피던 유태일 감독이 분위기를 환기시키며 물었다.

"그럼 지은이와 아현이 모두 백 엔터로 들어가게 되겠군. 백 프로덕션 소속인 심재빈도 요새 조금씩 성장하고 있는 것 같던데, 금방 회사가 크겠어."

심재빈은 현재 웹 드라마를 마치고 자잘한 예능 프로나 광고 모델로 활동을 이어가고 있었다.

그를 떠올린 이도원이 고개를 끄덕이며 대답했다.

"소속 배우에게 좋은 보금자리가 되어줄 수 있을 것 같습니다. 프로덕션과 연계되어 있기 때문에 작품 선택의 폭도 넓을 테고요."

유태일 감독은 고개를 끄덕이며 다른 사람들에게 첨언해 주었다.

"백 프로덕션은 지금까지 투자 성적이 좋았기 때문에 이미 업계에서 큰 입지를 차지하고 있습니다. 회사 규모에 비해 놀라운 성장세를 보이는 것도 그 때문이고요. 실제로 이번 영화 〈바람〉

의 최대 투자사도 백 프로덕션입니다."

그 말을 듣고 나자 가족들은 그나마 안심이 되었다. 미리 소식을 전해주지 않았던 이도원에게 느낀 서운함과는 별개로, 혹시 감당도 안 되는 일을 벌이는 게 아닐까 가슴 한구석에 품었던 불안이 어느 정도 가시는 느낌이었다. 유태일 감독에게 고개를 살짝 숙여 감사를 표한 이도원이 자리의 이들에게 말했다.

"아마 백 프로덕션 대표를 겸임하고 계신 이상백 대표님이 실질적인 관리를 하게 되실 거예요. 저는 명함만 대표지, 지금처럼 활동하게 될 거고요. 아마 크게 달라지는 점은 없을 겁니다."

식구들을 어느 정도 안심시킨 이도원이 이번에는 차지은과 차수희를 보며 말을 이었다.

"다른 소속사에 있을 때보다 더 실질적인 회사의 역할을 기대해도 좋을 거예요. 철저한 검열로 배우에게 도움이 되는 작품 위주로 투자를 진행한 뒤 둘 씩, 혹은 셋 씩 백 엔터 배우를 투입시켜서 눈치를 안 보고 활동할 수 있도록 만들 겁니다."

말하는 걸 보니 이미 세부적인 계획이 확립돼 있다. 이 모든 계획에 대해 대표 취임 전부터 정확하게 알고 있다는 사실은 대부분 이도원의 아이디어라는 뜻도 된다. 순식간에 머리를 굴린 유태일 감독은 고개를 저었다.

'나이도 어리고, 활동만 해왔던 녀석이 사업 수완까지 있다고? 레드 엔터에서 루머를 터뜨렸을 때 발 빠르게 막은 것도 소문대로 본인 혼자 움직였다는 건가?'

쉬이 믿기 힘들었다.

한편 이도원은 자리 내내 어머니가 신경 쓰였다. 유태일 감독과 나누었던 대화들을 한 번도 가족들과 상의한 적 없이 이도원 혼자 처리했던 것이다. 결과만 보았을 때 아무런 문제가 없더라도 어머니 입장에선 서운할 수 있었다. 이도원은 식사 자리가 정리될 때쯤, 어머니에게 애교를 섞어 속삭였다.

"오늘은 집에 가서 잘게요."

백 프로덕션에서 주주 임시총회가 열렸지만 이상백이 주주들에게 사전 동의를 구해놨던 터라 형식적인 행사에 지나지 않았다. 마침내 백 엔터테인먼트의 위치가 백 프로덕션 바로 맞은 편 건물로 정해졌고, 건물 공사가 시작됐다. 따라서 소속 배우인 심재빈, 새로 들어온 차지은과 박아현은 당분간 백 프로덕션 건물로 출근을 하기로 했다.

이도원은 명함을 받았다.

〈대표이사 이도원〉

이도원의 매니저도 바뀌었다.

오준식은 소속 배우로 들어오기 전 트레이닝 기간을 거치는 중이었다. 스타일리스트 유성연은 그 사실을 축하를 해주면서도 많이 아쉬워했다.

"으흥……."

유성연은 지속적으로 앓는 소리를 냈다. 미간을 찌푸린 이도원이 영어 대본을 내리며 물었다.

"누나, 뭐가 문제예요?"

"준식이 보고 싶다."

유성연은 혼잣말 하듯이 대답했다. 그녀의 마음이 이해가 가지 않는 건 아니었지만 이도원이 보기에 조금 과한 구석이 있었다. 휘휘 고개를 저은 이도원은 백미러를 통해 새로운 로드 매니저를 보았다.

'완전히 얼었군.'

신입 로드는 식은땀을 흘리지 않는 게 용할 정도로 딱딱한 표정으로 운전을 하고 있었다. 애초에 유성연의 목소리는 귀에 들어오지도 않겠다 싶었다.

이도원이 그에게 불쑥 물었다.

"이름이 뭐라고 했죠?"

그에 신입 로드가 큰 소리로 대답했다.

"이진빈 입니다!"

"얼마 전에 제대했다고요?"

"예, 그렇습니다!"

"잘 부탁합니다."

이도원이 씩 웃었다.

이진빈은 곁눈질로 이도원을 보며 대답했다.

"저야말로 잘 부탁드립니다!"

말투만 봤을 땐 아직 군인 티를 다 벗지 못한 듯했다.

이도원은 창밖으로 고개를 돌렸다.

'브로드웨이.'

귀에 꽂은 이어폰에서 끊임없이 영어가 흘러나오고 있었다. 이제는 보름 앞으로 다가온 브로드웨이 행(行). 시간이 정말 얼마 남아 있지 않았다. 덧붙여 이도원이 이번 일정에 만전을 기하는 이유는 또 있었다.

이번 브로드웨이 원정 공연이 앞으로 더 넓은 세계로 나가는 데 중요한 초석이 되어줄 수 있었기 때문이었다.

영화 〈바람〉이 일으킨 돌풍은 거세었고 잦아들 줄 몰랐다. 예매만 백만 관객을 돌파했고 개봉 이주도 안 돼서 천만을 기록, 파죽지세로 신기록을 세워갔다. 이도원과 치지은의 몸값이 천정부지로 오른 건 말할 것도 없었다.

일각에서는 안유성의 죽음과 주연 배우들의 루머가 어느 정도 거품으로 적용했다는 평도 있었지만, 흥행은 멈출 줄 모르고 지속됐다. 아직까지 국내 신기록은 천만 선에서 머물고 있었지만 여러 언론 매체들은 이번에야말로 그 기록을 갈아치울 거라고 전망하기에 이르렀다.

─新한류스타 이도원, 드라마 출연료 회당 1억 돌파
─'시간아 돌아와' 중국 진출… 광고료 20억 제안 받은 이도원

거기 몇몇 기사들이 더 추가됐다.

─이도원… 백 프로덕션 계열사 '백 엔터테인먼트' 공동대표 취임
─전무후무한 풍운아 '이도원'… 차지은, 박아현, 심재빈 라인업 갖춘 백 엔터테인먼트 대표 취임
─이도원과 차지은이 소속된 중영극단은? 중영대 동문회 공연으로 시작된 바람, 브로드웨이로 불다

연예계도, 언론도 호황을 맞았다. 이도원이 일으킨 작은 날갯짓이 거대한 태풍이 되어 돌아온 것이다. 하지만 정작 연예계와 언론을 뜨겁게 달구고 있는 이도원은 중영극단의 뮤지컬 〈영웅〉의 브로드웨이 진출을 위한 준비 작업에 여념이 없었다. 중국, 일본 등지에서도 많은 러브콜을 받았지만 응하지 않고 더 위를 보고 있었다. 잇따른 고액 출연료와 특별한 조건들에 백 프로덕션 측에서는 아쉬운 마음을 삼켜야 했지만, 백 엔터테인먼트 공동대표인 이도원을 강제하진 못했다.

그동안 〈바람〉은 백상예술대상, 청룡영화제, 대종상영화제를 모두 석권하고 아시아를 비롯한 세계 영화제로 진출했다. 일련의 과정에서 이도원은 백상예술대상에선 대상을, 청룡영화제와 대종상영화제에선 남우주연상을 수상했다. 명실상부 대한민국 최고의 배우 중 하나로 자리매김한 것이다. 한반도에 열풍을 남긴 채 브로드웨이로 간 이도원과 〈영웅〉.

그리고… 2년의 시간이 흘렀다.

『연기의 신』 5권에 계속…

이제부터 전자책은

이젠북

www.ezenbook.co.kr

새로운 세계가 열린다!

김재한 『성운을 먹는 자』	철백 『대무사』
니콜로 『마왕의 게임』	가프 『궁극의 쉐프』
이경영 『그라니트:용들의 땅』	문용신 『절대호위』
탁목조 『일곱 번째 달의 무르무르』	천지무천 『변혁 1990』
강성곤 『메이저리거』	SOKIN 『코더 이용호』

이름만 들어도 황홀할 정도의 별들의 향연!
이들의 "유료연재"가 시작됩니다!

검색창에 **이젠북**을 쳐보세요! ▼

초대형 24시 만화방

신간 100%, 샤워실, 흡연실, 수면실(침대석), 커플석, 세탁기 완비

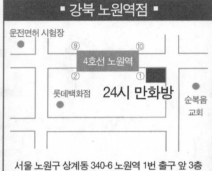

■ 강북 노원역점 ■

서울 노원구 상계동 340-6 노원역 1번 출구 앞 3층
02) 951-8324 (화용빌딩 3층)

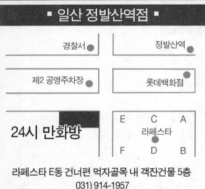

■ 일산 정발산역점 ■

라페스타 E동 건너편 먹자골목 내 객잔건물 5층
031) 914-1957

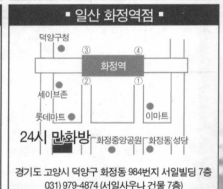

■ 일산 화정역점 ■

경기도 고양시 덕양구 화정동 984번지 서일빌딩 7층
031) 979-4874 (서일사우나 건물 7층)

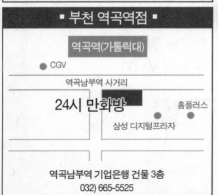

■ 부천 역곡역점 ■

역곡남부역 기업은행 건물 3층
032) 665-5525

■ 부평역점 ■

(구)진선미 예식장 뒤 보스나이트 건물 10층
032) 522-2871

검자 新무협 판타지 소설
FANTASTIC ORIENTAL HEROES

목탁

해적으로 바다를 누비던 청년,
절해고도에 표류해… 절대고수를 만나다!

"목탁은 중생을 구제하는
좋은 이름일세"

더 이상 조무래기 해적은 없다!
거칠지만 다정하고, 가슴속 뜨거운 것을 품은

목탁의 호호탕탕 강호행에
무림이 요동친다!

Book Publishing CHUNGEORAM

사락함대 장편소설

FUSION FANTASTIC STORY

법보다 주먹!

2016년 대한민국을 뒤흔들 거대한 폭풍이 온다!

『법보다 주먹!』

깡으로, 악으로 밤의 세계를 살아가던 박동철.
그는 어느 날 싱크홀에 빠진다.

정신을 차린 박동철의 시야에 들어온 건 고등학교 교실.
그리고 그에게 걸려온 의문의 ARS는 그를 새로운 인생으로 이끄는데……

빈익빈 부익부가 팽배한 세상, 썩어버린 세상을 타파하라!

법이 안 된다면 주먹으로!
대한민국을 뒤바꿀 검사 박동철의 전설이 시작된다!

Book Publishing CHUNGEORAM

유행이 아닌 자유추구 -
WWW.chungeoram.com